A MESA DA RALÉ

FSC
www.fsc.org
MISTO
Papel produzido a partir de fontes responsáveis
FSC® C012418

A marca FSC® é a garantia de que a madeira utilizada na fabricação do papel deste livro provém de florestas que foram gerenciadas de maneira ambientalmente correta, socialmente justa e economicamente viável, além de outras fontes de origem controlada.

MICHAEL ONDAATJE

A mesa da ralé

Tradução
Jorio Dauster

COMPANHIA DAS LETRAS

Publicado originalmente por McClelland & Stewart Limited, um selo da Random House of Canada Limited, Toronto.

Agradecimentos à Hal Leonard Corporation: letra e música de "Winin' Boy Blues", por Ferdinand "Jelly Roll" Morton, copyright © 1939, 1940, 1950 by Tempo Music Publishing Co., copyright renovado por Edwin H. Morris & Company, uma divisão da MPL Music Publishing, Inc. Todos os direitos reservados. Reimpresso com a permissão da Hal Leonard Corporation.

Grafia atualizada segundo o Acordo Ortográfico da Língua Portuguesa de 1990, que entrou em vigor no Brasil em 2009.

Título original
The Cat's Table

Capa
warrakloureiro

Foto de capa
English School/ The Bridgeman Art Library/ Getty Images

Preparação
Ciça Caropreso

Revisão
Valquíria Della Pozza
Renata Lopes Del Nero

Dados Internacionais de Catalogação na Publicação (CIP)
(Câmara Brasileira do Livro, SP, Brasil)

Ondaatje, Michael
A mesa da ralé / Michael Ondaatje ; tradução Jorio Dauster.
— 1ª ed. — São Paulo : Companhia das Letras, 2014.

Título original: The Cat's Table.
ISBN 978-85-359-2449-7

1. Ficção norte-americana I. Título.

14-03764 CDD-813

Índice para catálogo sistemático:
1. Ficção : Literatura norte-americana 813

[2014]

EDITORA SCHWARCZ S.A.
Rua Bandeira Paulista, 702, cj. 32
04532-002 — São Paulo — SP
Telefone: (11) 3707-3500
Fax: (11) 3707-3501
www.companhiadasletras.com.br
www.blogdacompanhia.com.br

Para Quintin, Griffin, Kristin e Esta

Para Anthony e para Constance

E é assim que vejo o Oriente [...] Vejo-o sempre de um pequeno navio — nenhuma luz, nenhum movimento, nenhum som. Conversávamos aos sussurros, como se temerosos de acordar a terra [...] Está tudo naquele instante em que meus olhos ainda jovens o descortinaram. Descobri-o após uma refrega com o mar.

Joseph Conrad, "Youth"

Ele não falou uma palavra. Olhava pela janela do carro durante todo o trajeto. Dois adultos no assento da frente conversavam baixinho. Ele teria podido escutar se quisesse, mas não se interessou. No trecho da estrada às vezes inundado pelo rio, ouviu as rodas espirrando água para todos os lados. Entrando no Forte, o carro passou em silêncio pelo prédio dos correios e pela torre do relógio. Àquela hora da noite praticamente não havia tráfego nas ruas de Colombo. Desceram a Reclamation Road e deixaram para trás a igreja de Santo Antônio, surgindo depois as últimas barracas de comida, cada qual iluminada por uma única lâmpada. Entraram por fim no vasto espaço do porto, com uma fieira distante de luzes ao longo do píer. Ele saiu e permaneceu junto ao motor ainda quente do carro.

Em meio à escuridão, ouvia os latidos dos vira-latas que viviam no cais. Quase tudo ao redor era invisível, exceto o que estava diretamente sob o feixe de luz lançado por algumas lanternas de enxofre — estivadores puxando uma procissão de carros de bagagem, algumas famílias formando grupinhos coesos. Todos começavam a se encaminhar para o navio.

Ele tinha onze anos nessa noite em que, inexperiente de tudo, subiu pela primeira e última vez a bordo de um navio. Parecia que uma cidade fora incorporada à costa, mais bem iluminada do que qualquer povoado ou aldeia. Caminhou pela prancha de embarque olhando fixamente para os pés — nada existia à frente dele —, continuando assim até chegar diante do porto às escuras e do mar. Mais ao longe, viam-se os contornos de outros barcos onde as luzes começavam a ser acesas. Ficou ali sozinho, sentindo o cheiro de tudo, e depois atravessou o ruidoso agrupamento de pessoas, voltando ao lado do navio que dava para a terra. Um brilho amarelo sobre a cidade. Era como se um muro já se erguesse entre ele e o que lá se passava. Camareiros começaram a distribuir petiscos e licores. Após comer vários sanduíches, desceu para sua cabine, tirou as roupas e se acomodou no beliche estreito. Só uma vez se cobrira para dormir, em Nuwara Eliya. Permaneceu totalmente acordado. A cabine ficava abaixo do nível das ondas, não havendo por isso nenhuma escotilha. Encontrou um interruptor ao lado da cama e, ao acioná-lo, sua cabeça e o travesseiro foram repentinamente iluminados por um cone de luz.

Não voltou ao convés para dar uma última olhada ou acenar aos parentes que o haviam trazido ao porto. Ouvia as cantorias e imaginou as despedidas, inicialmente mornas e depois acaloradas, de todos os familiares naquela noite cheia de emoções. Ainda hoje não sei por que ele preferiu ficar só. Será que as pessoas que o levaram ao *Oronsay* já teriam partido? Nos filmes, todos se separam aos prantos, o navio vai se afastando do cais enquanto os viajantes tentam reter aqueles rostos cada vez mais longínquos, até não poderem mais distingui-los.

Talvez aquele gafanhoto verde ou pequeno grilo que se esconde nervosamente no acanhado beliche não tenha nem mesmo um senso de identidade, como se houvesse sido acidentalmente contrabandeado para o futuro sem a menor noção do que estava acontecendo.

Acordou ouvindo passos apressados no corredor. Vestiu-se de novo e saiu da cabine. Algo estava acontecendo. Os urros de um bêbado enchiam a noite, competindo com a gritaria dos funcionários que tentavam calá-lo. No centro do convés B, vários marinheiros se esforçavam para agarrar o prático. Depois de haver conduzido o navio com todo o cuidado para fora do porto (cumpria evitar as ruínas de naufrágios anteriores e um quebra-mar havia muito submerso), ele comemorou o feito de forma exagerada. Agora, aparentemente não queria ir embora de modo algum. Ainda não. Quem sabe ficar mais uma ou duas horas no navio. Mas o *Oronsay* estava ansioso para zarpar à meia-noite em ponto, e o rebocador do prático esperava junto ao costado. A tripulação tinha se esforçado para fazê-lo descer a escada de cordas, mas, diante do perigo de que morresse na queda, o envolveram numa rede, como um peixe, e o baixaram em segurança. O episódio não parecia nem um pouco embaraçoso para o prático, e sim para os oficiais da Orient Line, perfilados na ponte e furiosos em seus uniformes brancos. Os passageiros deram vivas quando o rebocador se afastou. Ouviu-se então o som em dois tempos do motor a diesel e o canto tristonho do prático enquanto a embarcação desaparecia na noite.

Partida

Antes desse navio, que experiência eu tinha com embarcações? Uma piroga descendo um rio? Uma lancha no porto de Trincomalee? Nunca faltaram barcos de pesca em nosso horizonte, porém nunca imaginei a imponência desse castelo que cruzaria os mares. As viagens mais longas que eu havia feito foram passeios de carro a Nuwara Eliya e Horton Plains, ou a Jaffna de trem, que tomávamos às sete da manhã para desembarcarmos no fim da tarde. Nessas ocasiões, levávamos sanduíches de ovo, doces de gergelim, um baralho e um pequeno livro de aventuras.

Mas tinha sido decidido que eu iria por mar para a Inglaterra e que faria sozinho a viagem. Como não haviam mencionado que poderia se tratar de uma experiência incomum, excitante ou perigosa, não a encarei nem com alegria nem com medo. Não me preveniram que o navio tinha sete andares e transportaria mais de seiscentas pessoas, e que, além do capitão, viajariam conosco através de dois oceanos nove cozinheiros, inúmeros mecânicos, um veterinário, uma pequena prisão e piscinas cheias de água clorada. A data da partida foi assinalada no calendário como algo banal por minha tia, que havia notificado o colégio de meu desligamento no fim do período escolar. Como ninguém se importou muito com o fato de que eu iria ficar vinte e um dias em um navio, foi uma surpresa meus parentes terem se dado ao trabalho de me levar até o porto. Achei que eu fosse pegar um ônibus sozinho e depois mudar para outro na Borella Junction.

Tinha havido uma única tentativa de fazer com que eu me familiarizasse com as condições da viagem. Uma senhora chamada Flavia Prins, cujo marido conhecia meu tio, por acaso viajaria no mesmo navio e foi convidada a tomar chá certa tarde para que eu lhe fosse apresentado. A senhora iria viajar na primeira classe, mas prometeu ficar de olho em mim. Apertei-lhe a mão cuidadosamente, pois estava coberta de anéis e braceletes, e ela logo se voltou para continuar a conversa que eu interrompera. Passei quase uma hora ouvindo o que diziam meus tios e contando quantos sanduíches de pão sem crosta eles comiam.

No último dia em terra, achei um caderno escolar em branco, um lápis, um apontador e um mapa do mundo só com o contorno dos continentes, e os guardei em minha pequena mala. Saí de casa e me despedi do gerador, desenterrando depois as peças do rádio que eu desmontara e que, incapaz de armar de novo, havia sepultado no gramado. Disse adeus a Narayan e até logo a Gunepala.

Ao entrar no carro, foi-me explicado que, após cruzar o oceano Índico, o mar da Arábia e o mar Vermelho, eu atravessaria o canal de Suez e o mar Mediterrâneo para enfim atracar, certa manhã, num pequeno píer na Inglaterra, onde minha mãe estaria me esperando. Não me preocupei com a escala da viagem, e sim com o detalhe de como minha mãe iria saber quando exatamente eu chegaria àquele outro país.

E se ela estaria lá.

Ouvi o ruído de uma folha de papel sendo empurrada por baixo da minha porta. Designava a mesa 76 como aquela onde eu faria todas as refeições. Ninguém havia dormido no outro beliche. Vesti-me e saí. Não estava acostumado com escadas e subi cautelosamente.

No restaurante, havia nove pessoas sentadas à mesa 76, incluindo dois meninos mais ou menos da minha idade.

"Acho que estamos na mesa da ralé", disse uma mulher chamada srta. Lasqueti. "A de menor prestígio."

Era evidente que nos encontrávamos longe da mesa do capitão, situada na extremidade oposta do salão. Um dos meninos se chamava Ramadhin, o outro Cassius. O primeiro era quieto, o segundo parecia metido a besta, e eu e ele nos ignoramos, embora o tivesse reconhecido. Havíamos frequentado a mesma escola e, embora ele fosse um ano mais velho, eu sabia bem quem ele era graças à sua notoriedade, por ter sido suspenso durante um período escolar. Eu tinha certeza de que passaria muito tempo antes de nos falarmos. Mas o bom da mesa é que, pelo jeito, havia vários adultos interessantes. Tínhamos um botânico, um alfaiate com loja no Kandy e, o mais excitante de todos, um pianista cuja carreira, segundo ele confessou alegremente, havia "degringolado".

Chamava-se sr. Mazappa. À noite tocava na orquestra do navio e à tarde dava aulas de piano. Por causa disso, recebera um desconto no preço da passagem. Após essa primeira refeição, ele contou a mim, Ramadhin e Cassius várias passagens divertidas de sua vida. Foi por ficarmos com o sr. Mazappa enquanto ele nos brindava com as letras confusas e às vezes obscenas de músicas que ele conhecia que nós três acabamos nos aceitando. Tímidos e desajeitados, nenhum de nós havia nem mesmo tentado cumprimentar os outros dois até que Mazappa resolveu ser nosso protetor, nos aconselhando a ficarmos de olhos e ouvidos bem abertos porque aquela viagem poderia ser muito instrutiva. Desse modo, ao final do primeiro dia descobrimos que podíamos exercitar juntos nossa curiosidade.

Outra pessoa interessante na mesa da ralé era o sr. Nevil, um ex-sucateador de navios, que voltava para a Inglaterra depois de viver certo tempo no Oriente. Procurávamos com frequência aquele homem grande e bonachão devido a seu conhecimento detalhado da estrutura dos navios. Ele tinha desmontado muitas embarcações famosas. Ao contrário do sr. Mazappa, o sr. Nevil era modesto e só falava sobre aqueles episódios de seu passado se a pessoa soubesse extrair a informação. Não fosse ele tão modesto ao responder a nossa saraivada de perguntas, não o teríamos levado a sério ou nos encantado tanto.

Além disso, ele tinha acesso a todas as áreas do navio, pois realizava uma pesquisa de segurança para a Orient Line. Apresentou-nos a seus colegas nas salas de máquinas e da caldeira, permitindo que observássemos o que se passava nesses lugares. Comparada à primeira classe, a sala de máquinas — nas profundezas do inferno — vibrava com um nível insuportável de barulho e calor. Num passeio de duas horas pelo *Oronsay*, o sr. Nevil apontava todas as possibilidades de perigo real ou imaginário. Explicou que os botes salva-vidas balançando em pleno ar apenas pareciam perigosos, razão pela qual Cassius, Ramadhin e eu frequentemente subíamos nos escaleres para ter um posto especial de observação a fim de espionarmos os passageiros. O comentário da srta. Lasqueti de que estávamos no lugar "de menor prestígio", sem nenhuma importância social, foi o que nos levou corretamente a crer que éramos invisíveis para os membros mais importantes da tripulação, tais como o comissário de bordo, o maître e o capitão.

Para minha surpresa, descobri que uma prima distante, Emily de Saram, se encontrava a bordo. Infelizmente, não havia sido posta na mesa da ralé. Durante anos Emily me mostrara como eu era visto pelos adultos. Contava-lhe minhas aventuras e ouvia suas opiniões. Ela era honesta acerca do que gostava ou não gostava e, sendo mais velha do que eu, tratei de me ajustar a suas avaliações.

Como eu não tinha irmãos nem irmãs, meus parentes mais próximos eram todos adultos. Havia um sortimento de tios solteiros e tias solteironas que viviam fofocando juntos e se preocupando com suas posições sociais. Tínhamos um parente rico que fazia tudo para se manter à distância. Ninguém o apreciava, porém todos o respeitavam e falavam dele sem parar. Os membros da família analisavam os cartões de Natal que ele se sentia obrigado a enviar todos os anos, discutindo a aparência de seus filhos na fotografia e o tamanho da casa que servia como pano de fundo (e era entendida como uma ostentação silenciosa). Cresci ouvindo esses juízos familiares, que comandaram meu comportamento cauteloso até eu me ver longe deles.

Mas sempre havia Emily, minha "*machang*", vizinha de casa durante vários anos. As infâncias dela e minha tinham sido semelhantes ou porque nossos pais viviam longe, ou porque não eram confiáveis. Suspeito, porém, que a vida dela em casa fosse pior que a minha — os negócios do pai, sempre duvidosos, punham a família sob a constante ameaça de sua irascibilidade. A mulher se dobrava diante das ordens dele. Do pouco que Emily me contou, soube que ele gostava de infringir castigos. Até mesmo os adultos não se sentiam seguros perto dele. Somente as crianças que iam à sua casa para uma festa de aniversário apreciavam seus humores incertos. Ele nos dizia alguma coisa engraçada e pouco depois nos empurrava para dentro da piscina. Emily se mostrava nervosa a seu lado, mesmo quando ele a pegava pelos ombros num abraço amoroso e a fazia dançar com os pés descalços em cima de seus sapatos.

Na maior parte do tempo, o pai dela estava no trabalho ou simplesmente desaparecia. Emily não podia contar com nenhum roteiro seguro, por isso suponho que tenha se inventado. Tinha um espírito livre, um quê indomável que me atraía, embora ela tenha corrido riscos em diversas aventuras. No fim, por sorte, a avó de Emily pagou seus estudos num internato no sul da Índia, e assim ela escapou da presença do pai. Senti sua falta. E, quando ela voltava para as férias de verão, não a via muito porque ela tinha conseguido um emprego temporário na Ceylon Telephone. Um carro da empresa a apanhava de manhã, e seu chefe, o sr. Wijebahu, a deixava em casa no final do dia. Dizia-se que o sr. Wijebahu, ela me confidenciou, tinha três testículos.

O que mais nos aproximou foi a coleção de discos de Emily, com todas aquelas vidas e desejos rimados e destilados numa canção de dois ou três minutos. Heróis mineradores, garotas tuberculosas que viviam no andar de cima de lojas de penhores, caçadores de ouro, jogadores famosos de críquete, e até mesmo o fato de não terem mais bananas. Ela me considerava um sonhador, me ensinou a dançar segurando-a pela cintura enquanto fazia movimentos ondulantes com os braços, me mostrou como se podia pular sobre o sofá e fazer com que nosso peso o tombasse para trás. Mas depois sumia de novo, outra vez na longínqua Índia, escrevendo umas poucas cartas dirigidas à sua mãe em que implorava para receber mais doces através do consulado belga, cartas que o pai, orgulhoso, fazia questão de ler em voz alta para todos os vizinhos.

Quando Emily embarcou no *Oronsay*, dois anos haviam se passado desde que a vira pela última vez. Foi um choque vê-la agora com uma postura mais distinta, o rosto mais magro e uma graça de que antes não me dera conta. Com dezessete anos, o colégio interno a fizera perder parte de sua impetuosidade, mas ela ainda arrastava as palavras de um modo que me encantava. O fato de me agarrar pelo ombro quando eu passava correndo pelo convés de passeio, me obrigando a conversar com ela, causava inveja a meus dois novos amigos. No entanto, era evidente que ela não desejava ser seguida na maior parte do tempo. Tinha seus próprios planos para a viagem, algumas semanas finais de liberdade antes de chegar à Inglaterra para completar os dois últimos anos de estudo.

A amizade entre mim, o quieto Ramadhin e o exuberante Cassius não demorou a se firmar, conquanto não estivéssemos sempre juntos. Pelo menos eu preferia assim. A minha mão esquerda nunca sabia o que a direita guardava. Eu tinha um treinamento intensivo em matéria de cautela. Nos internatos em que havia estudado, o medo de ser punido me preparara para mentir bem, para omitir pequenas verdades convenientes. A punição, na realidade, nunca nos ensinou a ser inteiramente honestos nem nos humilhou o suficiente para que o fôssemos. Ao que parece, apanhávamos o tempo todo por causa das notas sofríveis ou de uma série de vícios (ficar na enfermaria por três dias fingindo estar com caxumba, manchar para sempre uma das banheiras da escola ao dissolver bolas de corante na água a fim de fabricar tinta para os alunos mais velhos). Nosso pior verdugo era o diretor do primário, o padre Barnabus, que ainda terroriza minhas recordações com sua arma preferida, uma longa vara de bambu partido. Ele nunca dava razões ou dizia alguma coisa. Apenas caminhava perigosamente entre nós.

No *Oronsay*, contudo, era possível escapar de todo à disciplina. E me reinventei nesse mundo aparentemente imaginário, com seus sucateadores de embarcações e alfaiates, com passageiros adultos que, nas festas noturnas, cambaleavam com enormes máscaras de animais, algumas mulheres dançando com saias curtíssimas, enquanto a orquestra do navio, com o sr. Mazappa nela, tocava em cima de um estrado com os músicos vestindo ternos cor de ameixa.

Tarde da noite — depois que os passageiros da primeira classe haviam deixado a mesa do capitão, depois que os casais saíssem abraçados uma vez terminada a dança e retiradas as máscaras, e depois mesmo que os garçons recolhessem os copos abandonados e os cinzeiros cheios, debruçando-se sobre imensas vassouras para varrer as serpentinas —, o prisioneiro era trazido para fora.

Em geral antes da meia-noite. O convés brilhava sob o luar num céu sem nuvens. Ele surgia acompanhado pelos guardas, um acorrentado a ele, o outro vindo atrás com um cassetete. Não sabíamos de que crime era culpado. Supúnhamos que fosse um assassinato. A ideia de algo mais complexo, como um crime passional ou uma traição política, não fazia parte do nosso imaginário na época. Ele andava descalço, dando a impressão de ser forte e seguro de si mesmo.

Cassius havia descoberto que o prisioneiro caminhava no fim da noite, por isso nós três com frequência lá estávamos a essa hora. Imaginávamos que poderia pular a amurada, junto com o guarda preso a ele, mergulhando no mar escuro. Visualizávamos a cena, ele correndo e saltando para a morte. Pensávamos nisso, suponho, porque éramos jovens, e a ideia de uma *corrente*, de ser *imobilizado*, equivalia a uma sufocação. Não podíamos admitir isso na nossa idade. Mal suportávamos as sandálias, quando íamos ao restaurante, e toda noite, ao jantar, imaginávamos o prisioneiro, descalço em sua cela, se alimentando com restos de comida servidos numa bandeja de metal.

Foi pedido que eu me vestisse de forma apropriada para ir à sala de estar da primeira classe visitar Flavia Prins. Embora ela tivesse dito que ficaria de olho em mim durante a viagem, na realidade nos veríamos pouquíssimas vezes. Eu tinha sido convidado para tomar o chá da tarde, seu bilhete sugerindo que eu usasse uma camisa limpa e bem passada, além de meias e sapatos. Apresentei-me no Verandah Bar pontualmente às quatro horas.

Ela me olhou como se eu estivesse na extremidade errada de um telescópio, sem saber que eu podia captar suas expressões faciais. Estava sentada diante de uma mesinha. Seguiu-se uma árdua tentativa de conversação da parte dela, em nada ajudada por meus nervosos monossílabos. Eu estava gostando da viagem? Fizera algum amigo?

Havia feito dois, respondi. Um menino chamado Cassius e outro chamado Ramadhin.

"Ramadhin... Não é um garoto muçulmano, de uma família de jogadores de críquete?"

Respondi que não sabia, mas que iria perguntar. Meu Ramadhin não parecia ter nenhuma aptidão física. Era louco por doces e leite condensado. Pensando nisso, embolsei alguns biscoitos enquanto a sra. Prins tentava atrair a atenção do garçom.

"Conheci seu pai quando ele era muito moço...", ela disse, sem ir adiante. Acenei com a cabeça, porém ela nada mais falou sobre ele.

"Tia...", comecei, me sentindo agora seguro sobre como me dirigir a ela. "A senhora sabe alguma coisa sobre o prisioneiro?"

Tão ansiosa quanto eu para deixar de lado aquela conversinha fiada, ela acabou me concedendo mais tempo do que pensava. "Tome mais chá", murmurou, e eu tomei, mesmo sem gostar. Admitiu que tinha ouvido falar do prisioneiro, embora isso devesse ser um segredo. "Ele está muito bem vigiado. Não precisa se preocupar. Há até mesmo um oficial de alta patente do Exército inglês a bordo."

Não aguentei e me inclinei sobre a mesa. "Eu vi o prisioneiro", me gabei. "Caminhando tarde da noite. Muito bem vigiado."

"É mesmo?", ela disse lentamente, desconcertada pelo trunfo que eu jogara na mesa cedo demais.

"Dizem que ele fez uma coisa terrível", continuei.

"É, dizem que matou um juiz."

Esse era o verdadeiro trunfo. Fiquei lá sentado, de boca aberta.

"Um juiz inglês. Talvez seja melhor eu não dizer mais nada", acrescentou.

Meu tio, irmão de minha mãe e na casa de quem eu morava em Colombo, era um juiz, embora fosse cingalês e não inglês. Como o juiz inglês não teria autorização para presidir um tribunal na ilha, devia ser um visitante ou ter sido trazido como consultor... Parte disso Flavia Prins me contou, o resto fui juntando com a ajuda de Ramadhin, que tinha uma mente serena e lógica.

Talvez o prisioneiro houvesse matado o juiz para impedi-lo de ajudar a acusação. Naquele momento eu gostaria de conversar com meu tio em Colombo. Na verdade, achei que a vida dele corria perigo. *Dizem que matou um juiz!* A frase ressoava em meu cérebro.

Meu tio era um homem grande e simpático. Eu vivia com ele e sua mulher em Boralesgamuwa desde que mamãe partira para a Inglaterra, anos antes. Embora nunca tivesse tido uma conversa longa ou íntima com ele, pois estava sempre ocupado em sua condição de figura pública, tratava-se de um homem amável, que me transmitia segurança. Ao chegar em casa, ele se servia de uma dose de gim, deixando que eu misturasse o *bitter* em seu copo. Só uma vez lhe causei algum problema. Ele presidia o julgamento sensacionalista de um jogador de críquete acusado de assassinato, e anunciei a meus amigos que o réu era inocente. Quando me perguntaram como eu sabia, respondi que meu tio tinha me contado. Eu não havia dito isso como uma mentira, mas para fortalecer minha crença no atleta que eu idolatrava. Ao saber disso, meu tio soltou uma gargalhada, porém sugeriu com firmeza que eu não o fizesse outra vez.

Dez minutos depois de estar na companhia de meus amigos no convés D, eu já regalava Cassius e Ramadhin com a história do crime do prisioneiro. Falei sobre isso na piscina do Lido e em volta da mesa de pingue-pongue. No entanto, no final da tarde, a srta. Lasqueti, a quem tinham chegado ecos de minha história, me puxou para um canto e pôs em dúvida a versão de Flavia Prins sobre o crime do prisioneiro. "Ele pode ter feito isso ou não", disse. "Nunca acredite no que talvez não passe de um boato." Assim, ela me fez pensar que Flavia Prins tinha dramatizado o crime por eu realmente ter *visto* o prisioneiro, escolhendo um crime e uma vítima — o assassinato de um juiz — com os quais eu pudesse me identificar. Ele teria matado um farmacêutico caso o irmão de minha mãe trabalhasse numa farmácia.

* * *

Nessa noite fiz a primeira anotação no meu caderno escolar. Tinha havido uma grande confusão no Delilah Lounge, quando um passageiro atacou a esposa durante um jogo de cartas. Ela caçoara demais dele numa partida de uíste. Houve uma tentativa de estrangulamento, e depois a orelha dela foi perfurada com um garfo. Consegui seguir o comissário de bordo enquanto ele conduzia a senhora por um estreito corredor até o hospital, com um guardanapo estancando o sangue. O marido descera enfurecido para seu camarote.

Apesar do toque de recolher que isso ocasionou, Ramadhin, Cassius e eu escapamos de nossas cabines nessa noite, nos esgueiramos pelas escadas mal iluminadas e esperamos a chegada do prisioneiro. Era quase meia-noite, e nós três fumávamos gravetos arrancados de uma cadeira de bambu que acendíamos e sugávamos. Por ser asmático, Ramadhin não era um entusiasta dessa prática, mas Cassius propunha que fumássemos toda a cadeira até o término da viagem. Uma hora depois, ficou evidente que a caminhada do prisioneiro tinha sido cancelada. Estávamos cercados pela escuridão, porém sabíamos nos movimentar nela. Entramos na piscina sem fazer barulho, reacendemos nossos gravetos e ficamos boiando de costas. Tão silenciosos como se estivéssemos mortos, contemplamos as estrelas. Era como se nadássemos no mar, e não numa piscina que flutuava no meio do oceano.

O comissário havia me dito que eu tinha um companheiro de cabine, porém ninguém ocupara o outro beliche. Então, na terceira noite no oceano Índico, as luzes se acenderam de repente e um homem, que se apresentou como sr. Hastie, entrou trazendo uma mesa de jogo de armar debaixo do braço. Acordou-me e me pôs no beliche de cima. "Uns amigos meus estão vindo para um joguinho", disse. "Trate de dormir." Esperei para ver quem vinha. Meia hora depois, quatro homens jogavam bridge silenciosamente e com grande seriedade. Mal havia lugar para os quatro se sentarem em volta da mesa. Não faziam barulho por minha causa, e logo adormeci em meio aos murmúrios com que lançavam suas declarações.

Na manhã seguinte, me vi sozinho de novo. A mesa de jogo tinha sido dobrada e encostada à parede. Será que Hastie havia dormido? Seria ele um passageiro genuíno ou um membro da tripulação? Soube depois que tomava conta do canil do *Oronsay*, o que não devia ser um trabalho árduo, pois passava a maior parte do tempo lendo ou exercitando os cachorros sem muito afinco numa pequena área do convés. Por isso tinha energia de sobra para queimar no fim do dia e, pouco depois da meia-noite, se reunia com os amigos. Um deles, o sr. Invernio, era seu assistente no canil. Os outros dois trabalhavam como telegrafistas no navio. Jogavam umas duas horas todas as noites e saíam de mansinho.

Raramente eu ficava a sós com o sr. Hastie. Como chegava por volta da meia-noite, devia achar que eu precisava repousar e quase nunca iniciava uma conversa enquanto esperava os outros, que apareciam alguns minutos depois. Durante suas andanças pelo Oriente, adquirira o hábito de usar sarongues e usava um deles em volta da cintura ao receber os amigos. Oferecia uma garrafa de áraque e quatro copinhos, deixados no chão porque na mesa só ficavam as cartas. Do alto do meu posto de observação, eu via as cartas do morto, acompanhava os leilões e ouvia tanto as declarações quanto as cartas sendo embaralhadas. *Passo… Uma de espadas… Passo… Duas de paus… Passo… Três de ouros… Passo… Três de espadas… Passo… Quatro de ouros… Passo… Cinco de ouros… Dobro… Redobro… Passo… Passo… Passo…* Eles raramente conversavam. Lembro que se chamavam pelos sobrenomes: "sr. Tolroy", "sr. Invernio", "sr. Hastie", "sr. Babstock" — como se fossem aspirantes numa academia naval do século XIX.

Mais tarde, quando eu e meus amigos nos encontrávamos com o sr. Hastie, ele se comportava de modo muito diferente. Fora de nossa cabine, tinha opiniões firmes, gostava de falar. Contou-nos sobre suas boas e más fases na Marinha Mercante, suas aventuras com a ex-mulher, que era uma grande amazona, sua grande afeição pelos cães de caça, que preferia a qualquer outra espécie canina. Mas, na luz mortiça da cabine à meia-noite, o sr. Hastie falava aos sussurros, tendo tido a cortesia — após a terceira noite de carteado — de trocar a brilhante luz amarela do teto por uma azulada e mais fosca. Por isso, enquanto eu permanecia semidesperto, os drinques eram servidos, partidas eram ganhas e o dinheiro trocava de mãos, com a luz azul dando a impressão de que os homens estavam num aquário. Terminado o jogo, os quatro iam fumar no convés, e o sr. Hastie voltava silenciosamente à cabine para ler durante meia hora antes de apagar a luz de seu beliche.

O sono é uma prisão para qualquer menino que tenha amigos à sua espera. Éramos impacientes com as noites, estávamos de pé antes que a luz do sol envolvesse o navio. Não podíamos perder um segundo na exploração daquele universo. Deitado no beliche, eu ouvia as batidinhas débeis de Ramadhin na porta, em código. Cuidado sem dúvida irrelevante — quem mais poderia ser àquela hora? Duas batidas, pausa longa, outra batida. Se eu não descesse e abrisse a porta, ouvia sua tosse teatral. Caso ainda assim não respondesse, ele sussurraria: "Mynah", que tinha se tornado meu apelido.

Encontrávamo-nos com Cassius perto da escada e logo estávamos passeando descalços no convés da primeira classe. A primeira classe era um palácio sem guardas às seis da manhã, e lá chegávamos antes que a primeira fímbria de luz despontasse no horizonte, antes mesmo que as luzes de emergência do convés piscassem e se apagassem automaticamente ao raiar do sol. Tirávamos a camisa e mergulhávamos como agulhas na piscina pintada de dourado da primeira classe, levantando um mínimo de água. O silêncio era essencial enquanto nadávamos, já agora, no lusco-fusco matinal.

Se conseguíssemos permanecer por lá uma hora sem sermos notados, tínhamos uma chance de saquear as iguarias servidas no café da manhã do Sun Deck, enchendo nossos pratos de comida e carregando a tigela de prata com leite condensado em que a colher ficava espetada no meio de tão grosso que era o produto. Subíamos num dos botes salva-vidas cobertos de lona e, como se estivéssemos numa tenda, degustávamos a refeição obtida ilicitamente. Certa manhã Cassius levou um cigarro Gold Leaf que encontrara numa sala de estar e nos ensinou a fumar para valer.

Ramadhin declinou polidamente devido à sua condição de asmático, evidente para nós e para os demais companheiros de mesa. (E ainda evidente anos depois, quando o encontrei em Londres. Tínhamos na época treze ou catorze anos e não nos víramos uma só vez enquanto nos adaptávamos a uma terra estranha. Mesmo então, quando o vi na companhia dos pais e da irmã, Massoumeh, ele vivia tossindo ou resfriado. Começamos uma segunda amizade na Inglaterra, mas àquela altura já éramos pessoas diferentes, não mais livres das realidades cotidianas. Naquele tempo, em muitos sentidos eu era mais próximo de sua irmã, porque Massi sempre nos acompanhava nas viagens pelo sul de Londres — ao velódromo de Herne Hill, de lá para o Brixton Ritzy e depois para o Bon Marché, onde corríamos pelos corredores das seções de alimentos e de roupas num inexplicável frenesi. Massi e eu passávamos algumas tardes sentados no pequeno sofá da casa dos pais dela em Mill Hill, nossas mãos se encontrando furtivamente sob a manta enquanto fingíamos assistir à cobertura interminável dos jogos de golfe na televisão. Certa manhã, bem cedo, ela entrou no quarto do andar de cima onde Ramadhin e eu dormíamos e se sentou ao meu lado, colocando o dedo sobre os lábios para me silenciar. Ramadhin dormia em sua cama a menos de um metro. Tentei erguer o corpo, mas ela me empurrou de volta com a palma da mão e, desabotoando a blusa de seu pijama, me mostrou os seios que começavam a despontar e que pareciam verde-claros devido ao reflexo das árvores do lado de fora da janela. Nos minutos que se seguiram, tive consciência da tosse de Ramadhin e do ruído rascante que ele fazia ao limpar a garganta em pleno sono, enquanto Massi, seminua, temerosa, destemida, me encarava com a emoção que acompanha um gesto desse quando se tem treze anos.)

Deixávamos no bote as louças, as facas e as colheres que tinham vindo com a refeição furtada e nos esgueirávamos de volta à classe turística. Mais tarde, um funcionário descobriu os indícios de nossos numerosos cafés da manhã quando, no curso de um treinamento de segurança, os botes salva-vidas foram tripulados e baixados ao mar, obrigando o capitão a procurar um passageiro clandestino por todo o navio.

Ainda não eram oito horas quando cruzávamos a fronteira entre a primeira classe e a classe turística. Fingíamos cambalear com o balanço do navio. Eu aprendera a adorar a valsa lenta da nossa embarcação oscilando de um lado para o outro. E o fato de eu estar por minha conta, exceto pelas distantes Flavia Prins e Emily, era por si só uma aventura. Eu não tinha nenhuma responsabilidade familiar. Podia ir aonde quisesse, fazer o que bem entendesse. Ramadhin, Cassius e eu já havíamos criado uma regra: todos os dias precisávamos fazer pelo menos uma coisa proibida. O dia mal começara e ainda nos restavam muitas horas para cumprir essa obrigação.

Quando o casamento de meus pais se desfez, isso nunca foi realmente admitido nem explicado, embora também não tivesse sido ocultado. Se tanto, foi apresentado como uma derrapagem, e não um acidente fatal. Portanto, não sei se a desgraça do divórcio de meus pais recaiu sobre mim. Não lembro do quanto me pesou. Um menino sai de casa de manhã e se mantém às voltas com o mapa sempre cambiante de seu mundo. No entanto, foi uma juventude instável.

Como interno no St. Thomas' College, de Mount Lavinia, eu adorava nadar. Amava tudo o que tivesse a ver com água. No terreno da escola havia um canal de concreto pelo qual descia a água das chuvas copiosas durante as monções. E ali teve origem uma brincadeira da qual participavam alguns alunos. Mergulhávamos no canal para sermos arrastados pela forte corrente, dando cambalhotas, sendo jogados de um lado para o outro. Cinquenta metros adiante, havia uma corda cinza que agarrávamos para escapar da corrente. Vinte metros mais além, se abria uma grande tubulação por onde a água entrava aos borbotões e desaparecia na escuridão. Nunca soubemos onde ia parar.

Frequentemente, éramos quatro descendo as águas céleres do canal, um de cada vez, repetidas vezes, nossa cabeça apenas aflorando acima da superfície. Era uma brincadeira excitante — agarrar a corda, pular para fora do canal, correr de volta sob a chuva forte e iniciar uma nova descida. Numa dessas, minha cabeça submergiu quando eu me aproximava da corda e não vim à tona a tempo de pegá-la. Minha mão continuou no ar, vazia, enquanto eu descia velozmente rumo à tubulação. Era morte certa naquela tarde em Mount Lavinia, em meio à monção de março, tal como prevista por um astrólogo. Eu tinha nove anos e iniciaria uma viagem às cegas pelas trevas subterrâneas. Uma mão agarrou meu braço ainda erguido, e fui puxado para fora por um aluno mais velho. Sem parecer muito preocupado, ele repreendeu a nós quatro e saiu correndo sob a chuva, não se dando ao trabalho de ver se obedecíamos a ele ou não. Quem era ele? Obrigado, eu devia ter dito. Mas estava largado na grama, molhado até os ossos e tentando recuperar o fôlego.

O que eu era naqueles dias? Não me recordo de nenhum registro externo, não tendo, assim, uma percepção de mim mesmo. Se eu tivesse de inventar uma fotografia minha nos tempos de criança, ela mostraria um menino descalço, vestindo short e camisa de algodão, na companhia de uns dois amigos da aldeia, correndo em cima do muro embolorado que separava a casa e o jardim em Boralesgamuwa do tráfego da High Level Road. Ou então eu estaria sozinho, esperando por eles, de costas para a casa e contemplando a rua empoeirada.

Quem se dá conta de como as crianças não domesticadas são felizes? O controle da família desaparecia tão logo eu atravessava a porta de casa, embora, entre nós, devêssemos estar tentando entender e ordenar o mundo dos adultos, nos perguntando o que se passava lá e por quê. Mas, ao subir a prancha do *Oronsay*, entramos pela primeira vez, e por necessidade, em contato íntimo com adultos.

Mazappa

O sr. Mazappa surge ao meu lado enquanto explico a um passageiro idoso a arte de armar uma cadeira de convés com apenas dois movimentos. Ele me dá o braço e faz com que caminhe com ele. "*De Natchez para Mobile*", adverte, "*de Memphis para Saint Joe*..." Pausa diante da minha perplexidade.

As súbitas aparições do sr. Mazappa sempre me pegam de surpresa. Termino uma volta na piscina e, agachado na borda, ele agarra meu braço molhado e me prende ali. "Escute, meu menino preferido, *as mulheres vão usar toda a lábia delas com você, vão te lançar olhares de peixe morto*... Vou protegê-lo com o que sei." Mas com onze anos não me sinto protegido, e sim ameaçado por possibilidades que até então desconhecia. Ele é ainda pior, quase apocalíptico, ao falar a nós três. "Quando voltei para casa na minha última turnê, descobri uma nova mula dando coices no meu estábulo... Sabem do que estou falando?" Não sabemos. Até que ele explique. Na maior parte do tempo, contudo, é só a mim que ele se dirige, como se eu fosse o mais impressionável de todos. Nesse sentido, talvez esteja certo.

Max Mazappa acordava ao meio-dia e tomava um café da manhã tardio no Delilah Bar. "Solta dois ovos estrelados e uma Coca, tá legal?", ele dizia, mastigando algumas cerejas de coquetel enquanto esperava para ser servido. Depois de comer, levava a xícara de café para o piano do salão de baile e a deixava em cima das teclas das notas agudas. E lá, estimulado pelos acordes do piano, ele instruía quem quer que estivesse a seu lado sobre particularidades importantes e complicadas do mundo. Um dia, poderia tratar das ocasiões em que se deve usar chapéu ou falar de ortografia. "O inglês é uma língua *impossível*! *Impossível*! *C-o-w* se pronuncia como *cau* e *l-o-w* se pronuncia como *lou*. E por aí vai. É mais fácil aprender a desabotoar o sutiã de uma moça que soletrar palavras em inglês." Na verdade, nunca esqueci essa frase em momentos cruciais da minha vida.

No entanto, em geral ele desencavava seus conhecimentos musicais, explicando as complexidades do compasso três por quatro ou se recordando de alguma canção ensinada por uma atraente soprano na escada dos fundos de um teatro. Era uma espécie de biografia febril. "*Tomei um trem e pensei em você*", ele trauteava, e nós imaginávamos que estávamos ouvindo uma confissão romântica. Hoje, porém, compreendo que Max Mazappa era apaixonado pelos detalhes da estrutura e da melodia, pois nem todas as estações de sua via-sacra tinham a ver com fracassos amorosos.

Era meio siciliano e meio algo mais, ele nos disse com sua pronúncia impossível de ser identificada. Trabalhara na Europa, viajara por pouco tempo pelas Américas e fora parar nos trópicos, morando no porto, em cima de um bar. Ensinou-nos o coro de "Hong Kong Blues". Guardava na mente tantas canções e tantas vidas que realidade e ficção se fundiam, sendo difícil para nós distinguir uma da outra. Bem fácil enganar três garotos totalmente ingênuos. Além disso, havia palavras desconhecidas em algumas canções que, debruçado sobre o teclado, o sr. Mazappa cantarolava enquanto o sol da tarde fazia reluzir o assoalho do salão de baile.

Vadia. Útero.

Ele falava a três meninos no limiar da pubescência, e provavelmente sabia o efeito que exercia. Mas também transmitia à sua jovem plateia relatos de dignidade musical. O mais celebrado era Sidney Bechet, que, numa exibição em Paris, foi acusado de tocar uma nota errada e, em resposta, desafiou o acusador para um duelo, feriu de raspão um passante na confusão que se seguiu, foi preso e deportado. "Le Grand Bechet — Bash — era como o chamavam. Vocês vão ter que viver muito", disse Mazappa, "antes de encontrar alguém que defenda um princípio com tanta coragem."

Ficávamos pasmos, além de chocados, com os vastos dramas de amor descritos nas canções de Mazappa e sugeridos por seus suspiros e confabulações. Julgávamos que a derrocada fatal de sua carreira tinha sido causada por alguma trapaça ou pelo amor desmedido por uma mulher.

Todo mês com a mudança da lua,
Todo mês chega aquele dia
Em que o sangue escorre do útero da vadia.

Havia algo fora do comum e inesquecível no verso que Mazappa entoou certa tarde, qualquer que fosse o significado daquelas palavras. Só o ouvimos uma vez, mas permaneceu escondido dentro de nós como uma dura verdade de cuja grosseria continuaríamos a nos desviar, como o fizemos então. O verso (de Jelly Roll Morton, como descobri mais tarde) era à prova de bala e à prova d'água. Mas não sabíamos disso na época, confusos demais por sua aspereza — as palavras daquela última linha, a rima fatal, a repetição no começo. Apagamos a presença de Mazappa no salão de baile, de uma hora para a outra conscientes de que os funcionários subiam em escadas para preparar a festa da noite, ajustando luzes coloridas, erguendo os arcos de papel crepom que cruzavam o salão de ponta a ponta. Com um movimento ágil, os garçons abriam as grandes toalhas brancas com um estalido e as estendiam sobre as mesas de madeira. No centro de cada uma, colocavam um vaso de flores, dando um toque sofisticado e romântico ao espaço deserto. O sr. Mazappa não foi conosco. Permaneceu ao piano, olhando para as teclas sem perceber a camuflagem que acontecia a seu redor. Sabíamos que qualquer coisa que ele tocasse com a orquestra naquela noite, no repertório não estaria a canção que tinha acabado de cantarolar para nós.

*

O nome artístico de Max Mazappa — ou "nome de guerra", como dizia — era Sunny Meadows. Ele começou a usá-lo devido a um erro de impressão num pôster que anunciava uma exibição sua na França. Talvez os patrocinadores desejassem evitar as sugestões levantinas de seu nome. No boletim do *Oronsay*, onde suas aulas de piano eram anunciadas, constava "Sunny Meadows, mestre do piano". Mas, para nós da mesa da ralé, ele era Mazappa, já que os conceitos de ensolarado (*sunny*) e prado (*meadow*) dificilmente podiam ser associados à sua natureza — que nada tinha de otimista ou bem comportada. No entanto, sua paixão pela música revigorava nossa mesa. Passou um almoço inteiro nos brindando com aquele duelo do "Le Grand Bechet" que terminara com uma troca de tiros nas primeiras horas de uma manhã parisiense de 1928 — Bechet disparou a pistola na direção de McKendrick, a bala raspou no chapéu Borsalino de seu acusador e foi se alojar na coxa de uma cidadã francesa que seguia para o trabalho. O sr. Mazappa representou tudo o que ocorrera usando os vidros de sal e pimenta, além de um pedaço de queijo, para descrever a trajetória da bala.

Uma tarde, ele me convidou para ir à sua cabine ouvir alguns discos. Bechet, Mazappa me contou, usava o clarinete com o Albert System, que tinha um som formal e suntuoso. "Formal e suntuoso", ficou repetindo. Pôs um disco de 78 rotações e cantarolou baixinho acompanhando a música, chamando minha atenção para os descantes e improvisos incríveis. "Está ouvindo? Ele sacode o som para fora." Eu não entendi, mas fiquei fascinado. Mazappa assinalava todas as vezes em que Bechet fazia a melodia reaparecer, "como os raios de sol no solo de uma floresta", lembro de ouvi-lo dizer. Remexeu uma mala ensebada e pescou um caderno, lendo o que Bechet havia dito a um aluno: "*Hoje vou te dar uma nota e quero ver de quantas maneiras você pode tocá-la — resmungue a nota, lambuze, afine, faça o que quiser com ela. É como falar*".

Em seguida, me contou sobre o cachorro. "Ele costumava entrar no palco com Bechet e rosnar enquanto seu dono tocava... Por isso Bechet se desentendeu com Duke Ellington. Duke não admitia a presença de Goola sob as luzes da ribalta, brilhando mais que seu terno branco." Por causa de Goola, Bechet abandonou a orquestra de Ellington e abriu uma loja de consertos e lavagem de roupas, a Southern Tailor Shop, que se tornou um ponto de encontro de músicos. "São dessa época seus melhores discos, como *Black Stick* e *Sweetie Dear*. Um dia você vai precisar comprar todos eles."

E por fim a vida sexual. "Ah, Bash gostava de repetir, quase sempre voltava para a mesma mulher... Muitas tentaram discipliná-lo. Mas, você sabe, ele já tocava por aí desde os dezesseis anos, tinha conhecido moças de todos os tipos e lugares." Todos os tipos e lugares! *De Natchez para Mobile*...

Eu ouvia, assentindo com a cabeça, apesar de não entender nada, enquanto o sr. Mazappa apertava contra o coração aquele exemplo de vida e de aptidão musical como se fosse o retrato oval de um santo.

Convés C

Eu ficava sentado no beliche olhando para a porta e a parede de metal. Fazia calor dentro da cabine no final da tarde. Naquela hora do dia, eu só conseguia ficar sozinho se fosse para lá. Durante o resto do tempo, estava ocupado com Ramadhin e Cassius, às vezes com Mazappa ou outros frequentadores da mesa da ralé. À noite, ficava cercado pelos murmúrios dos jogadores de carta. Eu necessitava de um tempo para pensar. Olhando para trás, consigo relembrar o prazer de ser curioso e de estar a sós. Depois de algum tempo, eu me deitava e contemplava o teto meio metro acima de mim. Sentia-me seguro, mesmo no meio do oceano.

Às vezes, pouco antes de escurecer, eu circulava pelo convés C quando ninguém mais estava por lá. Aproximava-me da amurada, que chegava à altura do meu peito, e observava as águas correndo junto ao navio. Em certas ocasiões, o mar subia quase até onde eu me encontrava, como se desejasse me pegar. Eu não me movia, apesar do turbilhão de temores e de solidão dentro de mim. Tinha a mesma sensação quando me perdia nas ruelas do mercado de Pettah ou ao me adaptar a regras novas e desconhecidas na escola. Quando eu não podia ver o oceano, o medo desaparecia, mas agora o mar subia na semiescuridão, envolvendo o navio e ameaçando me tragar. Por mais assustado que estivesse, eu permanecia lá, junto às sombras que passavam velozes, uma parte de mim querendo recuar, a outra desejando saltar em direção às trevas.

Antes de sair do Ceilão, vi um transatlântico ser desmontado na ponta do porto de Colombo. Durante toda a tarde, o acetileno azul cortou os costados da embarcação. Dei-me conta de que o navio em que eu agora navegava também podia ser cortado em pedaços. Certo dia, encontrando o sr. Nevil, que entendia dessas coisas, puxei a manga de seu paletó e perguntei se estávamos seguros. Ele me respondeu que o *Oronsay* era sólido, tendo ainda uma longa carreira pela frente. Servira como transporte de tropas na Segunda Guerra Mundial, e por essa razão numa das paredes do porão havia um grande mural pintado por algum soldado onde se viam, nas cores rosa e branco, mulheres nuas cavalgando tanques e reparos de canhão. Continuava lá, em segredo, porque os oficiais de maior patente do navio nunca desciam ao porão.

"Então estamos seguros?"

Ele me fez sentar e, nas costas de uma das plantas arquitetônicas que sempre carregava, desenhou o que disse ser um navio de guerra grego, um trirreme. "Esta foi uma embarcação perfeita, mas não existe mais. Lutou contra os inimigos de Atenas, transportou frutas exóticas e alimentos desconhecidos, trouxe novas ciências, a arquitetura, até a democracia. Tudo se deve a esse barco. Não tinha nenhuma decoração. A trirreme era o que era — uma arma. A bordo, somente remadores e arqueiros. Mas dela não sobrou nem um fragmento. As pessoas ainda buscam no lodo da costa, perto da foz dos rios, mas nunca encontraram nada. Era feita de freixo e olmo, com quilha de carvalho e carcaça de pinheiros novos vergados no formato correto. As tábuas eram amarradas com cordas de linho. Não havia metal na carcaça. Por isso, ela podia ser queimada numa praia ou, se afundasse, se dissolveria no mar. Nosso navio é mais seguro."

Por alguma razão, senti-me aliviado com a descrição feita pelo sr. Nevil de uma velha belonave. Deixei de me imaginar no *Oronsay* com todas as suas decorações, vendo-me a bordo de algo mais autossuficiente, mais enxuto. Eu era agora um remador ou um arqueiro numa trirreme. Assim, entraríamos no mar Arábico e no Mediterrâneo com o sr. Nevil como nosso comandante naval.

Naquela noite, acordei de repente com a sensação de que estávamos passando diante de ilhas, bem próximas na escuridão. As ondas que batiam no casco faziam um ruído diferente, como um eco em resposta à terra. Acendi a lâmpada amarela do beliche e examinei o mapa-múndi que eu copiara de um livro. Tinha me esquecido de pôr os nomes dos lugares. Só sabia que estávamos indo para oeste e para o norte, nos afastando de Colombo.

Uma australiana

Uma hora antes do amanhecer, quando vagávamos pelo que parecia ser um navio abandonado, os bares cavernosos cheirando aos cigarros fumados na noite anterior, Ramadhin, Cassius e eu já teríamos transformado a silenciosa biblioteca numa pista de corrida para os carrinhos usados na distribuição dos livros. Certa manhã, de repente tivemos de nos espremer para deixar passar uma garota de patins que corria pelo chão de madeira do convés superior. Pelo jeito, ela acordava ainda antes de nós. Não deu sinal de nos ter visto à medida que ganhava mais velocidade, desafiando seu senso de equilíbrio com passadas fluidas. Numa das voltas, calculou mal um pulo por cima dos cabos e se chocou contra a amurada da popa. Levantou-se, examinou o corte no joelho, que sangrava, e lá se foi de novo após dar uma olhada no relógio. Era uma australiana, e ficamos encantados. Nunca tínhamos visto igual determinação. Nenhuma mulher das nossas famílias se comportava dessa maneira. Mais tarde a vimos na piscina, nadando tão rápido que levantava uma cortina de água. Não nos teria surpreendido se ela se jogasse ao mar e por uns vinte minutos acompanhasse a nado o navio.

Por isso, passamos a acordar ainda mais cedo para vê-la dar cinquenta ou sessenta voltas de patins no convés. Ao final, ela desamarrava o calçado e marchava, exausta e suada, até o chuveiro externo, onde se molhava com roupa e tudo. Debaixo d'água, atirava o cabelo de um lado para o outro como um animal aprisionado. Para nós, era uma forma nova de beleza. Depois que ela saía, seguíamos suas pegadas, que já começavam a evaporar sob os raios do sol nascente ao nos aproximarmos delas.

Cassius

Quem daria o nome de Cassius a uma criança?, me pergunto hoje. A maioria dos pais já não dá nomes desse tipo a seus primeiros filhos, embora no Sri Lanka sempre se tenha apreciado a combinação de nomes clássicos e sobrenomes cingaleses — Solomon e Senaka não são comuns, mas existem. O pediatra da nossa família se chamava Socrates Gunewardena. Malgrado sua má fama nos livros de história romana, Cassius é um nome doce, que se pronuncia num sussurro, embora o jovem Cassius que conheci na viagem fosse um verdadeiro iconoclasta. Nunca o vi ficar do lado de quem detinha o poder. Ele nos atraía para sua forma de ver as coisas, revelando as camadas de autoridade no navio a partir de seu ponto de vista. Por exemplo, regozijava-se de ser um dos passageiros insignificantes da mesa da ralé.

Quando Cassius falava sobre o St. Thomas'College em Mount Lavinia, era com a energia de alguém que relembra um movimento de resistência. Como pertencia a uma classe acima da minha, vivíamos em mundos diferentes, porém ele servia de exemplo para os alunos mais jovens, porque raramente fora punido por suas transgressões. E, quando era, seu rosto não expressava o menor sinal de embaraço ou humilhação. Passou a ser especialmente admirado após ter conseguido trancar, durante horas, o diretor do primário, Barnabus "Vara de Bambu", no banheiro dos alunos mais novos em protesto contra a imundície revoltante dos lavatórios da escola. (A gente tinha que se agachar em cima de um buraco dos infernos e depois se lavar com a água de uma lata enferrujada do xarope dourado da Tate & Lyle. Jamais esquecerei seus dizeres: "Da força nasce a doçura".)

Cassius esperou até Barnabus entrar às seis da manhã no banheiro do térreo, onde habitualmente ficava por longo tempo, e então prendeu a porta com uma haste de metal, cobrindo a fechadura com uma camada de cimento de secagem rápida. Ouvimos o diretor se jogando contra a porta antes de chamar nossos nomes, começando pelos alunos em quem confiava. Um por um, nos oferecemos para buscar ajuda e em seguida rumamos para os fundos do colégio a fim de nos aliviar atrás dos arbustos. Depois fomos nadar ou cumprimos obedientemente o período de trabalhos escolares que tinha início às sete horas e havia sido instituído pelo padre Barnabus no começo do ano. O cimento precisou ser quebrado por um dos jardineiros com um bastão de críquete, mas isso só aconteceu no final da tarde. A essa altura, tínhamos a esperança de que o diretor estivesse sufocado pelas emanações mefíticas, talvez desmaiado e incapaz de se comunicar. No entanto, sua vingança não tardou. Depois de apanhar com a vara e ser suspenso por uma semana, Cassius se tornou ainda mais idolatrado pelos alunos do primário, em especial após um eloquente discurso do diretor na missa matinal que o demonizou por dois minutos como se ele fosse um dos anjos decaídos. Naturalmente, esse episódio não serviu de lição para ninguém. Anos depois, quando um ex-aluno doou recursos para construir um novo pavilhão de críquete no St. Thomas', meu amigo Senaka disse: "Primeiro eles deviam construir latrinas decentes".

A fim de ser aceito numa escola inglesa, Cassius, tal como eu, fizera um exame supervisionado pelo diretor. Tivemos que responder a diversas perguntas matemáticas baseadas em libras e xelins, quando só conhecíamos rupias e centavos. Também havia questões de conhecimento geral, como quantos homens participavam da tripulação de remo da Oxford University e quem tinha vivido num local denominado Dove Cottage. Nos foi solicitado até o nome de três membros da Câmara dos Lordes. Cassius e eu éramos os únicos alunos na sala do diretor naquela tarde de sábado, e ele me soprou uma resposta errada à pergunta: "Que nome se dá à fêmea do cachorro?". Ele havia respondido "Gata", e eu escrevi isso. Foi a primeira vez em que de fato falou comigo, e disse uma mentira. Até então só o conhecia de reputação, porque todos nós do primário o considerávamos o aluno incorrigível do St. Thomas'. Sem dúvida, era uma fonte de irritação para o corpo docente que ele agora representasse o nome da escola no exterior.

Havia em Cassius um misto de teimosia e ternura. Nunca soube de onde provinham essas características. Ele nunca se referia aos pais e, se o fizesse, provavelmente iria inventar algum cenário que o distinguisse deles. Na realidade, durante a viagem nenhum de nós se interessou pelo passado dos outros dois. Ramadhin vez por outra falava dos conselhos precavidos que os pais lhe davam no tocante à saúde. Quanto a mim, eles sabiam que eu tinha uma "tia" na primeira classe. Foi Cassius quem recomendou que não falássemos sobre nossas origens. Creio que gostava da ideia de ser autossuficiente. Era assim que via nosso pequeno grupo no navio. Suportava as historinhas caseiras de Ramadhin por causa de sua saúde precária. Cassius professava uma forma benevolente de democracia. Ao pensar nisso agora, vejo que ele só reagia ao poder de César.

Suponho que ele tenha me feito mudar naqueles vinte e um dias, me persuadindo a interpretar cada coisa que ocorria a nosso redor de um ponto de vista inverso e questionador. Vinte e um dias é um período muito curto na vida, mas jamais esqueci os sussurros de Cassius. No correr dos anos, ouvi falar dele ou li sobre sua carreira, porém não voltei a encontrá-lo. Mantive contato com Ramadhin, visitando-o em Mill Hill, onde sua família morava, frequentando matinês com ele e sua irmã, indo à exposição de lanchas em Earls Court, onde tentávamos imaginar as proezas que Cassius faria caso estivesse conosco.

CADERNO ESCOLAR: CONVERSAS OUVIDAS, DIA 1º A DIA 11

"Não olhe para ele, está me ouvindo? Celia? Nunca mais olhe para esse safado."

"Minha irmã tem um nome estranho. Massoumeh. Significa 'imaculada', 'protegida do pecado'. Mas também significa 'indefesa'."

"Me desculpe, mas tenho uma antipatia especial pela raça Sealyham terrier."

"No começo achei que ela fosse uma intelectual."

"Às vezes usamos frutas como veneno para os peixes."

"Os batedores de carteira sempre aparecem durante as tempestades."

"Aquele homem disse que pode atravessar um deserto comendo apenas uma tâmara e uma cebola por dia."

"Suspeito que ela tenha sido fisgada pelo governo por dominar tantas línguas."

"Fui arruinado por aquela carta solta na mão dele!"

"Quando seu marido me ofereceu uma ostra apanhada três dias antes, eu disse a ele que aquilo era mais perigoso para mim do que ter uma relação sexual com dezessete anos."

O porão

Larry Daniels comia conosco na mesa da ralé. Homem compacto e musculoso, sempre usava gravata e as mangas da camisa enroladas. Nascido em Kandy, numa família próspera de classe média, se formara em botânica, passando a maior parte de sua vida adulta estudando florestas e plantas em Sumatra e Bornéu. Esta era sua primeira viagem à Europa. Inicialmente, a única coisa que sabíamos acerca dele era sua paixonite por minha prima Emily, que não lhe dava a menor bola. Por causa dessa falta de interesse, ele desviara de seu caminho para fazer amizade comigo. Creio que me vira rindo com ela e seus amigos na borda da piscina, onde Emily costumava ser encontrada. O sr. Daniels me perguntou se eu gostaria de ver seu "jardim" no navio. Sugeri levar meus dois companheiros, e ele concordou, embora fosse claro que queria me ver sozinho para indagar sobre as coisas de que minha prima gostava ou desgostava.

Sempre que estávamos com o sr. Daniels, passávamos o tempo todo pedindo a ele que nos comprasse bebidas exóticas no bar da piscina. Ou o persuadíamos a fazer um quarteto para participar dos jogos de convés. Ele era um homem inteligente e curioso, mas estávamos mais interessados em testar sua força na luta livre: nós três o atacávamos simultaneamente e o deixávamos sem fôlego sobre uma esteira de juta, enquanto corríamos, suados, para mergulhar na piscina.

Só no jantar era impossível me defender das perguntas do sr. Daniels sobre Emily, porque o lugar que me fora designado era ao lado do dele, o que me obrigava a não falar de outra coisa. A única informação que eu podia lhe dar com toda a sinceridade é que ela gostava de cigarros Player's Navy Cut, a marca que vinha fumando pelo menos nos três últimos anos. O resto de suas preferências e antipatias eu tratava de inventar.

"Ela gosta do sorvete da Elephant House", eu disse. "Quer trabalhar no teatro. Ser atriz." Daniels se agarrou a essa falsa indicação.

"Há uma companhia de teatro no navio. Talvez eu pudesse apresentá-la..."

Fiz que sim com a cabeça, como se o recomendasse, e no dia seguinte o vi falando com três membros da trupe Jankla, especializada em teatro de rua e acrobacia. Eles iriam se apresentar na Europa, mas faziam exibições ocasionais para os passageiros. Às vezes executavam malabarismos improvisados com seus pratos e xícaras depois de tomarem o chá da tarde, mas quase sempre se apresentavam com traje completo e maquiagem em excesso. O melhor é que convidavam os passageiros a subir ao palco improvisado a fim de revelarem particularidades sobre eles, algumas até embaraçosas. Em geral as revelações tinham a ver com a localização de uma carteira ou um anel perdidos, quando não com o fato de que a pessoa estava a caminho da Europa para acompanhar um parente enfermo. Esses anúncios eram feitos pelo Vidente de Hyderabad, cujo rosto exibia listras roxas e cujos olhos, rodeados de tinta branca, pareciam pertencer a um gigante. Na verdade, ele nos aterrorizava, pois circulava no meio da plateia revelando quantos filhos um espectador tinha ou onde nascera sua esposa.

Num final de tarde, vagando sozinho pelo convés C, encontrei o Vidente de Hyderabad acocorado debaixo de um bote salva-vidas, maquiando-se antes de um espetáculo. Segurava um espelhinho numa das mãos enquanto a outra aplicava rapidamente os traços de tinta roxa. Ele era magricela, por isso a cabeça pintada dava a impressão de ser grande demais comparada a seu corpo delicado. Olhando fixamente para o espelho, não atinou com minha presença a menos de um metro de distância, continuando a enfeitar-se à sombra do escaler pendurado nos turcos. Ao se erguer e sair para o sol, as cores ganharam nova força, seus olhos demoníacos agora estavam cheios de enxofre e percepção. Olhou-me de relance e passou por mim como se eu não existisse. Eu havia testemunhado pela primeira vez o que possivelmente ocorria por trás da tênue cortina da arte, o que me conferiu certa proteção quando voltei a vê-lo no palco com a indumentária completa. Eu quase podia ver o esqueleto que havia dentro dele, ou ao menos tinha agora consciência disso.

Cassius era quem mais gostava da trupe Jankla. Ansiava por se tornar membro do grupo, em especial depois que Ramadhin nos contou, excitadíssimo, que vira um dos artistas retirar o relógio do pulso de um homem a quem dava indicações sobre como chegar a determinado lugar no navio. Foi tão sutil que o passageiro não se deu conta da perda. Duas tardes depois, o Vidente do Hyderabad se acercou da plateia e disse àquele homem onde seu relógio "poderia estar", caso o tivesse perdido. Foi brilhante! Um par de brincos, uma valise e uma máquina de escrever de um camarote luxuoso foram furtados e passados ao Vidente de Hyderabad, e seu paradeiro eventualmente revelado aos donos. Quando contamos isso ao sr. Daniels, ele apenas riu e disse que era algo semelhante à arte de pescar com iscas artificiais.

Mas antes de o sr. Daniels conhecer esse aspecto da trupe, ele se apresentou ao grupo e disse que tinha uma boa amiga, a srta. Emily de Saram, moça muito talentosa que amava o teatro, perguntando se podia trazê-la para assistir a um ensaio. Pelo que entendi, isso foi feito dois ou três dias depois, embora eu desconhecesse quanto Emily se interessava por teatro. De qualquer forma, foi assim que ela conheceu o Vidente de Hyderabad e começou a viver uma vida diferente da que dela se esperava.

Exceto por sua evidente queda por Emily, o sr. Daniels não nos provocava grande curiosidade. Hoje, eu provavelmente desejaria desfrutar de sua companhia, passear por algum jardim botânico criado por ele, ouvindo-o falar sobre as qualidades especiais de cada planta pela qual passávamos, com folhagens, palmas e cercas vivas roçando nossos braços.

Certa tarde ele reuniu os três e nos levou ao local que prometera — as entranhas do navio. Atravessamos uma antessala onde havia uma forte corrente de ar vinda de dois ventiladores de turbina ligados à sala de máquinas. O sr. Daniels tinha uma chave que nos deu acesso ao porão — uma caverna sombria que se perdia nas trevas vários andares abaixo. À distância, distinguimos algumas luzes nos níveis inferiores. Descemos por uma escada de metal, passando por andares cheios de caixotes, sacos e enormes placas de borracha crua de um odor intoxicante. Ouvimos em alto e bom som o cacarejar de galinhas, e rimos do súbito silêncio que fizeram ao terem consciência de nossa presença. Ouvimos também o ruído de água correndo pelas paredes, que o sr. Daniels explicou se tratar de água do mar sendo dessalinizada.

Chegando ao fundo do porão, o sr. Daniels seguiu adiante na semiobscuridade. Guiamo-nos por uma fileira de luzes fracas penduradas pouco acima de nossa cabeça. Viramos à direita cerca de cinquenta metros à frente, e lá nos deparamos com o mural de que o sr. Daniels me falara, com as mulheres trepadas nos reparos de canhão. Fiquei pasmo com suas dimensões. As figuras, que tinham o dobro do tamanho natural, sorriam e acenavam, embora estivessem nuas e o fundo nada contivesse. "Tio", Cassius ficou perguntando, "o que é isso?" Mas o sr. Daniels não permitiu que parássemos e nos fez prosseguir.

Depois vimos uma luz dourada. Mais que isso. Ao nos aproximarmos, deparamos com um campo colorido: o "jardim" que o sr. Daniels transportava para a Europa. Paramos diante dele e em seguida nós três começamos a correr pelas estreitas aleias enquanto o sr. Daniels, agachado, examinava uma planta. Quão grande era o jardim? Nunca soubemos ao certo porque nunca o vimos inteiramente iluminado, uma vez que as lâmpadas que estimulavam o crescimento vegetal, imitando a luz solar, se apagavam e acendiam de forma independente. Deveria haver outras partes que nunca vimos. Nem me recordo de seu formato. Atualmente me parece que sonhamos com aquilo, que talvez nada existisse ao final daquela caminhada de dez minutos pelo sombrio porão. Vez por outra, o ar se enchia de gotículas de água e erguíamos o rosto para receber os chuviscos. Algumas plantas eram mais altas do que nós, outras nem chegavam a nossas canelas. Esticávamos os braços e acariciávamos as samambaias ao passarmos por elas.

"Não toque nela!", exclamou o sr. Daniels, empurrando meu braço esticado para baixo. "É uma *Strychnos nux-vomica*. Tome cuidado, ela tem um cheiro tentador, sobretudo à noite. Dá vontade de quebrar aquela casca verde, não é? Lembra a fruta *bael*, que você tem lá em Colombo, mas não é. É uma estricnina. Aquelas com as flores viradas para baixo são as brugmânsias, também chamadas de trombetas de anjo. Aquelas com as flores viradas para cima, tão bonitas, são as daturas, ou trombetas do demônio. E aqui está uma escrofulariácea, ou boca-de-leão, também enganosamente sedutora. Basta cheirar qualquer uma delas para você se sentir tonto."

Cassius inspirou com força e recuou dramaticamente, "desfalecendo" e amassando algumas ervas frágeis com o cotovelo. O sr. Daniels foi até ele e afastou seu braço de uma samambaia de aparência inocente.

"As plantas têm poderes notáveis, Cassius. A seiva desta aqui mantém seu cabelo preto e as unhas crescendo a uma taxa saudável. Ali, aquelas azuis..."

"Um jardim num navio!" Até Cassius se impressionara com o segredo do sr. Daniels.

"Noé...", disse Ramadhin baixinho.

"Sim. E lembrem, o mar também é um jardim, como diz um poeta. Agora, venham aqui. Outro dia vi vocês três fumando pedaços daquela cadeira de bambu... Isto aqui é melhor para vocês."

Curvou-se, e nos agachamos perto dele enquanto colhia algumas folhas em formato de coração. "Estas são folhas de bétele", disse, depositando-as na palma da minha mão. Foi adiante, pegou um pouco de cal apagada num cantinho e a misturou com lascas de noz-de-areca que guardava num saco de juta, entregando a mistura a Cassius.

Minutos depois, voltamos pelo corredor fracamente iluminado, mastigando a bétele. Conhecíamos aquela substância algo intoxicante e de uso corrente nas ruas de Colombo. Como o sr. Daniels observou, aquilo era mais seguro para Ramadhin do que fumar uma cadeira de bambu. "Quando se vai a um casamento, às vezes os anfitriões acrescentam uma pitadinha de ouro ao cardamomo e à pasta de cal." Deu-nos uma pequena quantidade desses ingredientes e algumas folhas desidratadas de tabaco, que decidimos guardar para nossos passeios matinais quando podíamos cuspir o fluido vermelho no mar, por cima da amurada, ou nas aberturas negras das sirenes de nevoeiro. Acompanhamos o sr. Daniels ao longo de várias aleias. Nos dias passados a bordo, a gama de cores se limitava ao branco, ao cinza e ao azul, com exceção de alguns pores de sol. Mas agora, naquele jardim iluminado artificialmente, as plantas exageravam nos verdes, azuis e amarelos vivos, nos encantando. Cassius pediu ao sr. Daniels mais detalhes sobre os venenos. Tínhamos a esperança de que nos falasse de alguma erva ou semente capaz de nocautear um adulto antipático, porém ele se recusou a nos dizer essas coisas.

Deixamos o jardim e voltamos pelo porão escuro. Ao passarmos pelo mural das mulheres nuas, Cassius perguntou de novo: "O que é *isso*, tio?". Galgamos depois a escadinha de metal até o nível do convés. Subir foi mais difícil. O sr. Daniels já nos esperava do lado de fora, fumando um cigarro enrolado à mão com papel branco, e não com uma folha marrom. Protegia-o do vento com a mão esquerda e, de repente, pareceu interessado em nos instruir sobre palmeiras do mundo todo. Imitou como elas se erguiam e balançavam, dependendo da espécie e da herança genética, como se curvavam ao vento de forma submissa. Mostrou-nos as várias posturas das palmeiras, arrancando risadas dos três. Depois nos ofereceu o cigarro e demonstrou como tragá-lo. Cassius quis logo experimentar, mas o sr. Daniels o passou primeiro para mim, que depois o fiz circular de mão em mão.

"Cigarrinho estranho", disse Cassius devagar.

Ramadhin deu uma segunda tragada e pediu: "Imita as palmeiras de novo, tio!". E o sr. Daniels continuou a nos demonstrar outras posições. "Essa, sem dúvida, é a talipote, a palmeira guarda-chuva", disse: "Daí é que vêm o *tari* e a *jagra*. Ela se move assim". Depois imitou uma palmeira-real dos Camarões, que cresce nos pântanos de água doce. A seguir, uma dos Açores e outra de tronco fino da Nova Guiné, os braços dele se transformando em folhas alongadas. Comparou como reagiam ao vento, algumas de modo atabalhoado, outras simplesmente virando o tronco de lado a fim de oferecer uma superfície mais estreita aos ventos fortes.

"A aerodinâmica… muito importante. As árvores são mais espertas que os seres humanos. Até mesmo um lírio é melhor do que um ser humano. As árvores são como galgos…"

Rimos muito das poses que ele fez. Mas, de repente, nós três nos afastamos correndo dele. Aos berros, atravessamos às carreiras o campo onde estavam sendo disputadas as semifinais femininas de badminton, mergulhando como balas de canhão na piscina, de roupa e tudo. Saímos da água e puxamos para dentro algumas cadeiras do convés. Era a hora de maior frequência, e as mães com crianças pequenas tentavam nos evitar. Soltamos todo o ar dos pulmões e mergulhamos até o fundo, lá balançando os braços de leve como as palmeiras do sr. Daniels, torcendo para que ele estivesse nos vendo.

A sala da turbina

Precisávamos ficar acordados para presenciar o que se passava no navio altas horas da noite, porém já estávamos exaustos de nos levantar antes do amanhecer. Ramadhin propôs que dormíssemos à tarde, como fazíamos quando crianças. No internato havíamos zombado daquelas sonecas tiradas depois do almoço, mas agora vimos como elas podiam ser úteis. No entanto, havia problemas. Segundo Ramadhin, os ocupantes da cabine ao lado da sua passavam a tarde rindo, gemendo e soltando guinchos, enquanto a que ficava contígua à minha era ocupada por uma mulher que estudava violino, o som ultrapassando a parede de metal para invadir meu espaço. Só guinchos, eu disse, nenhuma risada. Podia até ouvi-la brigando consigo própria entre os rangidos e dedilhados das cordas. Além do mais, a temperatura naquelas cabines mais baixas e sem escotilhas era terrível. A raiva que eu sentia da violonista só era abrandada por eu saber que ela também estava transpirando e provavelmente usando o mínimo de roupas que sua dignidade permitia. Nunca a vi, não tinha ideia de sua aparência nem do que ela tentava alcançar com aquele instrumento. Não pareciam ser as notas "formais e suntuosas" do sr. Sidney Bechet. Ela simplesmente repetia sem parar notas e trechos melódicos, hesitando e recomeçando, com o suor formando um fina película em seus ombros e braços enquanto passava as tardes sozinha, sem um minuto de descanso, na cabine vizinha à minha.

Cada um de nós também sentia falta da companhia dos outros. De qualquer modo, como Cassius havia decidido que necessitávamos de um abrigo permanente, escolhemos a pequena sala da turbina pela qual havíamos passado antes de descer ao porão com o sr. Daniels. E foi lá, na semiobscuridade e no fresquinho, que, com a ajuda de algumas cobertas e coletes salva-vidas trazidos emprestados, criamos um ninho onde ficávamos durante a tarde. Conversávamos um pouco e depois dormíamos a sono solto em meio ao rugido feroz dos ventiladores, nos preparando para as longas noitadas.

Mas nossas investigações noturnas não foram exitosas. Nunca tendo certeza do que estávamos testemunhando, nossa mente mal conseguia atinar com o arcabouço de possibilidades abertas aos adultos. Numa dessas "rondas", nos escondemos nas sombras do convés de passeio e, sem nenhuma razão especial, seguimos um homem só para ver aonde ele ia. Reconheci-o como sendo o ator que fazia o papel do Vidente de Hyderabad, cujo nome, segundo nos haviam dito, era Sunil. Surpreendentemente, ele nos levou até Emily, recostada a uma amurada e usando um vestido branco que pareceu reluzir quando ele se aproximou. O Vidente de Hyderabad a cobriu parcialmente, enquanto ela aninhava em suas mãos os dedos dele. Impossível saber se conversavam.

Recuamos para um local mais escuro e esperamos. Vi o homem afastar a alça do vestido de Emily e inclinar a cabeça na direção do ombro dela. A cabeça de Emily se curvou para trás, os olhos contemplando as estrelas — se é que havia estrelas no céu.

Como recordei no início, as três semanas no mar foram plácidas. Só agora, anos depois, tendo sido instado por meus filhos a descrever a viagem, é que ela se tornou uma aventura quando vista pelos olhos deles, e até mesmo algo significativo na minha formação. Um rito de passagem. Na verdade, porém, minha vida não foi enriquecida pela viagem, e sim empobrecida. Ao cair da noite, sentia falta do coro de insetos, do chilrear dos pássaros no jardim, das lagartixas conversando. E, ao raiar do sol, da chuva nas árvores, do asfalto úmido da Bullers Road, da corda queimando na rua, que era sempre um dos primeiros cheiros inconfundíveis do dia.

Em Boralesgamuwa, eu costumava acordar cedo alguns dias e atravessar o bangalô sombrio e espaçoso até a porta de Narayan. Sempre antes das seis horas. Esperava até que ele saísse, ajeitando o sarongue. Ele me cumprimentava com a cabeça e logo depois atravessávamos a grama orvalhada com passos rápidos e em silêncio. Ele era um homem alto e eu um menino de oito ou nove anos. Ambos descalços, aproximávamo-nos da casinha de madeira no fundo do jardim. Ao entrarmos, Narayan acendia um toco de vela, se acocorava com a chama amarelada e, com um forte solavanco, puxava a corda que punha o gerador em marcha.

Assim, meus dias começavam com os tremores e estalidos abafados daquela criatura que emitia um cheiro delicioso de gasolina e fumaça. Somente Narayan compreendia os hábitos e as fraquezas do gerador nos idos de 1944. Pouco a pouco, ele o acalmava e saíamos para o ar livre nos últimos minutos de escuridão. Eu ia vendo as luzes se acender uma a uma na casa de meu tio.

Atravessávamos o portão que dava para a High Level Road. Algumas lojas já estavam abertas, cada qual iluminada por uma única lâmpada. Na Jinadasa, comprávamos panquecas coroadas com ovos estrelados e as comíamos no meio da rua quase deserta, com as xícaras de chá postas no chão. Carros de boi passavam rangendo, seus condutores e até os animais semiadormecidos. Eu sempre fazia essa refeição ao amanhecer junto com Narayan depois que ele despertava o gerador. Não admitia perder a oportunidade de comermos na High Level Road, embora isso significasse que eu teria de consumir o café da manhã "oficial" com a família uma ou duas horas depois. Mas era quase heroico caminhar com Narayan na escuridão que aos poucos se desfazia, cumprimentando os comerciantes que haviam acabado de acordar, vendo-o se curvar para acender o cigarro de palha num pedaço de corda de cânhamo junto à barraquinha onde os cigarros eram vendidos.

Narayan e Gunepala, o cozinheiro, foram minhas companhias constantes quando eu era criança; provavelmente passei mais tempo com eles do que com minha família. Aprendi muito com os dois. Observava Narayan retirar as lâminas de um cortador de grama para afiá-las ou passar óleo carinhosamente na corrente de sua bicicleta com a palma das mãos. Sempre que estávamos em Galle, Narayan, Gunepala e eu descíamos os baluartes até o mar e nadávamos, para eles poderem pegar nos arrecifes o peixe que seria servido no jantar. Tarde da noite, eu era encontrado adormecido ao pé da cama da minha *amah* e precisava ser levado por meu tio para o quarto. Gunepala, de temperamento amargo e irritadiço, era um perfeccionista. Com seus dedos calejados, tirava alguma comida duvidosa de dentro de uma panela fumegante e a jogava a três metros de distância nos canteiros de flores — um osso de galinha ou um *thakkali* já passado, imediatamente devorados pelos vira-latas que por lá rondavam, conhecedores de seus hábitos. Gunepala discutia com todo mundo — comerciantes, vendedores de bilhetes de loteria, policiais perguntadores —, mas estava conectado com um universo invisível para as pessoas. Enquanto cozinhava, assobiava uma série de cantos de pássaros raramente ouvidos na cidade e de que se lembrava dos tempos de infância. Ninguém tinha a percepção dele para o que era ou podia ser audível. Uma tarde, ele me acordou de um sono profundo, pegou minha mão e fez com que eu me deitasse ao lado de um montinho de estrume de boi que já estava por ali havia algumas horas. Tudo para que eu escutasse os insetos dentro da bosta, consumindo aquele banquete e fazendo túneis de um lado para o outro. Nas suas horas vagas, ensinou-me paródias cheias de obscenidades de canções populares, obrigando-me a jurar que não as repetiria, porque se referiam a pessoas conhecidas.

Narayan e Gunepala foram meus guias fundamentais e queridos durante aquele meu período de formação, fazendo-me de certa forma questionar o mundo a que eu supostamente pertencia. Abriram-me as portas para outro mundo. Quando deixei o país com onze anos, o que mais senti foi perdê-los. Mil anos depois, conheci os romances do escritor indiano R. K. Narayan numa livraria londrina. Comprei todos e imaginei que tinham sido escritos pelo meu inesquecível amigo Narayan. Vi seu rosto por trás das frases, imaginei aquele homem alto sentado diante de uma humilde mesinha ao lado da janela de seu quartinho, terminando um capítulo sobre Malgudi antes de ser chamado por minha tia para fazer alguma coisa.

> "Excetuadas as lâmpadas públicas que bruxuleavam aqui e ali caso o óleo não tivesse acabado, as ruas ainda estavam às escuras quando eu saía em direção ao rio para fazer minhas abluções [...] No caminho, tinha meus encontros usuais. O leiteiro, começando suas rondas e tangendo uma vaquinha branca, me cumprimentava e perguntava respeitosamente: 'Que horas são, meu patrãozinho?', pergunta que eu deixava morrer no ar porque não trazia nenhum relógio [...] O vigia no escritório Taluk, coberto por um tapete, fazia a única pergunta que merecia resposta: 'É você mesmo?'. 'Sim, sou eu', dizia sempre, seguindo em frente."

Eu sabia que meu amigo costumava prestar atenção em tais detalhes durante nossos passeios matinais na High Level Road. Eu conhecia o condutor do carro de bois, conhecia o sujeito asmático que trabalhava na barraquinha de cigarros.

*

Então, um dia, senti o cheiro de cânhamo sendo queimado no navio. Fiquei paralisado por um instante, depois me dirigi a uma escada onde o odor era mais forte; hesitando se devia ir para cima ou para baixo, terminei por subir os degraus. O cheiro vinha de um corredor no nível D. Parei onde ele parecia ainda mais forte, me ajoelhei e encostei o nariz na pequena fresta debaixo da porta de metal. Bati baixinho.

"Pois não?"

Entrei.

Sentado diante de uma escrivaninha, havia um homem de aparência agradável. A cabine tinha uma escotilha, que estava aberta. A fumaça de uma corda com a ponta acesa parecia passar por cima do ombro dele e sair pela portinhola. "Pois não?", ele voltou a perguntar.

"Eu gosto desse cheiro. Sinto falta dele."

Ele sorriu e indicou um lugar na cama onde eu podia sentar. Abriu uma gaveta e puxou uma corda de um metro. Era o mesmo tipo de corda de cânhamo que queimava lentamente do lado de fora da barraquinha onde se vendiam cigarros na Bambalapitiya, ou no mercado de Pettah, ou, de fato, em qualquer local da cidade onde as pessoas acendiam o único cigarro que tinham acabado de comprar ali mesmo; ou, se alguém estivesse correndo e quisesse criar uma confusão, usava a ponta da corda acesa para acender uma bombinha.

"Sei que também vou sentir falta disso. E de outras coisas. *Kotha-malli*. Bálsamo. Tenho tudo isso na minha mala. Porque estou partindo para sempre." Desviou o olhar por um instante. Era como se houvesse dito aquilo em voz alta para si próprio pela primeira vez.

"Qual é o seu nome?"

"Michael", respondi.

"Se está se sentindo só, Michael, pode vir sempre aqui."

Fiz que sim com a cabeça, saí de mansinho e fechei a porta.

Ele se chamava sr. Fonseka e estava indo para a Inglaterra, onde trabalharia como professor. Passei a visitá-lo de tempos em tempos. Ele sabia recitar trechos de livros de todo tipo que conhecia de cor, e passava o dia sentado à escrivaninha refletindo sobre eles, pensando no que poderia dizer sobre cada obra. Eu nada sabia do mundo das letras, mas ele me recebia com histórias incomuns e interessantes, parando de súbito no meio do relato e dizendo que um dia eu devia descobrir o que aconteceu depois. "Acho que você vai gostar. Talvez ele encontre a águia." Ou: "Eles escapam do labirinto com a ajuda de alguém que vão encontrar daqui a pouco...". Frequentemente, durante a noite, enquanto espionava os adultos na companhia de Ramadhin e Cassius, eu tentava dar corpo ao esqueleto da aventura que o sr. Fonseka deixara inacabada.

Ele era calmo e cortês. Falava de uma forma titubeante, lânguida. O ritmo de seus gestos me fez desde logo entender que se tratava de uma pessoa rara. Só se punha de pé quando era essencial, como se fosse um gato enfermo. Não estava acostumado a se exibir em público, muito embora doravante devesse fazê-lo como professor de história e literatura na Inglaterra.

Tentei atraí-lo para o convés várias vezes, porém sua escotilha e o que podia ver através dela pareciam lhe oferecer uma dose suficiente de natureza. Com seus livros, a corda acesa, algumas garrafas de água do rio Kelani, bem como um punhado de fotografias da família, ele não sentia a menor necessidade de abandonar sua cápsula do tempo. Se o dia estivesse enfadonho, eu visitava a cabine esfumaçada, e em algum momento ele começava a ler para mim. O que mais me impressionou foi o anonimato dos contos e dos poemas. E a elegância de uma rima era algo novo. Eu não estava preparado para acreditar que ele de fato citava coisas escritas séculos antes num país distante. Como vivera o tempo todo em Colombo, seus modos e sua pronúncia eram um produto da ilha, porém, ao mesmo tempo, ele tinha aquele vasto conhecimento adquirido nos livros. Cantava uma canção dos Açores ou recitava versos de uma peça de teatro irlandesa.

Levei Cassius e Ramadhin para conhecê-lo. Ele se mostrara

curioso acerca deles e fez com que eu contasse nossas aventuras no navio. Encantou os outros também, em particular Ramadhin. O sr. Fonseka parecia saber extrair um efeito calmante dos livros que lia. Contemplava uma distância inimaginável (quase dava para ver as datas voando na folhinha) e citava frases gravadas em pedra ou num papiro. Imagino que relembrava tais coisas para iluminar suas opiniões, como um homem que abotoa o suéter a fim de aquecer somente a si próprio. O sr. Fonseka não era rico. Sem dúvida, tinha levado uma existência sóbria como professor em alguma moradia na cidade. Mas possuía uma serenidade que tinha origem na escolha de vida que fez para si. Só encontrei igual serenidade e convicção nas pessoas que utilizam os livros que as cercam como defesa.

Tenho consciência da compaixão e da ironia que um retrato como esse provoca. Tudo o que trazia na bagagem, aquelas desbotadas edições da Penguin de Orwell e Gissing, as traduções de Lucrécio com as bordas roxas... Ele devia crer que haveria uma vida modesta porém confortável para um asiático radicado na Inglaterra, onde seu domínio da gramática latina poderia lhe servir como uma espada, como um elemento distintivo.

Pergunto-me o que terá acontecido com ele. Vez por outra, quando me lembro, procuro alguma referência ao nome Fonseka nas bibliotecas. Sei que Ramadhin manteve contato com ele em seus primeiros anos de Inglaterra. Mas eu não, ainda que me desse conta de que gente como o sr. Fonseka se parece com os cavalheiros inocentes de uma época mais perigosa. Trilhando o mesmo caminho, a cada passo fomos obrigados a aprender brutalmente de cor *não* poemas, mas as mesmas lições, como descobrir um restaurante bom e barato de comida indiana em Lewisham, abrir e fechar exatamente do mesmo jeito os aerogramas azuis para o Ceilão e depois para Sri Lanka, ouvir os mesmos ultrajes, insultos e constrangimentos pela forma como pronunciamos a letra "v" e falamos tão depressa e, acima de tudo, sentir a dificuldade de *pertencer*. Tudo, talvez, seguido de uma modesta aceitação e tranquilidade num apartamento bem parecido com aquela sua cabine.

Penso no sr. Fonseka nas escolas inglesas, suéter abotoado até em cima para se proteger do mau tempo local, desejoso de saber se ele realmente ficou lá "para sempre". Ou se não terá sido capaz de sobreviver na Inglaterra, embora o país fosse para ele "o centro da cultura", voltando enfim num voo da Air Lanka que só lhe roubaria dois terços de um dia, para então começar de novo, dando aulas num lugar como Nugegoda. *Voltando de Londres*. Será que todas aquelas passagens e estrofes memorizadas do cânone europeu que ele trouxera de volta equivaliam a um rolo de corda de cânhamo ou a uma garrafa de água do rio? Será que as adaptou ou traduziu, insistindo em ensiná-las numa escola de aldeia, usando um quadro-negro sob o sol enquanto, ali perto, os pássaros da floresta soltavam guinchos penetrantes? Uma nova ordem em Nugegoda?

A essa altura já conhecíamos perfeitamente quase todo o navio — a rota das tubulações de ar desde que saíam dos motores das hélices, como penetrar no aposento em que os peixes eram preparados (rastejando pela abertura por onde passava o carrinho), porque eu gostava de ver o trabalho dos cozinheiros. Certa vez, me equilibrei junto com Cassius nas barras acima do teto falso do salão de baile só para ver os adultos dançando lá embaixo. Era meia-noite. Dali a seis horas, segundo nossos cálculos, as aves mortas seriam levadas do depósito refrigerado para as cozinhas.

Tínhamos descoberto que o trinco da porta do arsenal estava avariado, e, quando não havia ninguém lá, manuseávamos os revólveres e as algemas. Sabíamos que cada escaler continha uma bússola, uma vela e um pequeno bote de borracha, além de barras de chocolate para emergências (que já havíamos consumido). O sr. Daniels finalmente nos havia contado onde ficavam as plantas venenosas numa seção cercada do jardim. Indicou-nos o *Piper mephisticum*, que "aguçava a mente". Ele disse que os anciãos das ilhas do Pacífico sempre a tomavam antes de debater um acordo de paz relevante. E lá estava também, crescendo de forma quase secreta sob uma intensa luz amarela, o *curare*, que, segundo ele, ao ser introduzido na corrente sanguínea, fazia quem o tomava mergulhar num longo transe do qual não se lembraria depois.

Também tínhamos conhecimento dos horários mais informais, desde a hora em que a australiana calçava os patins antes de o sol nascer até o momento em que, escondidos no bote salva-vidas, víamos o prisioneiro surgir tarde da noite. Nós o estudávamos cuidadosamente. Dava para ver que aquele círculo em torno de seus pulsos era uma algema de metal. Eles estavam ligados por uma corrente de uns cinquenta centímetros de comprimento e presos a um cadeado, permitindo certa liberdade de movimento a suas mãos.

Observávamos tudo em silêncio. Não havia nenhuma comunicação entre ele e nós três. A não ser uma noite em que parou e, apesar da escuridão, olhou fixamente em nossa direção. Não podia nos ver. Mas era como se tivesse consciência de nossa presença ou tivesse sentido nosso cheiro. Os guardas não notaram nada, só ele, que soltou um grunhido alto e virou de costas. Embora estivesse a uns quinze metros de nós, e algemado, ele nos aterrorizou.

Um feitiço

Se nossa viagem para a Inglaterra foi registrada pelos jornais da época, a única razão teria sido a presença no *Oronsay* do filantropo Sir Hector de Silva. Ele subira a bordo com uma comitiva que incluía dois médicos, um profissional aiurvédico, um advogado, a esposa e uma filha. A maioria deles se mantinha nos andares superiores do navio e raramente os víamos. Ninguém dessa comitiva aceitou o convite para fazer as refeições na mesa do capitão. Tudo indicava que estavam acima até disso. A razão, no entanto, é que Sir Hector, um empresário de Moratuwa que fizera fortuna com pedras preciosas, borracha e imóveis, sofria de uma doença possivelmente fatal e seguia para a Europa em busca de um médico capaz de salvá-lo.

Nenhum especialista inglês aceitara ir a Colombo cuidar do problema médico de Sir Hector malgrado a oferta de uma remuneração considerável. Os praticantes de Harley Street lá permaneceram mesmo depois da recomendação feita pelo governador britânico, que jantara com Sir Hector em sua mansão de Colombo, e mesmo tendo Sir Hector sido agraciado com o título de cavalheiro na Inglaterra por suas doações a várias instituições de caridade. Por isso ele estava agora encasulado numa esplendorosa suíte dupla do *Oronsay*, sofrendo de hidrofobia. De início, não nos importamos com a doença de Sir Hector. Sua presença a bordo poucas vezes era mencionada na mesa da ralé. Ele era famoso por sua grande fortuna, e isso não nos interessava nem um pouco. Entretanto, o que despertou nossa curiosidade foi descobrir os antecedentes de sua viagem decisiva.

Aconteceu o seguinte. Certo dia, Hector de Silva tomava o café da manhã em sua varanda na companhia de amigos. Eles faziam piadas, como é costume entre pessoas que levam vidas seguras e confortáveis. Nesse momento, um venerável *battaramulle* — ou sacerdote sagrado — passou pela frente da casa. Ao ver o monge, Sir Hector fez um trocadilho com seu título, dizendo: "Ah, lá vai um *muttaraballa*". *Muttara* quer dizer "o que urina" e *balla* significa "cachorro". Portanto, "lá vai um cachorro mijão".

Uma observação espirituosa porém imprópria. Ao ouvir o insulto, o monge parou, apontou para Sir Hector e disse: "Vou lhe mandar um *muttaraballa*...". Em seguida, o venerável monge, que tinha a fama de praticar magia negra, seguiu diretamente para o templo, onde entoou diversos mantras e selou o destino de Sir Hector de Silva, fechando-lhe as portas para uma vida de afluência.

Não recordo quem nos contou a primeira parte da história, mas a curiosidade que nos unia imediatamente fez com que a presença do milionário na classe imperador passasse a ocupar lugar destacado em nossos pensamentos. Fizemos de tudo para descobrir o que fosse possível. Cheguei a mandar um bilhete a minha suposta protetora, Flavia Prins, que foi me encontrar rapidamente junto à entrada da primeira classe e afirmou não saber de nada. Ficou aborrecida, porque meu bilhete dera a entender que se tratava de uma emergência, obrigando-a a interromper uma de suas importantes partidas de bridge. O problema é que, na mesa da ralé, não se falava muito no assunto. Por isso nos aproximamos do assistente do comissário de bordo (que, como Ramadhin observou, tinha um olho de vidro), e ele, sim, nos revelou mais coisas.

Algum tempo depois do episódio com o venerável monge, Sir Hector descia as escadas da mansão. Seu terrier de estimação, como sempre, o esperava lá embaixo. Era um animal amado por todos da família. Quando Sir Hector se curvou, o cachorrinho brincalhão pulou para alcançar seu pescoço. Sir Hector o afastou e foi mordido na mão.

Dois empregados agarraram o animal e o puseram no canil. Enquanto isso, alguém da família cuidou da mordida. Aparentemente, o terrier já havia se comportado de modo estranho de manhã, correndo na cozinha por entre as pernas dos criados, tendo sido enxotado com uma vassoura. Voltou para dentro de casa no último minuto, calmo e silencioso, a fim de receber o dono ao pé da escada. O cachorro não tinha mordido ninguém na confusão anterior.

Mais tarde, nesse mesmo dia, Sir Hector passou em frente ao canil e abanou o dedo enfaixado na direção do animal. Vinte e quatro horas depois, o terrier morreu, com sintomas de raiva. No entanto, a essa altura já ficara bem clara a mensagem do "cachorro mijão".

Um por um, eles vieram. Todos os médicos respeitados que atendiam à área de Colombo 7 foram consultados em busca de uma cura. Sir Hector era o homem mais rico da cidade (exceto por alguns contrabandistas de armas ou comerciantes de pedras preciosas cuja fortuna jamais seria conhecida).

Os médicos conversavam aos sussurros enquanto andavam

pelos longos corredores da casa, discutindo e aperfeiçoando a defesa contra a raiva que começava a afetar o rico cidadão no andar de cima. O vírus avançava para outras células à taxa de cinco a dez milímetros por hora, já havendo sintomas no local da mordida, como a sensação de queimadura, coceira e insensibilidade, mas os sinais tenebrosos da hidrofobia ainda não haviam se manifestado. Como o paciente recebia os cuidados cabíveis, a doença poderia durar vinte e cinco dias antes de se revelar fatal. O terrier foi exumado e mais uma vez examinado para haver certeza quanto à presença da raiva. Telegramas foram enviados a Bruxelas, Paris e Londres. E, por cautela, três camarotes de luxo foram reservados no *Oronsay*, a próxima embarcação a zarpar para a Europa. O navio faria escalas em Aden, Porto Said e Gibraltar, havendo a esperança de que numa dessas localidades algum especialista subisse a bordo.

Mas também se dizia que Sir Hector deveria permanecer em casa, pois era provável que seu estado se agravasse durante uma viagem que poderia atravessar águas agitadas e cujos recursos médicos eram precários; além do mais, havia o fato de normalmente só haver a bordo um médico de gabarito inferior, em geral algum interno de vinte e oito anos cujos pais tinham influência na sede da Orient Line. Por outro lado, praticantes da aiurveda chegavam do distrito de Moratuwa, onde a família De Silva tinha sua *walauwa* havia mais de um século, afirmando haver tratado com êxito vítimas da raiva. Alegavam que, se ficasse na ilha, Sir Hector teria acesso aos mais potentes remédios feitos com ervas. Pronunciavam-se clamorosamente nos velhos dialetos, que ele conhecia desde a juventude, dizendo que a viagem o deixaria distante dessas fontes poderosas. Como a causa da enfermidade era local, o antídoto precisava ser sempre buscado no mesmo lugar.

Por fim, Sir Hector decidiu embarcar para a Inglaterra. A

acumulação de sua fortuna também o levara a adquirir uma fé cega nos avanços da Europa. Talvez isso viesse a se revelar um erro fatal, pois a viagem marítima durava vinte e um dias. Ele imaginava que seria levado imediatamente das docas de Tilbury ao melhor médico de Harley Street, onde, supunha, haveria uma respeitável multidão do lado de fora, quem sabe inclusive alguns cingaleses com pleno conhecimento de sua condição financeira. Hector de Silva lera um romance russo e podia visualizar tudo isso, enquanto uma cura em Colombo parecia depender da magia ancestral, da astrologia e de receituários botânicos escritos numa grafia cheia de arabescos. Crescera conhecendo alguns tratamentos locais, como urinar imediatamente nos pés para aliviar a dor causada pelos ouriços-do-mar. Agora lhe diziam que, para a mordida de um cão louco, as sementes da *ummattaka* negra, ou pilrito, deviam ser marinadas em urina de vaca e transformadas numa pasta de uso interno. Vinte e quatro horas depois, ele deveria tomar um banho frio e beber leitelho. No interior eram comuns esses procedimentos. Quatro em dez funcionavam. Não era uma média aceitável.

Entretanto, Sir Hector de Silva coagiu um aiurvédico de Moratuwa a acompanhá-lo na viagem marítima, levando um saco com ervas colhidas no local e algumas sementes e raízes de *ummattaka* do Nepal. Ele e os dois médicos dividiam uma suíte ao lado do quarto de dormir de Sir Hector, enquanto sua mulher e sua filha de vinte e três anos dividiam outra suíte no lado oposto.

Assim, no meio do oceano o aiurvédico de Moratuwa abriu seu baú de viagem, que continha unguentos e líquidos, retirou as sementes de pilrito que já haviam ficado de molho na urina de vaca, misturou-as a uma pasta de açúcar mascavo, para disfarçar o sabor, e às pressas levou o preparado com aspecto de catarro para que o milionário tomasse uma xícara dele. Por insistência do filantropo, a isso se seguiu um bom conhaque francês. O tratamento era feito duas vezes ao dia, constituindo a única obrigação do aiurvédico. Por isso, enquanto os dois médicos cuidavam do paciente durante o resto do dia, o fitoterapeuta de Moratuwa podia passear à vontade pelo navio, embora lhe tivessem deixado claro que não fosse além da classe turística. Ele deve ter percorrido a embarcação, consciente da falta de cheiros daquele navio obsessivamente limpo, até certo dia sentir o aroma familiar de cânhamo sendo queimado e seguindo-o até o convés D. Lá, parou diante da cabine, bateu na porta de metal, ouviu uma resposta e entrou para ser recebido pelo sr. Fonseka e por um menino.

Navegávamos havia vários dias quando essa visita ocorreu, cabendo ao aiurvédico revelar os últimos estágios da história de Hector de Silva, hesitante de início, porém depois pronto a contar todos os pormenores interessantes. Mais tarde, o apresentamos ao sr. Daniels, que simpatizou com ele e o levou ao porão para conhecer seu jardim, onde passaram horas discutindo acaloradamente as virtudes medicinais das plantas. Cassius também se tornou amigo dele e logo pediu algumas folhas de bétele ao fitoterapeuta, que havia trazido uma boa provisão delas.

As revelações surrealistas sobre o homem amaldiçoado nos impressionaram demais. Colhemos cada fragmento da história de Sir Hector e continuamos ansiosos para conhecer mais. Fizemos um esforço de memória para lembrar, ou ao menos imaginar, como, na noite do embarque em Colombo, o milionário havia sido levado prancha acima numa maca. Tenhamos ou não testemunhado isso, a cena agora estava gravada em nossa mente. Pela primeira vez na vida, nos interessávamos pelo destino de pessoas das classes superiores. Pouco a pouco nos conscientizamos de que o sr. Mazappa, com suas lendas musicais, o sr. Fonseka, com suas canções dos Açores, e o sr. Daniels, com suas plantas, até então vistos por nós como deuses, não passavam de personagens menores, cuja função consistia em observar aqueles indivíduos com um poder real progredindo ou fracassando no mundo.

Tardes

Quando o sr. Daniels nos ofereceu as folhas de bétele para mascar, ficou evidente que Cassius já as conhecia. Assim que lhe comunicaram que iria estudar na Inglaterra, ele já sabia atingir com um jato do fluido vermelho o que quisesse — um rosto num anúncio, os fundilhos da calça do professor, a cabeça de um cachorro de dentro de um carro em movimento. Na preparação da viagem, seus pais, tentando curar os hábitos que ele adquirira nas ruas, não o deixaram pôr na bagagem folhas de bétele, porém Cassius encheu sua fronha predileta com um grande volume de folhas e nozes. Durante a despedida sentimental no porto de Colombo, enquanto seus pais acenavam do cais, Cassius tirou do bolso uma folha verde e acenou de volta com ela na mão. Não sabia ao certo se eles a viram, porém tinha a esperança de que tivessem testemunhado sua esperteza.

Havíamos sido proibidos de usar a piscina do Lido por três dias. Por causa do nosso assalto daquela tarde, armados com as cadeiras de convés e sob a influência do "*beedi* branco" do sr. Daniels, só podíamos circular em torno dela e fingir que íamos mergulhar. No abrigo da sala da turbina, decidimos descobrir tudo o que fosse possível sobre os passageiros que frequentavam a mesa da ralé e compartilharmos entre nós as informações que cada um viesse a colher. Cassius informou que a srta. Lasqueti, a mulher doentiamente pálida que sentava ao lado dele, tinha "cutucado seu pênis" com o cotovelo de modo acidental ou intencional. Eu contei que o sr. Mazappa usava óculos de aros pretos quando se apresentava como Sunny Meadows, a fim de parecer mais confiável e intelectual. Ele os havia pescado do bolso interno do paletó e entregado a mim, para mostrar que não eram de grau. Nós três achávamos que o passado do sr. Mazappa devia ser bem nebuloso. "Como diz o bom livro, já rastejei por alguns esgotos nos meus tempos" era uma de suas conclusões preferidas para qualquer história.

Durante uma de nossas intermináveis conversas na sala da turbina, Cassius disse: "Você se lembra das latrinas do St. Thomas' College?". Ele estava recostado numa salva-vidas e chupava leite condensado de uma lata. "Sabe o que vou fazer antes de descer deste navio? Prometo que vou cagar na privada do capitão."

Voltei a passar mais tempo com o sr. Nevil. Nas plantas que sempre carregava, ele me indicou onde os mecânicos comiam e dormiam e também onde ficavam as acomodações do capitão. Mostrou-me como o sistema elétrico chegava a cada aposento e até mesmo como máquinas que não eram vistas se espalhavam pelos andares inferiores do *Oronsay*. Eu já sabia disso. Na minha cabine, uma extensão do eixo motor girava continuamente atrás de uma parede de madeira, e com frequência eu encostava a palma da mão naquela superfície sempre quente.

O melhor foi quando ele me contou sobre o tempo em que trabalhava desmontando navios e como um transatlântico podia ser partido em milhares de peças irreconhecíveis no canteiro de uma empresa de sucateamento. Compreendi que era isso o que eu tinha visto naquele canto afastado do porto de Colombo, onde um navio estava sendo cortado com maçaricos e transformado em metais úteis, de modo que o casco fosse convertido numa barcaça de canal ou a chaminé transformada num tanque. Segundo o sr. Nevil, esses trabalhos de desmonte eram realizados nas extremidades de todos os portos. Separavam-se as ligas, queimava-se a madeira, a borracha e os plásticos eram fundidos em placas posteriormente enterradas. Mas, como as porcelanas, as bicas de metal e a fiação elétrica eram preservadas e reutilizadas, imaginei que entre as pessoas que haviam trabalhado com ele havia desde sujeitos musculosos, que desmontavam as paredes com grandes marretas de madeira, até aqueles cuja tarefa específica era arrancar e coletar rolos de metal, pequenos dispositivos elétricos e fechaduras, agindo como corvos. Num mês faziam um navio desaparecer, deixando apenas seu esqueleto no lodo de algum estuário, ossos para um cão. O sr. Nevil havia trabalhado no mundo todo fazendo isso, de Bangcoc a Barking. Agora, sentado ao meu lado, relembrava os portos em que tinha vivido, rolando um pedaço de giz azul entre os dedos, de repente pensativo.

Naturalmente, ele murmurou, era uma profissão perigosa. Doía pensar que nada era permanente, nem mesmo uma grande embarcação. "Nem mesmo a trirreme!", disse, me cutucando com o cotovelo. O sr. Nevie participara do desmonte do *Normandie* — "o navio mais bonito construído até hoje" —, quando ele se encontrava queimado e parcialmente submerso no rio Hudson, nos Estados Unidos. "Mas, sei lá como, até as ruínas dele eram bonitas... porque num canteiro de sucateamento você descobre que tudo pode ter uma vida nova, renascer como parte de um carro ou de um vagão de trem, como a lâmina de uma pá. Você vê aquela vida antiga e a relaciona com algum estranho."

Srta. Lasqueti

A srta. Lasqueti era considerada pela maioria dos frequentadores da mesa da ralé uma provável solteirona, e por nós três alguém com uma libido bem ativa (aquele cotovelo nas partes baixas de Cassius). Era graciosa e branca como uma pomba. Não gostava de tomar sol. Era possível vê-la numa cadeira de convés lendo romances policiais em lugares onde havia sombras profundas, seu cabelo louro como única centelha colorida na escuridão de sua escolha. Ela fumava. Juntamente com o sr. Mazappa, levantava-se, os dois pediam desculpas após o primeiro prato e enveredavam pela saída mais próxima para o convés. Não tínhamos ideia do que conversavam lá fora. Formavam um par improvável, embora a risada dela sugerisse que já tinha rolado na lama algumas vezes. Surpreendente, pois brotava de um corpo delicado, de uma pessoa recatada; costumávamos ouvir seu riso em resposta a alguma história irreverente do sr. Mazappa. Ela tinha um quê de excêntrico. "Por que será que, quando ouço falar em *trompe l'oeil*, penso em ostras?", escutei-a dizer certa vez.

No entanto, na maior parte do tempo não tínhamos a menor indicação sobre o passado ou a carreira da srta. Lasqueti. Considerávamo-nos bons em matéria de colher pistas enquanto circulávamos pelo navio todos os dias, mas nossa certeza sobre o que descobríamos crescia devagar. Ouvíamos algo no almoço ou testemunhávamos um olhar de relance, um gesto de cabeça. "O espanhol é uma língua maravilhosa, não é, sr. Mazappa?", a srta. Lasqueti havia comentado, e ele, do outro lado da mesa, piscara o olho para ela. Estávamos aprendendo sobre os adultos simplesmente por estar entre eles. Sentíamos que certos padrões de comportamento se cristalizavam, e durante algum tempo tudo se baseou naquele piscar de olhos do sr. Mazappa.

Uma das peculiaridades da srta. Lasqueti era sua propensão ao sono. Mal conseguia ficar acordada certas horas do dia. Via-se que lutava contra o sono, e essa luta a tornava ainda mais digna de simpatia, como se estivesse eternamente repelindo uma punição injusta. Passava-se por ela numa cadeira de convés, a cabeça pendendo aos poucos na direção do livro que tentava ler. De certo modo, ela era o fantasma de nossa mesa, pois se revelou sonâmbula, característica perigosa num navio. Uma pequena mancha branca, assim a vejo sempre, no mar negro e revolto.

Qual seria seu futuro? Qual tinha sido seu passado? Era a única da mesa da ralé capaz de nos obrigar a um esforço incomum para imaginar a vida de alguém. Admito que foi sobretudo Ramadhin quem persuadiu a mim e a Cassius a exercer tal empatia. Ramadhin era o mais generoso dos três. Mas, pela primeira vez na vida, começamos a sentir que podia haver algo de injusto na vida de outra pessoa. Lembro que a srta. Lasqueti trazia uma lata de chá de pólvora e o misturava com água quente, despejando numa garrafa térmica que levava ao sair da mesa. Podia-se ver como seu rosto ganhava cor ao tomar o chá para ficar desperta.

A descrição de que era "branca como uma pomba" foi

provavelmente influenciada por uma descoberta posterior sobre ela: soube-se que a srta. Lasqueti tinha vinte ou trinta pombos engaiolados em alguma parte do navio. Ela os "acompanhava" até a Inglaterra, mas nunca revelou por que viajava com essas aves. Mais tarde, Flavia Prins me contou que, de acordo com um passageiro da primeira classe, a srta. Lasqueti era vista com frequência nos corredores da sede do governo inglês.

De qualquer forma, nos parecia que todos na mesa — até mesmo o alfaiate silencioso, o sr. Gunesekera, proprietário de uma loja em Kandy, o divertido sr. Mazappa e a srta. Lasqueti — deviam ter razões interessantes para fazer a viagem, mesmo que não fossem objeto de conversa ou permanecessem até então em segredo. Apesar disso, o prestígio de nossa mesa no *Oronsay* continuava mínimo, enquanto os frequentadores da mesa do capitão viviam se saudando mutuamente por conta de sua importância. Esta foi uma pequena lição que aprendi na viagem. O que é interessante e relevante acontece em geral em segredo, em lugares onde não há gente poderosa. Nada de valor duradouro ocorre na mesa principal, sustentada por uma retórica que todos conhecem bem. Os que já detêm poder continuam a deslizar ao longo das linhas que previamente traçaram para si.

A garota

A pessoa menos poderosa no navio era uma garota chamada Asuntha, e só aos poucos fomos tomando conhecimento de sua existência. Ela parecia possuir apenas um vestido verde desbotado, sendo tudo que usava mesmo durante as tempestades. Era surda, o que a tornava ainda mais frágil e solitária. Alguém em nossa mesa perguntou quem teria pago a passagem dela. Uma vez a vimos se exercitando numa cama elástica e, quando se encontrava em pleno ar, com todo aquele espaço silencioso à sua volta, sentimos que estávamos observando uma pessoa diferente. No entanto, tão logo ela se afastou andando, não identificamos nenhuma agilidade ou força nela. Era pálida mesmo para uma cingalesa. E franzina.

Como tinha medo de água, ao passar pela piscina mexíamos com ela, ameaçando molhá-la, até que Cassius mudou de ideia e nos impediu de fazer isso. Percebemos então um toque de benevolência em Cassius, que a partir desse momento começou a olhá-la com certa timidez. Sunil, o Vidente de Hyderabad da trupe Jankla, parecia estar tomando conta dela. Sentava-se a seu lado durante as refeições na mesa que Emily também frequentava, e olhava para a mesa da ralé de soslaio, horrorizado com a barulheira feita por nosso grupo.

Asuntha tinha um modo especial de ouvir. Só possuía alguma audição no ouvido direito, e, se o interlocutor falasse clara e diretamente perto dela, interpretava a vibração do ar sob a forma de sons e palavras. Não havia como se comunicar sem essa aproximação extrema. Durante os exercícios de segurança, um membro da tripulação a chamava de lado para lhe explicar as normas e os procedimentos, enquanto os outros recebiam a informação através de um alto-falante. Era como se ela estivesse cercada por barreiras.

Apenas por puro acaso Emily sentava-se à mesa da garota. Enquanto Emily era a figura mais bela e reluzente do navio, Asuntha não passava de uma reclusa. Pouco a pouco, porém, as duas foram se aproximando, e notamos que as conversas entre elas se tornaram intensas — sussurros, mãos dadas. Emily se transformava em outra criatura quando estava com a garota surda.

A chuva matinal deixava uma camada fina de água no piso dos conveses. Entre as saídas B e C, havia uma extensão de cerca de vinte metros sem nenhuma cadeira de convés. Corríamos para esse local descalços e nos deixávamos deslizar pela madeira escorregadia até bater na amurada ou numa porta subitamente aberta por algum passageiro desejoso de ver como estava o tempo. Cassius derrubou o velho professor Raasagoola Chaudharibhoy durante uma derrapagem recorde. A distância podia ser aumentada quando o piso era lavado. Aplicada uma camada de sabão, éramos capazes de deslizar o dobro da distância, derrubando baldes e colidindo com marinheiros. Até Ramadhin participava. Ele havia descoberto que, acima de tudo, adorava sentir o vento do mar no rosto. Ficava postado horas a fio na proa, o olhar fixo no horizonte, hipnotizado por algo que só ele via ou por algum pensamento secreto.

Se alguém desejasse captar os movimentos diários que ocorriam no navio, o método mais preciso consistiria em criar uma série de linhas cruzadas, com diferentes intervalos de tempo e representadas por cores diversas, a fim de refletir os trajetos de cada personagem. Lá estaria registrada a caminhada que o sr. Mazappa fazia depois de acordar ao meio-dia, assim como a do aiurvédico de Moratuwa após cumprir suas obrigações com Sir Hector. Havia também os trajetos de Hastie e Invernio ao levarem os cachorros para passear; as lentas perambulações de Flavia Prins e suas companheiras de bridge indo e vindo do Delilah Lounge; as voltas velozes realizadas pela patinadora australiana ao raiar do sol; as atividades oficiais e não oficiais da trupe Jankla; os giros que nós três fazíamos para todos os lados, como mercúrio libertado: parando na piscina e depois na mesa de pingue-pongue, observando uma aula de piano do sr. Mazappa no salão de baile, tirando uma rápida soneca, conversando com o comissário de bordo assistente que só tinha um olho (prestando atenção no olho de vidro ao passarmos), visitando o sr. Fonseka por uma hora ou mais. Todos esses padrões aleatórios de movimentação se tornaram tão previsíveis como os passos de uma dança de quadrilha.

Para nós, era uma época em que ainda não existia a vantagem das fotografias, não havendo assim uma recordação permanente da viagem. Não possuo nem ao menos um instantâneo pouco nítido dos dias passados no *Oronsay* que me mostre como era de fato a aparência de Ramadhin na época. Um mergulho indistinto na piscina, um corpo envolto num lençol branco sendo atirado ao mar, um menino buscando se encontrar no espelho, a srta. Lasqueti adormecida numa cadeira de convés — essas são imagens existentes apenas na memória. No convés mais alto, na classe imperador, os passageiros tinham máquinas fotográficas do tipo caixote, sendo com frequência retratados com trajes a rigor. Na mesa da ralé, a srta. Lasqueti vez por outra desenhava num bloco de folhas amarelas. Talvez tenha esboçado alguns de nós, mas nunca fomos suficientemente curiosos para lhe perguntar; não se imaginava que pudesse existir algum interesse artístico naqueles que nos cercavam. Reagiríamos do mesmo modo se ela estivesse tricotando um retrato de cada um de nós com lãs de cor diferente. Ficávamos muito mais curiosos quando a srta. Lasqueti vestia um paletó especial trazendo em seus bolsos acolchoados vários pombos vivos para passear no convés.

Nada do que fazíamos tinha a possibilidade de se tornar permanente. Simplesmente descobríamos por quanto tempo nossos pulmões eram capazes de reter oxigênio enquanto íamos de um lado a outro no fundo da piscina. Nosso maior prazer era quando um funcionário jogava cem colheres dentro da piscina, e Cassius e eu competíamos com outros passageiros a fim de recolher o maior número possível em nossas pequenas mãos graças aos pulmões que nos permitiam permanecer mais tempo debaixo d'água. Éramos observados, aplaudidos e objeto de risadas se nossos calções caíam ao sairmos da piscina como peixes anfíbios, trazendo talheres apertados contra o peito. "Amo todos os mergulhadores", escreveu Melville, aquele grande viajante marítimo. E, se eu tivesse que escolher uma carreira durante a viagem, diria que gostaria de ser pelo resto da vida um mergulhador envolvido numa competição como aquela. Nunca me ocorreu que não havia semelhante ocupação ou profissão. No entanto, nossos pequenos corpos, quase identificados com o elemento água, depositavam os tesouros na borda e mergulhavam de novo em busca das últimas colheres. Apenas Ramadhin, protegendo seu coração frágil, não podia participar. Mas, ligeiramente aborrecido, ele também nos aplaudia.

Furto

Certa manhã, fui persuadido por um homem que conhecíamos como Barão C. a ajudá-lo num projeto. Ele precisava de um menino pequeno mas atlético, e vinha me observando mergulhar em busca das colheres na piscina.

Inicialmente, fui convidado por ele para tomar um sorvete na sala de estar da primeira classe. Depois, já em seu camarote, a fim de avaliar minhas habilidades, ele me pediu que tirasse a sandália, subisse nos móveis e me movimentasse tão rápido quanto possível em volta do aposento sem tocar no solo. Achei isso estranho, porém pulei da poltrona para a escrivaninha, dali para a cama e depois para o banheiro agarrando-me à porta. Comparado com a minha cabine, o camarote era muito grande e, depois de alguns minutos, me postei descalço sobre o tapete grosso, ofegante como um cachorro. Nesse momento ele trouxe um bule de chá.

"É chá de Colombo, não do navio", disse, adicionando leite condensado à xícara. O homem sabia o que era um bom chá. Até então, o que nos havia sido servido no navio tinha gosto de água de lavagem de pratos, e eu parara de bebê-lo. Na verdade, deixei de tomar chá durante dez anos. Mas o Barão preparou meu último bom chá. Como as xícaras eram muito pequenas, tomei várias naquele dia.

O Barão disse que eu tinha *aptidões atléticas*. Levou-me até a porta e apontou para a janela no alto. Era retangular e possuía um pequeno trinco que a mantinha fechada. No momento, estava aberta, o vidro na horizontal como uma bandeja, permitindo que o ar e entrasse e saísse do camarote.

"Você acha que pode passar por essa janela?" Sem esperar por uma resposta, trançou os dedos das mãos e me fez subir por elas até trepar em seus ombros. Fiquei a quase dois metros do chão. Comecei a penetrar na abertura, cauteloso por causa do vidro e da moldura de madeira, com medo de cair ao me apoiar nela. Como proteção adicional, havia duas barras de ferro. Ele me pediu que tentasse passar entre elas, mas não consegui.

"Não adianta. Pode descer." Pus os joelhos mais uma vez nos ombros dele, apoiei-me em seu cabelo cheio de brilhantina e desci, sentindo que de certo modo o traíra, principalmente depois do sorvete e do bom chá.

"Vou ter de tentar outra coisa", ele murmurou para si próprio, como se eu já não estivesse lá. Depois, consciente do meu desapontamento, disse: "É uma pena".

No dia seguinte, vi o Barão conversando na beira da piscina com outro menino, que logo depois o acompanhou ao convés superior. Era menor do que eu, embora talvez não tão ágil, porque regressou uma hora depois contando apenas do chá e dos biscoitos que lhe foram oferecidos. Mais tarde, talvez um dia depois, fui convidado pelo Barão a voltar a seu camarote e tentar passar outra vez pela janela. Segundo me disse, havia tido outra ideia. Ao cruzarmos com o comissário que tomava conta da entrada para a primeira classe, o Barão disse: "Meu sobrinho — ele vai tomar chá comigo". E logo eu estava atravessando licitamente a sala de estar atapetada de olho em Flavia Prins, pois aquele também era território dela.

Ele havia pedido que eu fosse com um calção de banho e, quando tirei a roupa, me fez passar em todo o corpo, do pescoço para baixo, um óleo lubrificante que conseguira na sala de máquinas e trouxera até ali num baldinho. Mais uma vez fui erguido até a janela aberta, protegida pelas duas barras horizontais. Mas agora, coberto de óleo, deslizei entre elas como uma enguia e pulei para o corredor, do outro lado da porta. Dei uma batida e ele me recebeu de volta, rindo de orelha a orelha.

Imediatamente, me deu um roupão para vestir e descemos pelo corredor vazio. Ele bateu em uma porta e, ao não obter resposta, me levantou com as mãos e deslizei através da janela aberta na direção contrária, entrando num camarote. Destranquei a porta por dentro e o Barão me deu um tapinha na cabeça ao entrar. Sentou-se por alguns instantes numa poltrona, piscou para mim e em seguida começou a procurar alguma coisa no aposento, abrindo diversas gavetas. Saímos minutos depois.

Ao pensar nisso agora, acho que ele talvez tenha me convencido de que a invasão do camarote não passava de uma brincadeira com amigos, pois seu comportamento era descontraído e bonachão. Caminhou tranquilamente pelo camarote com as mãos enfiadas nos bolsos da calça enquanto examinava objetos numa estante ou na escrivaninha, dando uma olhada nos outros aposentos. Lembro-me de que achou um maço substancial de papéis e os enfiou numa bolsa esportiva. Vi também quando embolsou uma faca prateada.

Enquanto ele fazia isso, fiquei quase o tempo todo observando o mar por uma das escotilhas. Se estivessem abertas, eu teria ouvido os gritos dos jogadores de malha num convés inferior. Era isso que me excitava, além de estar num grande camarote.

A cabine que eu dividia com o sr. Hastie era mais ou menos do tamanho da enorme cama do camarote. Entrei num banheiro cheio de espelhos e de repente vi minha imagem que se distanciava: seminu, coberto de óleo negro, apenas um rosto bem moreno e cabelo eriçado. Ali estava um garoto esquisito, alguém extraído de livros de aventuras nas florestas cujos olhos me fitavam, brancos como lâmpadas. Esse foi, creio eu, o primeiro reflexo ou retrato meu de que me recordo. Foi a imagem de minha juventude que guardei por anos — o menino assustado, imaturo, que ainda não se transformara em alguém ou em alguma coisa. Reparei num canto do espelho que o Barão me observava. Tinha um olhar pensativo. Como se entendesse o que eu via no espelho, como se ele próprio houvesse passado por algo similar um dia. Jogou-me uma toalha e pediu que eu me limpasse para vestir o resto das roupas que trouxera em sua bolsa esportiva.

Eu morria de vontade de contar aos outros, em nossa próxima reunião na sala da turbina, o que tinha me acontecido. Sentia que havia crescido em importância. Entretanto, olhando para trás, vejo que o Barão me deu outra personalidade, algo tão pequeno quanto um apontador de lápis. Era uma pequena via de escape por onde eu poderia ser outra pessoa, uma porta que evitaria abrir por alguns anos, pelo menos até deixar de ser adolescente. Aquelas tardes pouco nítidas permanecem dentro de mim. Lembro-me de que certo dia, após ele bater na porta sem obter resposta e me ter feito passar pelas barras da janela a fim de deixá-lo entrar, ficamos chocados ao encontrar alguém adormecido na grande cama, com a mesinha ao lado coberta de vidros de remédio. O Barão ergueu a palma da mão pedindo silêncio, chegou mais perto e examinou o corpo comatoso, que eu soube depois pertencer a Sir Hector de Silva. O Barão tocou meu ombro e indicou um busto de bronze do milionário na cômoda. Enquanto ele continuava a examinar o aposento em busca de objetos de valor — pedras preciosas, eu supunha, pois era isso que os ladrões costumavam levar —, comparei a cabeça de metal com a verdadeira. O busto fazia o homem adormecido parecer nobre e leonino, em contraste com a realidade que repousava sobre o travesseiro. Tentei levantar o busto, porém era pesado demais.

O Barão examinou vários documentos, mas não levou nenhum. Em vez disso, pegou de cima da lareira uma pequena estátua verde de uma rã. Curvando-se, sussurrou junto ao meu ouvido: "Jade". E então, de forma quase exageradamente pessoal, se apropriou da fotografia de uma jovem que estava numa moldura de prata junto à cama do homem. Enquanto caminhávamos pelo corredor minutos depois, ele me disse que a achava muito atraente. "Quem sabe ainda vou conhecê-la durante a viagem."

O Barão desembarcou prematuramente em Porto Said porque, àquela altura, a suspeita de que havia um ladrão a bordo já era motivo de comentários, embora, é óbvio, ela não recaísse sobre nenhum passageiro da primeira classe. Sei que em Aden ele despachou pelo correio alguns pacotes. Seja como for, de repente parou de pedir que eu o encontrasse. Convidou-me para tomar um chá de despedida no Bedford Lounge, e depois quase não nos vimos mais. Nunca soube se ele roubava para cobrir o custo da passagem de primeira classe, para ajudar financeiramente um irmão doente ou para dar a algum velho comparsa. Ele me parecia um homem generoso. Ainda me lembro de sua aparência, de como se vestia, conquanto não tenha certeza se era inglês ou um desses plebeus que se fazem passar por aristocratas. Só sei que quando estou num país onde as agências de correios exibem retratos dos criminosos mais procurados, sempre busco pelo rosto dele.

Nosso navio prosseguiu rumo noroeste, atingindo latitudes mais altas, em que as noites começavam a esfriar. Certo dia, fomos informados pelos alto-falantes de que seria exibido um filme após o jantar no convés contíguo ao Celtic Room. Ao entardecer, alguns comissários haviam esticado uma tela na popa e instalado um projetor que, ao ser coberto, ganhou um ar de mistério. Meia hora antes do início da projeção, umas cem pessoas impacientes se reuniram ali, os adultos sentados em cadeiras, as crianças no chão do convés. Ramadhin, Cassius e eu ficamos tão perto da tela quanto possível. Era nosso primeiro filme. As caixas de som emitiram um forte estalido e subitamente surgiram imagens na tela, tendo um céu arroxeado como pano de fundo.

Visto que em poucos dias estaríamos atracando em Aden, hoje penso que a escolha de *As quatro penas brancas* demonstrou pouco tato, pois no filme se comparava a brutalidade da Arábia com uma Inglaterra civilizada, embora tola. Vimos o rosto de um inglês ser marcado a fogo (ouvimos o chiado da pele) a fim de que ele pudesse se passar por árabe numa nação fictícia do deserto. Um velho general se referia aos árabes como "a tribo dos Gazarras — irresponsáveis e violentos". Depois, outro inglês ficava cego por olhar para o sol do deserto, perambulando vagarosamente e sem rumo durante o resto do filme. Quanto às questões mais sutis sobre chauvinismo e covardia em tempo de guerra, foram todas varridas para o mar pelos ventos fortes. O sistema de som não era bom e também não estávamos acostumados à pronúncia inglesa atonal. Simplesmente acompanhamos a ação. Havia sempre a possibilidade de uma trama secundária: nosso navio se aproximava de uma zona tempestuosa e, se afastássemos os olhos do drama projetado na tela, veríamos os relâmpagos bifurcando-se à distância.

À medida que avançávamos para onde as estrelas aos poucos desapareciam, o filme continuava a ser projetado em dois locais. Começara meia hora antes no Pipe and Drums Bar da primeira classe, diante de uma plateia mais comportada e bem vestida de cerca de quarenta passageiros. Terminado esse primeiro rolo do filme, ele foi rebobinado e levado numa lata de metal até o nosso projetor para ser exibido *al fresco* no convés, enquanto a audiência da primeira classe assistia ao segundo rolo. Em consequência, os sons das duas projeções se misturavam. Como o volume das caixas estava no máximo por causa do rugido dos ventos, constantemente éramos assaltados por sons que se contrapunham: enquanto assistíamos a uma cena tensa, ouvíamos uma vibrante canção do refeitório dos oficiais. Não obstante, a atmosfera de nosso espetáculo ao ar livre tinha um quê de piquenique noturno. Todos receberam uma taça de sorvete e, enquanto esperávamos que o rolo da primeira classe terminasse e chegasse ao nosso projetor, a trupe Jankla se apresentou. Eles faziam malabarismos com facas de açougueiro enormes no preciso momento em que, vindo das caixas de som da primeira classe, ouvimos a gritaria enfurecida do ataque dos árabes sedentos de sangue. Os membros da trupe parodiaram esses gritos com movimentos corporais cômicos até que o Vidente de Hyderabad deu um passo à frente e anunciou que o broche que alguém perdera na véspera poderia ser encontrado pendurado na lente do projetor. Assim, enquanto a primeira classe presenciava o brutal massacre das tropas inglesas, nossa plateia irrompia em vivas exultantes.

O filme prosseguiu em nossa tela ondulante, que parecia dotada de vida própria. O enredo era grandioso e confuso, com atos de crueldade que compreendíamos e outros de honra responsável que não compreendíamos. Cassius passou vários dias se dizendo parte da "tribo Oronsay — irresponsável e violenta".

Infelizmente, a tempestade prevista se abateu sobre o navio e, quando a chuva atingiu o projetor, o metal quente começou a chiar. Um comissário tentou manter um guarda-chuva sobre o projetor. Uma rajada de vento arrancou a tela e a fez voar sobre as águas como um fantasma; as imagens continuaram a ser projetadas, porém agora sem destino. Nunca soubemos o fim da história, não naquela viagem. Fui saber como ela terminava apenas anos depois, ao ler o romance de A. E. W. Mason na biblioteca do Dulwich College. O autor, vim a saber, era um ex-aluno. Seja como for, naquela noite tiveram início as borrascas que atacaram violentamente o *Oronsay*. Só depois que a tempestade acabou, escapamos do turbilhão das águas e lançamos ferro na verdadeira Arábia.

Às vezes uma tempestade invade a paisagem do Escudo Canadense, onde moro durante o verão, e acordo certo de que estou flutuando no ar, em linha com os altos pinheiros e acima do rio, observando os relâmpagos que se aproximam e ouvindo a chegada tardia dos trovões. Somente dessa altura se podem ver a grande coreografia das tempestades e o perigo delas. Em casa, algumas pessoas dormem, tendo por perto a cadela de caça, suas orelhas atormentadas tremendo, como se o coração fosse se espatifar ou ser lançado para fora do corpo a qualquer instante. Vi a cara da cadela no lusco-fusco dessas intempéries como se numa experiência de viagem espacial, suas feições normalmente bonitas puxadas para trás devido à aceleração. E, enquanto os outros dormem, cercado de pedras em meio à natureza indomável, só o rio lá embaixo se mostra estável. Durante os clarões, veem-se vastas extensões de árvores derrubadas ou curvadas ao vento como palmas bíblicas. Isso ocorre algumas vezes todos os verões. Como já é esperado, me preparo para a chegada dos trovões com a cadela, essa gentil caçadora.

Naturalmente, há uma razão para tudo isso, pois já estive num lugar inseguro, flutuando acima da superfície desconhecida quilômetros abaixo. Muitos anos depois, me volta à lembrança aquela noite com Cassius em que, amarrados ao convés do navio, nos preparamos para o que imaginávamos fosse ser uma aventura eletrizante.

Talvez tivesse sido porque aquele filme não nos satisfizera. Ainda não consigo explicar a razão de termos feito o que fizemos. Quem sabe foi simplesmente o fato de que pela primeira vez víamos um temporal no mar. Depois que o projetor foi lançado longe e as cadeiras terem sido empilhadas, houve uma súbita calmaria no oceano e no céu acima de nós. Embora tivessem nos dito que o radar acusava a chegada de outra procela, os ventos haviam amainado, o que nos deu tempo de nos preparar.

Foi Cassius, obviamente, quem me persuadiu sobre o melhor assento na plateia para contemplar o espetáculo. Conversamos próximo aos botes salva-vidas. Ramadhin não quis participar, mas se ofereceu para ajudar nos preparativos. Um dia antes havíamos encontrado cordas e outros apetrechos num depósito que fora deixado aberto durante o exercício de salvamento. Por isso, em meio à calmaria, quando quase todos os passageiros haviam se recolhido a suas cabines, fomos para o convés de passeio, perto da proa, e localizamos vários objetos fixos aos quais pudéssemos nos prender. Ouvimos o capitão anunciar que se esperavam ventos de quinze nós e que era necessário estarmos prontos para o pior.

Cassius e eu nos deitamos de costas, lado a lado, e Ramadhin começou a nos amarrar com as cordas nos rebites em forma de V e nos cabeços de amarração. Ele estava com pressa, pois se dava conta de que a tempestade vinha chegando. Conferiu os nós no escuro e nos deixou lá, deitados de braços e pernas estendidos e fortemente atados. O convés se encontrava deserto e nada aconteceu por algum tempo a não ser uma chuvinha fina. Talvez nos tivéssemos desviado do temporal. Mas então a ventania se abateu sobre o navio e nos deixou sem ar. Tivemos de virar a cabeça para podermos respirar, o vento nos vergastando como se feito de metal. Tínhamos imaginado que, maravilhados, iríamos conversar sobre as luzes da tempestade muito acima de nós, porém agora estávamos quase nos afogando com a água trazida pelo vento — chuva e ondas que saltavam sobre a amurada e rolavam pelo convés. Os relâmpagos iluminavam a chuva por um instante e em seguida a escuridão voltava. Uma corda solta fustigava meu pescoço. O barulho dominava tudo. Não saberíamos dizer se estávamos gritando ou apenas tentando gritar.

A cada onda parecia que o navio ia se partir, e ficávamos cobertos de água até a proa retomar sua posição original. Tínhamos consciência de um ritmo constante. Quando o navio mergulhava no vazio deixado por um vagalhão, éramos varridos pelas águas, sem poder respirar, enquanto a popa se erguia com as hélices uivando ao girar fora de seu elemento, para depois cair de volta no mar enquanto a proa se elevava novamente num ângulo anormal.

Nas poucas horas em que permaneci deitado no convés de passeio do *Oronsay*, quando nós dois tememos por nossa vida, tudo se cristalizou. Eu era algo informe numa jarra, incapaz de impedir o que estava acontecendo, incapaz de escapar daquelas condições. Agarrava-me apenas ao fato de não estar sozinho. Cassius estava comigo. Às vezes nossas cabeças se moviam simultaneamente à luz de um relâmpago e cada um via o rosto brutalizado, encharcado do outro. Senti-me preso para sempre naquele lugar. Se o navio apontasse para baixo e afundasse, Cassius e eu estaríamos para sempre amarrados ao motor de uma bomba ou coisa parecida. Não havia mais ninguém. Éramos os únicos na área externa do navio, como se deixados ali para sacrifício.

Os vagalhões se quebravam, rugiam sobre nossas cabeças e desapareciam rumo à popa tão depressa quanto num pesadelo. Subíamos. Caíamos no vale seguinte. Tudo o que nos mantinha no lugar era o vago conhecimento de Ramadhin sobre laços e nós. E o que ele sabia sobre isso? Nas vascas da agonia, concluímos que ele nada soubesse. Não estávamos nem um pouco seguros. Perdemos a noção do tempo. Quantas horas passamos ali antes que os holofotes dirigidos da ponte de comando nos cegassem? Mesmo em nosso estado precário, sentimos o ultraje por trás da luz. Depois ela se apagou.

Mais tarde aprendemos o nome de todas as tempestades. Chuvarada. Borrasca. Procela. Ciclone. Tufão. E também soubemos o que havia acontecido no navio, como os vitrais do Caledonia Room haviam se estilhaçado e como os circuitos elétricos haviam entrado em curto quase ao mesmo tempo, fazendo com que os feixes de luz das lanternas circulassem por vestíbulos e corredores, varrendo bares e salas de estar em busca de passageiros desaparecidos. Alguns botes salva-vidas se desprenderam dos turcos e ficaram pendurados. As bússolas do navio se comportaram de forma errática. Os senhores Hastie e Invernio permaneceram no canil às escuras tentando acalmar os animais apavorados com o estrondo dos trovões. Uma vaga atingiu o assistente do comissário de bordo, fazendo-o perder seu olho de vidro. Tudo isso enquanto dobrávamos a cabeça para trás a fim de ver quanto a proa mergulharia na próxima queda. Nossos gritos não foram ouvidos, tampouco cada um de nós ouviu seu próprio grito ou o do outro, embora no dia seguinte nossas gargantas estivessem ardendo de tanto bradar em vão naqueles descaminhos do mar.

Tive a impressão de que haviam transcorrido horas até alguém me tocar. A tempestade persistia, mas amainara o suficiente para permitir que três marinheiros fossem nos socorrer. Cortaram as cordas, porque a água inchara os nós, fundindo-os, e nos levaram escada abaixo para uma sala de jantar transformada em centro médico. Nas últimas horas tinham sido registradas concussões cerebrais e dedos quebrados. Fomos despidos e enrolados em cobertas. Foi-nos dito que podíamos dormir lá. Lembro que, ao ser pego nos braços pelo marinheiro, me impressionou o calor de seu corpo. Lembro também que, ao tirar minha camisa, alguém mencionou que todos os botões haviam sido arrancados.

Toda a complexidade do rosto de Cassius parecia ter sido apagada. Depois, um pouco antes de cairmos no sono, ele se inclinou na minha direção e sussurrou: "*Não se esqueça. Alguém fez isso conosco*".

Poucas horas depois, três oficiais estavam sentados à nossa frente. Tínhamos sido acordados, e eu aguardava o pior. Talvez seríamos mandados de volta a Colombo ou levaríamos uma surra. Mas tão logo eles se sentaram Cassius disse: "Alguém fez isso conosco. Não sei quem... Estavam usando máscaras", acrescentou.

Diante dessa surpreendente revelação, o interrogatório conduzido pelos oficiais levou muito mais tempo, a fim de que os convencêssemos de que aquela era a verdade, inclusive porque as queimaduras das cordas comprovavam em parte que não poderíamos ter feito aquilo sozinhos. Ofereceram-nos o chá do navio, e já pensávamos que nossa história havia sido aceita quando um funcionário entrou e disse que o capitão desejava nos ver. Cassius piscou o olho para mim. Vivia falando que queria conhecer o camarote do capitão.

Um dos oficiais, como descobrimos depois, já tinha ido à cabine de Ramadhin por saber que ele era nosso amigo. Ramadhin fingiu que estava dormindo e, ao ser acordado, também fingiu nada saber quando lhe disseram que estávamos vivos e que não havíamos sido varridos do navio. Isso deve ter sido por volta da meia-noite. Agora eram duas da manhã. Deram-nos roupões para vestir e fomos levados ao capitão. Cassius olhava em volta do aposento, examinando os móveis e a decoração, quando o capitão deu um tapa forte no tampo da escrivaninha.

Nós só tínhamos visto o capitão com ar enfarado ou um sorriso falso ao fazer anúncios públicos. Agora ele explodia, como se acabasse de ser solto de uma jaula. As repreensões começaram com precisão científica. Ele assinalou que oito marinheiros tinham participado do nosso salvamento, e isso por mais de trinta minutos. O resultado tinha sido pelo menos, *pelo menos*, quatro horas de tempo perdido, e como o salário médio de um marinheiro era x libras por hora, x vezes quatro tinha sido o custo para a Orient Line, além do tempo do comissário de bordo a y libras por hora. Mais o pagamento em dobro por se tratar de um caso de emergência. Mais o tempo do capitão, de valor ainda maior. "Sendo assim, nosso navio cobrará de seus pais novecentas libras!", disse, assinando alguns papéis de aspecto oficial que, tanto quanto eu sabia, poderiam conter um pedido ao Serviço de Imigração para nos impedir de entrar na Inglaterra. Deu outro tapa na escrivaninha, ameaçou nos expulsar do navio na primeira parada e disse horrores sobre nossos antepassados. Cassius tentou interrompê-lo com o que imaginou ser uma observação cortês e humilde.

"Muito obrigado por haver nos salvado, tio."

"Cale a boca... sua..." — estava procurando a palavra certa — "víbora."

"Víspora, meu senhor?"

O capitão parou e olhou para Cassius, querendo ver se era uma zombaria. Deve ter se imaginado numa posição moral acima de qualquer risco.

"Não. Você é um gambá. Um gambá asiático, um nojento gambazinho asiático. Sabe o que eu faço quando um gambá entra na minha casa? Ponho fogo nos testículos dele."

"Eu gosto de gambás, meu senhor."

"Seu asqueroso, ranhento, fedorento..."

No silêncio que se seguiu enquanto ele buscava novos insultos, a porta do banheiro do capitão se abriu e vimos sua privada de porcelana. Já não tínhamos nenhum interesse no capitão. Cassius gemeu e disse: "Tio, estou me sentindo mal... Será que eu podia usar o seu..."

"Saia daqui! Seu merda!"

Fomos levados por dois marinheiros para nossas cabines.

Flavia Prins examinou cuidadosamente seu bracelete enquanto falava comigo no Caledonia Room, que sofrera algumas avarias. Num curto bilhete, ela insistira para que eu fosse vê-la de imediato. Fomos submetidos a vários interrogatórios, sempre nos sendo dito que não deveríamos mencionar o que ocorrera a ninguém, ou enfrentaríamos complicações ainda maiores. No entanto, tínhamos relatado tudo a dois companheiros de mesa no café da manhã seguinte. O salão estava quase vazio, só a srta. Lasqueti e o sr. Daniels nos acompanhavam. Quando contamos a eles, o sr. Daniels não pareceu crer que fosse algo sério. "Não para você, mas muitíssimo sério para eles", disse a srta. Lasqueti. Como descobrimos depois, ela realmente acreditava na obediência a normas e regulamentos. Além disso, estava mais impressionada com os nós feitos por Ramadhin, que, segundo ela, nos haviam impedido de "ir para o beleléu". Mas agora, ao me aproximar de Flavia Prins, me dei conta de que poderia ter problemas com minha protetora não oficial. Ela abriu e fechou o bracelete, ignorando minha presença, depois atacou como um pássaro que começa a bicar de repente a cabeça de um cachorro.

"O que aconteceu ontem à noite?"

"Houve uma tempestade", respondi.

"Você acha que houve uma *tempestade*?"

Fiquei na dúvida se ela tinha sabido o que o navio havia enfrentado.

"Houve uma tempestade terrível, tia. Ficamos todos apavorados. Tremendo na cama."

Como ela não disse nada, fui em frente.

"Tive de chamar um camareiro. Caí várias vezes da cama. Fui até o hall, onde encontrei o sr. Peters e pedi a ele que me amarrasse na cama, e amarrasse Cassius também. Cassius quase quebrou o braço quando o navio balançou, e alguma coisa caiu em cima dele. Está com uma atadura."

Ela me olhou fixamente, sem demonstrar nenhum espanto.

"Vi o capitão ontem à noite, no hospital, quando levei Cassius lá. Ele deu um tapinha nas costas de Cassius e disse que era 'um menino corajoso'. O sr. Peters então desceu conosco e nos amarrou aos beliches. Ele disse que um homem e uma mulher estavam se divertindo num dos botes salva-vidas quando a tempestade chegou, e os dois se machucaram porque o bote desabou no convés. Agora estão bem, mas aquilo dele ficou machucado. Precisou ser operado."

"Conheço seu tio muito bem..." Fez uma pausa para aumentar o efeito. Desconfiado com relação ao que ela iria dizer, comecei a entender que Flavia sabia mais sobre os eventos da noite anterior do que eu imaginava.

"E conheci ligeiramente sua mãe. Seu tio é um juiz! Você devia ter *vergonha* de contar todas essas mentiras para mim — logo *eu*, tão preocupada com sua segurança."

Respondi impulsivamente. "Eles me disseram para não contar nada, para não falar nada sobre o sr. Peters. Disseram que o sr. Peters é um marinheiro de má reputação, tia, que vão desembarcar ele na primeira parada. Quando lhe pedimos que nos amarrasse em nossos beliches para ficarmos mais seguros, ele, em vez disso, nos levou lá para cima e nos amarrou no convés com aquelas cordas, nos punindo por... por termos interrompido o jogo de cartas em que ele estava metido com uns homens bêbados. Ele disse: 'É isso que fazemos com meninos desobedientes que ficam nos interrompendo!'."

Ela me olhou longamente. Por um momento achei que a tivesse enganado.

"Eu nunca, mas nunca *mesmo*, vi..." Levantou-se e foi embora.

No dia seguinte não aconteceu muita coisa. Um navio a vapor rumando para o leste cruzou com nosso navio à noite, todas as luzes acesas, e nós três fantasiamos a possibilidade de remar até ele e voltarmos para Colombo. O chefe das máquinas deu ordem de reduzir a velocidade enquanto os sistemas elétricos eram testados, e durante algum tempo pareceu que estávamos parados no que era agora o mar da Arábia. O silêncio nos fez sentir como se fôssemos sonâmbulos. Cassius e eu saímos para o convés em meio à calmaria. Foi só então, naquela paz, que compreendi por inteiro a natureza da tempestade. A sensação de não ter teto nem chão. Só tínhamos visto o que estava na superfície do mar. Um pensamento penetrou então em minha mente. Não apenas as coisas que podíamos ver eram inseguras. Havia muito mais abaixo.

*

Escondida na bagagem do aiurvédico de Moratuwa, havia uma boa porção de folhas e sementes de datura do Paquistão. Ele as tinha comprado para Sir Hector, a fim de combater certos distúrbios recentes em seu organismo e também retardar o advento da hidrofobia. A datura mostrou ser a poção mais eficaz que o milionário tomou durante a viagem. A droga tinha a reputação de ser versátil porém pouco confiável. Supostamente, se a pessoa estivesse rindo no momento em que colhia a flor branca, sua aplicação resultava em muitos risos; ou em danças, se essa fosse a atividade praticada durante a colheita. (A flor era mais fragrante à noite.) Era recomendada no caso de febres e tumores. No entanto, como parte de sua natureza rebelde, sob a influência da datura a pessoa também era capaz de responder perguntas sem hesitação e com absoluta veracidade. E Hector de Silva era conhecido como um homem cautelosamente falacioso.

A esposa do milionário, Delia, sempre o considerara enlouquecedoramente reservado. No entanto, dias após deixar Colombo no *Oronsay*, graças à administração da droga aiurvédica, ela descobriu com quem se casara. Todos os pormenores da juventude de Sir Hector vieram a lume. Ele revelou o terror que lhe causavam as surras de chicote dadas pelo pai, que o haviam ensinado a não se abrir e que mais tarde o transformaram num homem de negócios brutal. Falou sobre as visitas secretas ao irmão, Chapman, que fugira de casa levando uma moça vizinha por quem havia se apaixonado. Ela tinha um dedo a mais, que foi cortado em Chilaw, e o casal vivia agora uma existência tranquila e mentalmente saudável em Kalutara.

Delia também descobriu como o marido desviara seus recursos por muitos canais subterrâneos. A maior parte das informações foi brotando durante o ciclone, quando Hector de Silva rolava de um lado a outro da imensa cama à medida que o navio se empinava e mergulhava. Na verdade, ele parecia estar se divertindo, enquanto sua mulher e os demais membros da comitiva de tempos em tempos saíam correndo da beira de sua cama para ir vomitar nos camarotes contíguos. A datura eliminara dele toda angústia, bem como os efeitos secundários da doença e toda a circunspecção do milionário. Se fosse um afrodisíaco o teria transformado de parceiro inapetente e distante num companheiro de respeito. No início, a mudança de personalidade não foi percebida. O navio estava dominado pela tempestade. Um pequeno incêndio eclodira na sala de máquinas quando ele começou a falar a verdade pela primeira vez em sua vida adulta. E o mau tempo estimulara os punguistas, que sempre prosperam nas situações adversas em que se faz necessária a ajuda física. Ademais, um compartimento de carga cheio de grãos se rompera no porão, alterando o equilíbrio da embarcação e exigindo que uma equipe de emergência colocasse o material de volta enquanto os carpinteiros refaziam as paredes do depósito. Trabalhavam nas trevas do fundo do porão, iluminados apenas por uma lamparina, fazendo o "serviço de coveiros", como Joseph Conrad havia escrito, enfiados até a cintura na montanha de grãos. Enquanto isso, Sir Hector contava à sua pequena comitiva a doce lembrança de um carro de brinquedo que dirigira quando menino numa feira em Colombo. Relatou a história mais de uma vez, como se fosse algo novo, para a esposa, a filha e para os três desinteressados auxiliares médicos.

Fosse qual fosse o destino de nosso navio, que seguia sua rota como um caixão funerário em meio ao ciclone, Sir Hector desfrutou de alguns momentos felizes ao revelar a verdade sobre sua riqueza, seus prazeres secretos e sua afeição genuína pela esposa, enquanto a embarcação afundava nas entranhas do mar e emergia como um celacanto incrustado de cracas, o oceano devolvendo-o de tão mau grado que os maquinistas queimavam os braços ao serem atirados contra os motores em brasa, a suposta elite do Oriente esbarrava em punguistas nos longos corredores, os músicos da orquestra caíam do estrado ao tocarem "Blame it on My Youth", eu e Cassius jazíamos sob a chuva no convés de passeio amarrados pelos braços e pernas.

* * *

Aos poucos, os conveses e os restaurantes voltaram a se encher de gente. A srta. Lasqueti nos procurou com um sorriso para dizer que o chefe dos comissários precisava anotar "todas as ocorrências excepcionais" num diário de bordo, razão pela qual talvez fôssemos constar nos registros do navio. Tinham ocorrido também vários "extravios" na embarcação. Os acessórios de croqué não eram encontrados, carteiras de dinheiro haviam se perdido durante a tempestade. Nosso capitão apareceu e disse a todos que um gramofone pertencente à srta. Quinn-Cardiff tinha desaparecido, motivo pelo qual agradeceria qualquer notícia sobre seu paradeiro. Cassius, que recentemente estivera no porão para observar os maquinistas consertarem uma seção do casco, nos disse que o gramofone estava lá embaixo, sendo tocado em alto volume o tempo todo. Os empregados do navio compensaram aquela tendência às perdas com o anúncio de que um brinco havia sido achado, sabe-se lá como, num bote salva-vidas, podendo ser pego por sua dona, assim que fosse identificada, no escritório do comissário de bordo. Não houve menção ao olho de vidro do assistente do comissário, embora o sistema de comunicação interna continuasse a divulgar obsessivamente os poucos objetos recuperados. "*Encontrados: um broche. Um chapéu feminino de feltro marrom. Um diário pertencente ao sr. Berridge com gravuras incomuns.*"

A volta à vida normal no navio e a melhoria do tempo trouxeram algo de bom. O prisioneiro mais uma vez pôde fazer sua caminhada noturna. Esperamos por ele e, por fim, o vimos postado no convés com os pés acorrentados. Ele encheu os pulmões — captando toda a energia transportada no ar noturno — e os esvaziou lentamente, o rosto tomado por um sorriso sublime.

O navio se aproximava de Aden.

Chegada ao porto

Aden foi onde aportamos primeiro, muitas cartas sendo escritas na véspera de nossa chegada. Era tradicional enviar correspondência com o selo de Aden, de onde ela podia ser expedida de volta para a Austrália e o Ceilão ou, adiante, para a Inglaterra. Como todos ansiávamos pela visão da terra, ao raiar do sol fomos para a proa a fim de contemplar a velha cidade que surgia como uma miragem aninhada entre colinas poeirentas. Aden fora um grande porto desde o século VII a.C., sendo mencionada no Velho Testamento. Lá foram enterrados Caim e Abel, disse o sr. Fonseka, nos instruindo sobre uma cidade que ele próprio não conhecia. Tinha cisternas cavadas na rocha vulcânica, um mercado onde se vendiam falcões, um quarteirão com características de oásis e um aquário, além de um bairro ocupado por fabricantes de velas náuticas e lojas com mercadorias de todos os cantos do planeta. Seria nossa última parada no Oriente. Depois de Aden, em menos de um dia entraríamos no mar Vermelho.

Os motores do *Oronsay* foram desligados. Não atracamos no cais, e sim no porto de fora, no Steamer Point. Os passageiros desejosos de descer à terra podiam ser levados para visitar a cidade em barcaças, que já aguardavam ao lado do navio. Eram nove da manhã e, sem as brisas marinhas a que nos havíamos acostumado, o ar estava quente e pesado.

Naquela manhã, o capitão tinha anunciado as regras sobre a entrada na cidade: os passageiros só poderiam permanecer em terra por seis horas, as crianças precisavam estar acompanhadas de "um adulto responsável" e as mulheres estavam proibidas de ir. Como era de esperar, isso provocou forte reação, em especial de Emily e de um grupo de amigas dela da piscina que desejavam desembarcar e deslumbrar os cidadãos locais com sua beleza. A srta. Lasqueti se aborreceu porque queria examinar os falcões, na esperança de trazer alguns deles, vendados, para o navio. Cassius, Ramadhin e eu nos preocupávamos sobretudo em encontrar alguém para nos levar que não fosse um adulto responsável, e sim facilmente distraído. O sr. Fonseka, malgrado sua curiosidade, não planejava deixar o navio. Soubemos então que o sr. Daniels estava ansioso para visitar o velho oásis, a fim de estudar sua vegetação, onde, segundo ele, todas as folhas de grama eram encharcadas de água e da grossura de um dedo. Também se interessava por algo chamado "khat", sobre o qual vinha conversando com o aiurvédico. Prontificamo-nos a ajudá-lo a transportar qualquer planta de volta ao navio e, assim que ele aceitou, descemos em sua companhia a escada de corda, tão depressa quanto pudemos para entrar na barcaça.

Fomos imediatamente envoltos por uma nova língua. O sr. Daniels se ocupou em negociar com um chofer de táxi que nos levaria ao local onde se erguiam as grandes palmeiras. Como sua autoridade parecia diminuída em meio a tanta gente, o deixamos ali discutindo e demos o fora. Um comerciante de tapetes nos chamou, nos ofereceu chá e sentamos com ele por algum tempo, rindo sempre que ele ria, assentindo com a cabeça quando ele assentia. Ele mostrou um cachorrinho que desejava nos dar, mas seguimos em frente.

Começamos a discutir o que devíamos ver. Ramadhin queria visitar o aquário construído algumas décadas atrás. Sem dúvida o sr. Fonseka lhe falara a respeito. Ficou aborrecido por precisar ver primeiro os mercados. Seja como for, entramos nas lojas estreitas que vendiam sementes e agulhas, fabricavam caixões, imprimiam mapas e folhetos. Nas ruas, se podia encontrar quem lesse o formato de sua cabeça ou lhe arrancasse algum dente. Um barbeiro cortou o cabelo de Cassius e enfiou rapidamente uma ameaçadora tesoura em suas narinas para evitar que ali crescessem cabelos — isso num menino de doze anos.

Eu estava acostumado com o caos exuberante do mercado Pettah em Colombo, com o cheiro de mangostões, de tecido de sarongue sendo desdobrado e cortado (um odor de dar engulhos) e de livros de bolso molhados. Em Aden, eu me encontrava num mundo mais severo, com menos coisas suntuosas. Não havia frutas podres nas sarjetas. Na verdade, não havia sarjetas. Era uma paisagem empoeirada, como se a água ainda não tivesse sido inventada. O único líquido foi uma xícara de chá escuro oferecido pelo vendedor de tapetes, juntamente com um delicioso e inesquecível doce de amêndoas. Mesmo sendo uma cidade portuária, praticamente não havia uma só partícula de umidade no ar. Era necessário olhar com cuidado para ver o que poderia estar enterrado num bolso — um vidrinho de óleo para cabelos de mulher enrolado em papel ou um cinzel embrulhado num encerado para proteger a lâmina do pó em suspensão.

Entramos num prédio de concreto na beira do mar. Ramadhin seguiu na frente através de um labirinto de tanques, quase todos subterrâneos. O aquário parecia deserto, exceto por algumas enguias-de-jardim do mar Vermelho e uns poucos peixes incolores nadando em trinta centímetros de água salgada. Cassius e eu subimos para outro andar, onde havia, lado a lado, exemplos de vida marinha empalhados junto com equipamentos fora de uso empoeirados — uma mangueira, um gerador pequeno, uma bomba manual, uma pá de lixo, uma escova. Cinco minutos depois, saímos dali e revisitamos todas as lojas em que havíamos passado, agora para dizer adeus. O barbeiro, que continuava sem nenhum freguês, me fez uma massagem na cabeça, derramando óleos desconhecidos em meu cabelo.

Chegamos ao cais antes de se esgotar o prazo. Numa gentileza algo tardia, decidimos esperar pelo sr. Daniels, Ramadhin agasalhado por uma *djellaba*, Cassius e eu transidos de frio no vento que vinha do mar. As barcaças balançavam na água, e tentamos adivinhar quais embarcações pertenciam aos piratas, pois um dos camareiros nos dissera que havia muitos naquela área. Pérolas numa mão em concha. Mais coloridos que seus ancestrais no aquário, os peixes apanhados naquela tarde e expostos no chão reluziam quando alguém jogava baldes d'água sobre eles. As profissões ali tinham a ver com o mar, e os comerciantes cujos risos e barganhas nos cercavam eram os donos do mundo. Nós nos demos conta de termos visto apenas um fragmento da cidade, de termos dado uma mera olhada na Arábia pelo buraco da fechadura. Não tínhamos visto as cisternas nem o lugar onde Caim e Abel haviam sido enterrados, porém ao longo do dia ouvimos com atenção e observamos com cuidado, nossas próprias conversas conduzidas sob a forma de gestos. O céu começou a se cobrir na Steamer Point, ou Tawahi, como os barcaceiros a chamavam.

Enfim, vimos o sr. Daniels vindo pelo cais. Trazia nos braços uma planta difícil de carregar, acompanhado de dois homens com trajes brancos, aparentemente frágeis, cada qual com uma pequena palmeira. Cumprimentou-nos animado — sem dúvida não se preocupara muito com nosso desaparecimento, se é que chegara a se preocupar. Os sujeitos magros e de bigode que o ajudavam continuaram em silêncio e, quando um deles me passou a palmeirinha, enxugando o suor do rosto e piscando o olho, vi que se tratava de Emily vestindo roupas masculinas. A seu lado, a srta. Lasqueti igualmente disfarçada. Cassius pegou a palmeira das mãos dela e nós dois levamos as plantas para a barcaça. Ramadhin entrou conosco e se manteve encurvado, protegido pela túnica, durante o trajeto de dez minutos até o navio.

Outra vez a bordo, nós três fomos à cabine de Ramadhin, onde ele abriu sua *djellaba* para revelar o cachorro do vendedor de tapetes.

Subimos para o convés uma hora depois. Já estava escuro, e as luzes no *Oronsay* brilhavam mais que as da cidade. O navio permanecia parado. No salão de jantar, conversava-se em voz alta sobre as aventuras do dia. Somente Ramadhin, Cassius e eu nos mantínhamos calados. Estávamos tão excitados por haver contrabandeado o cachorro para dentro do navio que bastaria uma sílaba para que desembuchássemos incontrolavelmente toda a história. Havíamos passado a última hora no esforço caótico de banhar o animal no estreito boxe do chuveiro de Ramadhin, evitando as arremetidas de suas unhas. Claramente, ele jamais fora apresentado a um sabão carbólico. Secamos o cachorro com o lençol de Ramadhin e o deixamos na cabine enquanto subíamos para comer. Ouvimos as histórias contadas na mesa da ralé, as pessoas se interrompendo o tempo todo. As mulheres não abriram a boca. Nem nós três. Emily passou por nossa mesa e se curvou para perguntar se eu tivera um bom dia. Indaguei cortesmente o que ela havia feito em terra, e ela respondeu que passara o dia "carregando coisas". Depois piscou um olho para mim e se afastou rindo. Uma das coisas que não havíamos visto ao vagar pelas ruas de Aden foi o "homem das galinhas", que remara até o *Oronsay* e executara vários truques de mágica. Parece que sua canoa tinha uma parte coberta, em cima da qual ele se exibia como num palco enquanto fazia galinhas vivas aparecerem debaixo de suas roupas. No final do ato, estava cercado por mais de vinte aves. Soubemos que havia muitos "homens das galinhas" e nos disseram que, com sorte, veríamos algum em Porto Said.

Houve um tremor na hora da sobremesa, quando os motores do navio foram acionados. Todos se levantaram e correram para as amuradas a fim de acompanhar a partida, nosso castelo se distanciando lentamente da fina linha de luzes no horizonte e mergulhando de volta nas trevas.

Vigiamos o cachorro a noite inteira. Ele se assustava com nossos movimentos súbitos até que Ramadhin conseguiu levá-lo para o beliche e dormiu abraçado a ele. Quando acordamos na manhã seguinte, o navio já havia entrado no mar Vermelho, e foi durante essa passagem, no primeiro dia em que rumamos para o norte, que algo espantoso aconteceu.

Sempre fora difícil penetrar a barreira que nos separava da primeira classe. Dois funcionários corteses e determinados deixavam a pessoa passar ou a faziam voltar. Mas mesmo eles não conseguiram deter o cachorrinho de Ramadhin. Ele pulara dos braços de Cassius e disparara para fora da cabine. Subimos e descemos os corredores vazios à sua procura. Em segundos, o animalzinho deve ter despontado para a luz do sol no convés B e corrido rente à amurada até o salão de baile do andar de baixo, de onde subiu as escadas douradas e passou pelos dois funcionários ao penetrar na primeira classe. Os vigias conseguiram agarrá-lo, mas ele logo se desvencilhou. Como não havia aceitado nenhuma das coisas que lhe demos (que haviam sido levadas do salão de jantar em nossos bolsos), talvez estivesse à cata de comida.

Ninguém foi capaz de cercá-lo. Os passageiros o viam, e de forma pouco nítida, só por um momento. Ele não parecia ter o menor interesse por humanos.

Mulheres bem vestidas se acocoraram, chamando-o com suas vozes esganiçadas e com expressões artificiais de carinho, mas ele passou por elas sem parar rumo à caverna com lambris de cerejeira que era a biblioteca, desaparecendo mais além. Quem poderia dizer o que ele procurava? Ou o que estava sentindo, com o coração sem dúvida em disparada? Estaria simplesmente esfomeado ou apavorado naquele navio claustrofóbico cujos corredores de repente se transformavam em becos sem saída à medida que ele se afastava mais e mais da luz do dia? Por fim, a criatura trotou por um vestíbulo atapetado e com paredes recobertas de painéis de mogno, se esgueirando para dentro de um camarote de luxo pela porta que alguém deixara entreaberta ao passar com uma bandeja. O cachorro pulou para cima da imensa cama onde Sir Hector de Silva estava deitado e o mordeu na garganta.

O *Oronsay* navegou durante a noite nas águas protegidas do mar Vermelho. Ao amanhecer, passamos pelas pequenas ilhas ao largo de Jiza e vimos ao longe a aparição indistinta da cidade-oásis de Abha, o sol despertando o brilho de uma vidraça ou de um muro branco. Depois a cidade se dissolveu sob a luz intensa e desapareceu de vista.

No café da manhã, a notícia da morte de Sir Hector já circulava pelo navio, rapidamente seguida por sussurros de que teríamos um enterro no mar. Tudo indicava, contudo, que o funeral não poderia ocorrer em águas costeiras, sendo necessário aguardar os espaços abertos do Mediterrâneo. A seguir, surgiram notícias surpreendentes sobre como ele morrera, acompanhadas pela história que já tínhamos ouvido do aiurvédico sobre a maldição que lhe fora rogada pelo sacerdote budista. Por isso Ramadhin concluiu que o destino o matara, e não nós, por termos trazido o cachorro a bordo. E, como a criatura nunca mais foi vista, passamos a crer que o cão contrabandeado era de fato um fantasma.

No almoço, a maioria das perguntas versava sobre como um cachorro havia embarcado no navio. E onde ele se encontrava agora? A srta. Lasqueti tinha certeza de que o capitão estava em maus lençóis: seria processado por negligência. Emily, então, veio à nossa mesa e quis saber se nós é que tínhamos trazido o cachorro, ao que respondemos com uma expressão fingida de horror que a fez rir. A única pessoa que não mostrava o menor interesse nas opiniões proferidas ao redor era o sr. Mazappa, que parecia meditar enquanto tomava sua sopa de rabada. Seus dedos musicais permaneciam inusitadamente imóveis sobre a toalha. Ele de repente parecia solitário e incapaz de falar, deixando-me preocupado durante as conversas e conjecturas sobre Sir Hector. Reparei que a srta. Lasqueti também o observava, a cabeça abaixada, examinando-o através da cortina de suas pestanas. Em dado momento, ela chegou a pousar a mão sobre aqueles dedos imóveis, mas ele os retirou. Não, ficar confinado nos limites estreitos do mar Vermelho não era fácil para alguns frequentadores de nossa mesa. Talvez nos sentíssemos confinados tendo terra por todos os lados depois da liberdade que era própria dos oceanos que havíamos atravessado. E, afinal de contas, existia a Morte, ou uma ideia mais complexa de Destino. As portas pareciam se fechar sobre nossas aventurosas viagens.

Acordei na manhã seguinte sem o desejo normal de ver meus amigos. Ouvi a pancadinha de sempre de Ramadhin, porém não respondi. Em vez disso, levei um tempão me vestindo e subi sozinho para o convés. A luz típica do deserto já brilhava havia horas ao passarmos diante de Jeddah por volta das oito e meia. Do outro lado do navio, passageiros com binóculos tentavam divisar o Nilo, que corria paralelo à costa. Eram todos adultos, ninguém que eu conhecia, nada me ligava a eles. Tentei relembrar o número da cabine de Emily, que nunca acordava cedo, e fui até lá.

Eu gostava mais de Emily quando não estávamos cercados de gente. Nesses momentos, sempre achava que aprendia alguma coisa com ela. Bati algumas vezes antes que ela abrisse a porta, envolta num penhoar. Eram umas nove da manhã e eu estava acordado havia horas, porém ela acabava de sair da cama.

"Ah, Michael."

"Posso entrar?"

"Pode."

Ela voltou com passos rápidos e se enfiou embaixo dos lençóis ao mesmo tempo que tirava o penhoar, tudo feito, aparentemente, num só movimento.

"Ainda estamos no mar Vermelho."

"Eu sei."

"Passamos diante de Jeddah. Eu vi."

"Se você vai ficar, prepare um café para mim, está bem?"

"Quer um cigarro?"

"Ainda não."

"Quando quiser, posso acender para você?"

Fiquei com ela a manhã toda. Não sei por que estava confuso com relação a tudo. Eu tinha onze anos. Não se sabe muito nessa idade. Contei-lhe sobre o cachorro, como o havíamos trazido a bordo. Eu estava deitado ao lado dela na cama, segurando um de seus cigarros e fingindo que o fumava. Ela esticou o braço e virou minha cabeça em sua direção.

"Não", ela disse. "Quer dizer, não conte isso a ninguém — o que acabou de me contar."

"Achamos que ele pode ser um fantasma", respondi. "O fantasma da maldição."

"Não interessa. Você não deve mencionar isso nunca mais. Prometa."

Eu disse que não falaria mais.

Assim teve início uma tradição entre nós. Em certos momentos da vida, eu contava a Emily coisas que não contava a ninguém. E mais tarde, muito depois, ela me falava das coisas que aconteciam com ela. Ao longo da minha vida, Emily ocupou uma posição única, diferente de qualquer pessoa que eu conhecia.

Ela tocou o topo da minha cabeça num gesto que em essência significava: "Ah, vamos esquecer isso. Não se preocupe". Mas não afastei o rosto, continuando a observá-la.

"O que foi?" Ela ergueu a sobrancelha.

"Não sei, estou me sentindo estranho. Por estar aqui. O que vai acontecer quando eu chegar à Inglaterra? Você vai ficar comigo?"

"Você sabe que não."

"Mas não conheço ninguém lá."

"E sua mãe?"

"Eu não conheço ela tão bem quanto conheço você."

"Conhece, sim."

Deitei a cabeça outra vez no travesseiro e olhei para cima, deixando de encará-la.

"O sr. Mazappa diz que eu sou diferente."

Ela riu. "Você não tem nada de diferente, Michael. Além do mais, isso não é tão ruim." Ela se inclinou na minha direção e me deu um beijo. "Pronto, agora prepare o café. Tem uma xícara ali. Pode usar a água quente da torneira." Levantei-me e olhei ao redor.

"Aqui não tem café."

"Então peça para eles trazerem."

Apertei o botão do serviço de cabines e, enquanto esperava, examinei a fotografia da rainha da Inglaterra, que nos contemplava da parede.

"Isso", confirmei. "Café para a cabine trinta e seis. Srta. Emily de Saram."

Quando o camareiro chegou, peguei a bandeja na porta e a levei até ela. Emily se ergueu um pouco e só então, se lembrando do penhoar, o puxou para cobrir o corpo. No entanto, o que eu vi abalou meu coração. Senti um tremor interno, algo que depois seria natural para mim, mas naquele momento representou um misto de excitação e vertigem. De repente, se abriu entre mim e Emily um abismo que nunca fui capaz de vencer.

Se havia alguma espécie de desejo em mim, de onde ele viria? Pertenceria a outra pessoa ou seria parte do meu ser? Era como se alguma mão do deserto que nos circundava tivesse vindo me tocar. Isso voltaria a acontecer ao longo da minha vida, mas na cabine de Emily tive meu primeiro encontro com uma nova gama de sentimentos. Entretanto, de onde eles vinham? E aquele impulso de vida dentro de mim? Representava prazer ou tristeza? Era como se, devido à sua presença, me faltasse algo essencial como a água. Descansei a bandeja e me deitei de novo na cama alta de Emily. Naquele instante senti como se eu fosse um ser solitário havia anos. Eu tinha me relacionado de modo cauteloso demais com minha família, como se estivéssemos cercados de cacos de vidro.

E agora estava indo para a Inglaterra, onde mamãe morava nos últimos três ou quatro anos. Não me recordo quanto tempo ela estava longe. Mesmo agora, tantos anos depois, me escapa esse detalhe bastante significativo, o período de separação — como se eu não passasse de um animal com uma noção limitada da passagem do tempo. Segundo dizem, três dias ou três semanas são o mesmo para um cachorro. Mas, quando me ausento por algum tempo, na volta meu cachorro demonstra um reconhecimento carinhoso e instantâneo por mim ao nos abraçarmos e rolarmos no tapete do hall de entrada. Contudo, quando eu encontrasse minha mãe no cais de Tilbury, ela já teria se tornado "outra pessoa", uma estranha, de quem eu precisaria me aproximar com cuidado. Não haveria nenhum abraço ou brincadeira fisicamente bruta, nenhum cheiro familiar — coisas que não faltariam no caso de um cachorro. Acho que isso talvez se devesse ao que ocorreu com Emily — uma parente distante — naquela manhã e naquela cabine ocre, protegidos da luz ofuscante do mar Vermelho e do deserto que se estendia por muitos quilômetros.

Fiquei de quatro na cama e comecei a tremer. Emily debruçou-se na minha direção e me abraçou, num gesto tão delicado que praticamente não senti que estava sendo tocado, um envelope de ar nos separando. As lágrimas quentes que verti, vindas do negror que havia dentro de mim, caíram sobre seu braço fresco.

"O que foi?"

"Não sei." Já não existiam os pequenos recursos de defesa com que eu havia me cercado, que me continham e me protegiam, que demarcavam meus contornos.

Talvez tenhamos conversado. Não me lembro. Tive consciência de uma tranquilidade natural ao meu redor, de respirar mais adiante no mesmo ritmo calmo da respiração dela.

Devo ter dormido por alguns instantes, acordando quando Emily, sem se afastar de mim, levantou a outra mão sobre seu ombro, como quem nada de costas, para alcançar a xícara de café. E, bem juntinho do pescoço dela, eu a ouvi deglutindo em pequenos goles. Sua outra mão ainda apertava a minha como nunca ninguém fizera, convencendo-me de uma segurança que provavelmente não existia.

Os adultos estão sempre prontos para as mudanças graduais ou bruscas numa história que se desenrola diante de nós. Assim como o Barão, o sr. Mazappa desembarcou quando o navio fez escala em Porto Said e desapareceu de nossa vida — algo o acabrunhara dias antes de atracarmos em Aden. E o sr. Daniels se conscientizou de que Emily não tinha o menor interesse nele ou em seu mundo vegetal. A morte do milionário por causa da segunda mordida de um cachorro foi mais trágica do que excitante. Mesmo nosso desafortunado capitão continuaria a viagem para enfrentar novas situações caóticas provocadas por sua carga humana. Todos eles deviam estar presos de alguma forma a um destino previamente traçado. Para mim, porém, naquela cabine pude me ver de longe pela primeira vez, com um olhar tão neutro quanto o da jovem e distante rainha que me observara durante toda a manhã.

Ao deixar a cabine de Emily (e a intimidade nunca se repetiu), eu sabia que estaria ligado a ela para sempre por um rio subterrâneo, por um veio de carvão ou de prata — bem, digamos que de prata, pois ela nunca deixou de ser importante para mim. Devo ter me apaixonado por ela no mar Vermelho, embora, quando me afastei, aquele magnetismo, seja lá o que fosse, tivesse perdido o poder.

Por quanto tempo estive com Emily naquela cama que me pareceu da altura do céu? Quando nos vemos, isso nunca é mencionado. Talvez ela nem se lembre quanto dissipou da minha tristeza, ou a absorveu, e quanto tempo aquilo durou. Eu nunca havia sentido a força de uma mão segurando a minha, o cheiro de um braço que acabava de emergir do sono. Nunca havia chorado ao lado de alguém que também me excitava de um modo que eu era incapaz de entender. Mas ela deve ter tido a compreensão de alguma coisa enquanto me observava e em seus pequenos gestos atenciosos.

Ao escrever isto, não quero terminar antes de compreender tudo melhor, de uma maneira que me acalme mesmo agora, tantos e tantos anos depois. Por exemplo, até onde foi nossa intimidade? Não sei. Não creio ter sido algo muito importante para Emily. Provavelmente ela me fez uma caridade fortuita, embora genuína — e ao dizer isso não quero diminuir em nada a atitude dela. "Agora você precisa ir", ela disse, levantando-se da cama, caminhando para o banheiro e fechando a porta às suas costas.

Coração partido, eterno espanto.
Como é pequeno este nosso mundo.

"Meus sonhos", diz Emily, debruçando-se sobre a mesa que nos separa, "você não gostaria de conhecê-los, eles são... Vivo cercada por sonhos assustadores, por um perigo incessante. As nuvens se chocam, fazendo um grande estardalhaço. Isso acontece com você?"

Estávamos em Londres alguns anos depois.

"Não", respondo. "Eu raramente sonho. Acho que não sonho. Talvez eles surjam como devaneios quando estou acordado."

"Toda noite entro neles e acordo com medo."

O que havia de estranho nesse medo, nessa quase culpa, era a facilidade de Emily em lidar com as pessoas durante o dia. Eu tinha a impressão de que ela nunca estava no escuro e revelava, pelo contrário, o desejo de trazer alívio aos outros. Quem ou o que causava aquilo nela? Vez por outra ela dava a impressão de se desligar de tudo, quando parecia desistir do mundo ao redor. Nesses momentos, seu rosto se tornava inatingível. Assim, por algum tempo, ela ficava realmente "distante". Mas cada regresso seu era uma dádiva.

Desde cedo ela admitira sentir prazer no risco. Ela tinha razão. Havia alguma coisa como um coringa nela, algo que não se adequava perfeitamente à sua natureza. Havia sempre o que descobrir nela, alguma coisa tão pequena quanto aquela piscada de olho no cais de Aden, quando quis que eu captasse algo. No entanto, como vim a saber mais tarde, bem depois de nossa viagem no *Oronsay*, ela mantinha boa parte de seu mundo para si própria, e acabei me dando conta de que o comportamento gentil de que falei devia ser o resultado natural de uma vida dissimulada.

Canil

Ao acordar na manhã seguinte, deparei com o sr. Hastie ainda na cama, lendo um romance. "Bom dia, meu jovem", ele disse quando pulei do beliche superior. "Vai se encontrar com seus amigos?"

Como não tinha havido jogo de cartas na noite anterior, eu estava curioso para saber por que, embora muitos hábitos e rotinas houvessem se alterado desde a morte do milionário. O sr. Hastie me contou que tinha sido dispensado de suas funções. Não cuidava mais do canil. O capitão vinha buscando um bode expiatório e agora achava que o culpado era um dos cães de caça, que escapara dos cercados do sr. Hastie, penetrara na classe imperador e matara Hector de Silva com uma mordida. Desde sua morte, estava ocorrendo algo curioso. O título dele parecia ter perdido a validade, não sendo mais mencionado. As pessoas começaram a ser referir a ele como "o homem morto". A honraria se comprovava tão mortal quanto o corpo.

Ouvi com simpatia a falsa acusação, porém não disse uma palavra. O vira-lata de Aden não fora encontrado. A demissão do sr. Hastie significava que agora ele trabalharia como pintor sob o sol do meio-dia, enquanto o assistente do canil e seu companheiro de bridge, o sr. Invernio, tomaria conta dos cachorros. "Quero ver como ele vai lidar com o weimaraner do sr. O'Neal", murmurou.

Mais tarde, depois de uma busca sem rumo definido pelo cachorro de Ramadhin, nós três fomos até o canil. No convés B, vários cães se moviam lentamente no espaço de vinte metros que lhes era reservado, como se tivessem sofrido uma insolação, sem nenhuma expressão na cara. Pulamos por cima da cerca e entramos no canil, onde todos os cachorros latiam, pedindo para sair. Invernio tentava ler um dos livros de Hastie no meio da balbúrdia. Ele me reconheceu quando nos aproximamos, tendo visto meu rosto quando eu os observava do beliche superior, e o apresentei a Cassius e a Ramadhin. Ele pôs de lado o *Bhagavad Gita* e circulou pelo canil em nossa companhia, jogando pedaços de carne para seus favoritos. Por fim trouxe para fora o weimaraner. Retirou a coleira, deu uns tapinhas carinhosos na cabeça lisa como um ovo, e mandou o cão caminhar até a extremidade do aposento empoeirado. Embora não demonstrasse o desejo de se afastar de Invernio, ele obedeceu ao comando e seguiu em silêncio, as longas pernas se jogando para a direita e para a esquerda. Chegando ao fim do canil, voltou-se e esperou. "Vem!", Invernio gritou, e o cão galopou em sua direção. A dois metros de distância, deu um salto, as quatro patas aterrissando simultaneamente nos ombros e no peito de Invernio com força suficiente para jogá-lo de costas no chão, escarafunchando com as garras e latindo alto.

Invernio lutou para ficar por cima do cachorro e rosnou em seu ouvido. Depois começou a beijá-lo, e o cachorro reagiu como uma mulher que ama o beijoqueiro, mas não deseja ser beijada. Alternaram-se um em cima do outro. A afeição era patente.

Ambos se adoravam. Mostraram-se os dentes. Riram e latiram. Invernio soprou nas narinas do cão. Todos os cachorros ainda enjaulados estavam agora em silêncio, observando enciumados as brigas fingidas dos dois em meio à poeira do chão.

Fomos embora enquanto a luta prosseguia, e segui sozinho para o convés C, onde fiquei a maior parte da tarde. O sr. Invernio e o cachorro tinham me trazido à lembrança nosso cozinheiro, Gunepala. Senti saudades dele, de como estava sempre cercado de um coro lunático de vira-latas na hora das refeições, uivando em uníssono enquanto ele sacudia um pedaço de carne antes de atirá-lo para eles. À tarde eu o encontrava dormindo abraçado aos cachorros. Pelo menos Gunepala dormia, porque os cachorros permaneciam deitados cortesmente a seu lado, se entreolhando, contraindo e erguendo as sobrancelhas.

Os passeios noturnos do prisioneiro foram retomados. Não o vimos entre a véspera da escala em Aden e a noite em que deixamos a cidade. Deve ter havido alguma razão para mantê-lo na cela. Agora, quando avançávamos para o norte do mar Vermelho, reparamos que lhe tinham posto uma terceira corrente, ligando a coleira de metal no pescoço a um suporte aparafusado no convés a doze metros de distância. Ele arrastava os pés de um lado a outro. Antes se movia com agilidade, porém agora parecia hesitante e cauteloso. Talvez houvesse sentido que havia outro mundo lá fora, pois, apesar de ser noite, era possível distinguir as costas do deserto nos dois lados do navio — a Arábia à direita, o Egito à esquerda.

Emily tinha sussurrado para mim que o prisioneiro se chamava Niemeyer, algo assim. Soava europeu demais, porque ele era claramente asiático. Dava a impressão de ser uma mistura de cingalês com qualquer outra coisa. Ouvimos quando ele falou com um guarda com uma voz grave e calma, as palavras pronunciadas sem pressa. Ramadhin achou que a voz dele seria capaz de hipnotizar alguém que estivesse sozinho com ele num quarto. Meu amigo imaginava todos os tipos de perigo. No entanto, Emily também mencionou sua voz especial. Alguém havia dito a ela que era "persuasiva", mas também "amedrontadora". Contudo, quando perguntei quem lhe dissera aquilo, ela se calou. Fiquei surpreso. Achava que fosse seu confidente, que merecia todo o crédito, e então ela acrescentou: "É um segredo de outra pessoa. Não meu. Por isso não posso contar, entende?".

Seja como for, o regresso de Niemeyer ao convés para seus passeios noturnos nos fez sentir que alguma ordem fora restaurada. E começamos a acampar num dos botes salva-vidas a fim de observá-lo lá de cima. Ouvíamos as correntes infernais serem arrastadas pelo chão. Ele parava ao alcançar o limite da corrente e contemplava a noite como se pudesse divisar claramente o que estava à frente, como se alguém a quilômetros de distância testemunhasse cada movimento seu em meio às trevas do deserto. Dava meia-volta e regressava pelo mesmo caminho. Passado algum tempo, removeram a coleira de ferro de seu pescoço. Ouvimos uma troca serena de palavras entre o prisioneiro e os guardas, e depois ele foi levado para baixo, para um lugar que só podíamos imaginar.

"Atenção padioleiros, padioleiros, se encaminhem para a quadra de badminton no convés A." Corremos para o local da emergência. Esse era um dos anúncios mais interessantes feitos até então através dos alto-falantes. Em geral, informavam sobre palestras vespertinas no Clyde Room acerca de assuntos como "A instalação dos cabos submarinos entre Aden e Bombaim", ou que um certo sr. Blackler falaria sobre "A recente reconstituição do piano de Mozart". Antes de exibirem "As quatro penas brancas", um capelão fizera uma palestra intitulada "As Cruzadas, prós e contras: será que a Inglaterra foi longe demais?" Ramadhin e o sr. Fonseka assistiram a essa conferência e voltaram nos dizendo que, aparentemente, o orador achava que os ingleses não tinham ido longe o bastante.

Circulou o rumor de que o cadáver de Hector de Silva, morto havia vários dias, seria em breve enterrado no mar. O capitão queria aguardar até que chegássemos ao Mediterrâneo, porém a todo-poderosa viúva De Silva insistia num enterro rápido e privado. Seja como for, em pouquíssimo tempo todo mundo havia descoberto o local e a hora da cerimônia. Os funcionários cercaram com uma corda a área da proa onde o serviço teria lugar, mas os curiosos logo se amontoaram atrás da corda e nas escadas de metal, além de observar dos conveses superiores. Umas poucas almas menos impressionáveis acompanharam o evento das janelas da sala de fumantes. Veio tanta gente que o corpo — de fato a primeira visão que a maioria dos presentes teve de Hector de Silva — precisou ser carregado por uma estreita passagem aberta a contragosto pela multidão. Foi acompanhado pela viúva, pela filha, pelos três médicos (um dos quais vestindo os trajes típicos da aldeia) e pelo capitão.

Eu nunca assistira a um funeral, muito menos a um que era, parcialmente, de minha responsabilidade. Vi Emily a alguns metros de distância enviando-me um olhar de cautela acompanhado de uma balançada de cabeça. Vi o Barão bem próximo da família. Todos da mesa da ralé estavam presentes. Até o sr. Fonseka deixara sua cabine e subira para presenciar a cerimônia. Postou-se perto de nós, de paletó preto e gravata, artigos provavelmente comprados na loja Kundanmals, no bairro do Forte, para usar na Inglaterra.

Contemplamos de cima as pequenas figuras da comitiva, reunidas ao redor da mesa de armar que continha o busto de Hector de Silva e algumas flores. Mal ouvimos os últimos ritos. A voz do padre variou de intensidade e se perdeu nos ventos frios que vinham do deserto. Quando a família se aproximou do corpo envolto numa mortalha branca, todos nos inclinamos para a frente a fim de observar que segredos estavam sendo transmitidos ao defunto. Hector de Silva por fim deslizou para fora do navio e sumiu no mar. Não houve tiros de fuzil ou canhão, como Cassius prometera. Nada mais foi feito ou dito para encerrar a cerimônia. Somente o sr. Fonseka recitou alguma coisa baixinho para os que estavam nas imediações. "*Quem desejou o mar? Sua imponente solidão/ Em vez das antessalas dos reis.*" Pronunciou os versos de Kipling de uma forma que os fez soarem grandiloquentes e sábios. Não estávamos conscientes da ironia que eles continham à luz da vida de Hector de Silva.

Algum tempo depois, houve outra palestra na hora do chá, destinada a nos preparar para o canal de Suez: ela versou sobre de Lesseps e os milhares de operários que morreram de cólera durante sua construção, bem como a importância do canal como rota de comércio. Tendo chegado cedo, Ramadhin e eu vasculhamos as mesas do bufê em busca dos melhores sanduíches, que só seriam servidos depois da palestra. No meio da apresentação, dei de cara com Flavia Prins e algumas de suas companheiras de carteado enquanto eu me afastava do bufê com vários sanduíches equilibrados no braço. Ela observou tudo com um olhar rutilante e passou por mim sem dizer uma única palavra.

Aproximamo-nos do canal às escuras à meia-noite em ponto. Uns poucos passageiros acampados no convés para apreciar a chegada estavam semiadormecidos e praticamente não notaram os sinos e clangores que guiaram nosso navio rumo ao estreito buraco de agulha que é o El Suweis. Paramos para recolher um prático árabe, que subiu de sua barcaça por uma escada de corda. Caminhou em passos lentos para a ponte de comando, sem dar atenção aos oficiais à sua volta. O navio agora lhe pertencia. Ele é que nos levaria para águas menos profundas e ajustaria o ângulo da embarcação a fim de que ela penetrasse no canal ainda mais estreito em que navegaríamos por cento e noventa quilômetros até chegar a Porto Said. Podíamos vê-lo nas janelas horizontais da ponte fortemente iluminada, ao lado do capitão e de outros dois oficiais.

Foi a noite em que não dormimos.

Em menos de meia hora, deslizávamos junto a um cais de concreto com caixotes empilhados que formavam gigantescas pirâmides. Acompanhando o lento avanço do *Oronsay*, homens corriam com cabos elétricos e carros de bagagem. Em toda a parte se via um trabalho rápido e intenso sob os feixes da luz sulfúrea. Ouviam-se gritos e apitos. Num dos intervalos, escutamos latidos que Ramadhin pensou ser de seu cachorro de Aden, que agora estaria tentando voltar à terra. Nós três nos debruçamos sobre a amurada, sorvendo o ar, absorvendo-o. Essa noite nos propiciou a lembrança mais vívida da viagem, momentos que de tempos em tempos revisito num sonho. Sem que precisássemos nos mover, um mundo em constante mutação passava diante de nós, as trevas carregadas de sugestões. Tratores não vistos rangiam sob as colunas. Os guindastes se curvavam bem baixo, prontos a pegar um de nós de passagem. Havíamos cruzado mares abertos a vinte e dois nós, e agora avançávamos como se presos por um grilhão, à velocidade de uma bicicleta vagarosa, como se estivéssemos dentro de um rolo de papel sendo desenrolado.

Fardos eram jogados na coberta de proa. Uma corda foi amarrada à amurada a fim de que um marinheiro descesse para o cais em movimento e assinasse alguns papéis oficiais. Vi um quadro deixar o navio. De relance, tive a impressão de havê-lo visto antes, talvez numa das salas de estar da primeira classe. Por que um quadro seria retirado do navio? Eu não saberia dizer se tudo o que estava acontecendo era legal ou resultado de uma frenética atividade criminosa, já que apenas alguns oficiais supervisionavam as operações, todas as luzes de convés estavam apagadas e reinava um silêncio absoluto. Só as janelas da ponte estavam iluminadas, com as três silhuetas permanentes, como se o navio fosse dirigido por marionetes seguindo as ordens do prático. Ele apareceu algumas vezes no convés aberto, assobiando para dar instruções a algum homem em terra que conhecia. Recebia como resposta um assobio similar, e ouvíamos a queda n'água de uma corrente, fazendo com que o navio desse um repelão e se reorientasse para um lado ou para o outro. Ramadhin continuou esquadrinhando o navio de ponta a ponta em busca de seu cachorro. Cassius e eu nos equilibrávamos precariamente na amurada da proa, de onde podíamos acompanhar as cenas fragmentárias abaixo de nós — um comerciante vendendo comida em sua barraquinha, mecânicos conversando em volta de uma fogueira, lixo sendo despejado, tudo aquilo que, bem sabíamos, jamais voltaríamos a ver. Compreendemos assim algo tão simples quanto importante: que nossa vida podia se expandir graças a pessoas estranhas mas interessantes que passariam por nós sem gerarem nenhum envolvimento pessoal.

Ainda me lembro como percorremos esse canal nos fazendo pouco visíveis, dos sons que chegavam como mensagens da terra e dos passageiros que dormiam nos conveses, deixando de desfrutar aquele afã incessante. Subíamos e descíamos da amurada. Podíamos ter caído, perdido o navio e embarcado num novo destino — como indigentes ou como príncipes. "*Tio!*", gritávamos, se alguém ficava suficientemente perto para distinguir nossos pequenos corpos. "*Ei, tio!*" E as pessoas acenavam com um sorriso largo. Todos que nos viram passar naquela noite foram tios. Alguém nos jogou uma laranja. Uma laranja do deserto! Cassius pedia *beedis*, mas ninguém o compreendia. Um estivador ergueu algo para nos mostrar, uma planta ou um animal, porém a escuridão ocultou perfeitamente sua natureza.

Nessa noite, nenhuma outra embarcação atravessou as águas negras do canal. Mais de um dia antes, tinha sido combinado pelo rádio que entraríamos exatamente à meia-noite. Na margem do canal, sob um fio elétrico balançante, um homem estava sentado a uma mesa improvisada preenchendo formulários entregues depois a um mensageiro que corria ao lado do navio e atirava os papéis, presos a um peso de metal, aos pés de um dos marinheiros. Como o navio nunca parou, passamos pelo mensageiro, pelo homem sentado à mesa que registrava furiosamente o intercâmbio de cargas e por um cozinheiro que assava alguma coisa cujo aroma era uma dádiva, um desejo na noite, a tentação de abandonar o navio depois de toda a comida europeia que consumíamos havia dias. Cassius disse: "É cheiro de olíbano". E assim nosso navio prosseguiu viagem, guiado por aqueles estrangeiros. Recebíamos coisas frescas de terra em troca de objetos dispostos no convés. Sabe-se lá o que foi trocado nessa noite, que fecundação cruzada ocorreu quando os documentos oficiais de entrada e saída foram assinados e devolvidos aos funcionários do canal ao entrarmos e sairmos do mundo temporário do El Suweis.

Pouco a pouco a luz da manhã nos alcançou. Nuvens coaguladas salpicavam o céu. Não tínhamos visto nuvens durante toda a viagem, exceto montanhas escuras delas que se erguiam sobre o navio e desabavam durante as intempéries. Ao nos aproximarmos de Porto Said, uma tempestade de areia se levantou e pairou sobre nós, um estertor da Arábia que perturbou os sinais de radar da embarcação. Por essa razão, nossa chegada a El Suweis havia sido cuidadosamente fixada para a meia-noite — a fim de que chegássemos a Porto Said de dia, quando era possível navegar sem a ajuda de instrumentos. Dessa forma, entramos no Mediterrâneo de olhos bem abertos.

*

Houve um tempo, quando eu tinha vinte e muitos anos, em que senti uma enorme vontade de rever Cassius. Conquanto houvesse mantido contato com Ramadhin e sua família, não vira Cassius desde o dia em que o navio aportou na Inglaterra. Justamente na época em que desejei vê-lo, deparei com uma matéria num jornal londrino que trazia uma fotografia sua. Não teria reconhecido o rosto caso não estivesse acompanhado de seu nome. Mais velho, a tez mais escura, provavelmente tão diferente quanto eu do menino que estivera a bordo daquele navio na década de 1950. Anunciava-se uma exposição de suas pinturas. Dessa forma, dirigi-me ao centro, a uma galeria em Cork Street. Não tanto para ver sua arte como para restabelecer contato com ele, para podermos fazer (assim eu esperava) uma longa refeição a dois, em que falaríamos a mais não poder. Eu pouco sabia do que tinha acontecido com ele desde nossas três semanas juntos, embora soubesse que se tornara um pintor de renome. Isso me surpreendera. Mas teria continuado indomável? Tão perigoso quanto me parecera quando eu era menino? Afinal, algo dele permanecera no meu imaginário. Examinei de novo o anúncio que cortara do jornal, a foto que o mostrava encostado a uma parede branca e com um ligeiro ar de beligerância.

No entanto, Cassius não estava lá. Era uma tarde de sábado. Na galeria me disseram que a exposição tinha sido inaugurada algumas noites antes, quando então Cassius estivera presente. Eu não conhecia nada sobre os hábitos do mundo artístico. Fiquei desapontado, porém sua ausência não fez diferença, pois o que vi nas pinturas foi o próprio Cassius. Eram quadros grandes, que enchiam as três salas da Waddington Gallery. Uns quinze no total. Todos sobre aquela noite em El Suweis. As mesmas lâmpadas de enxofre iluminando as atividades noturnas de que eu ainda me lembrava, ou que pelo menos comecei a relembrar nessa tarde de sábado. As fogueiras. O velho livro de registro sendo preenchido com urgência pelo escriba sentado à mesa no revigorante ar da noite. Achei de início que as pinturas eram abstrações. Transmitiam a sensação de que as coisas estavam acontecendo no limite das cores, ou um pouco além. No entanto, depois que me dei conta de onde estávamos, tudo mudou. Encontrei até o cachorrinho de Ramadhin olhando para cima, na direção do navio. Tudo isso me enriqueceu sem que eu soubesse o porquê. Suponho que tenha deixado claro como eu e Cassius éramos próximos, verdadeiros irmãos. Pois ele também havia gravado na memória as pessoas que vimos naquela noite, com as quais nos sentimos tão estranhamente vinculados, pessoas que nunca mais veríamos. Só lá. Naquela cidade noturna de outro mundo. Não tínhamos falado sobre aquilo, mas ambos sentimos o mesmo. E agora elas estavam lá conosco.

Caminhei até o livro de visitas, onde se espera que as pessoas deixem seus comentários. Alguns eram muito sofisticados e exageradamente intelectuais, outros apenas proclamavam: "Uma beleza!". Garatujas que ocupavam uma página inteira diziam: "A velhinha foi mutilada no final da noite de ontem". Isso devia ter sido escrito por um dos amigos já bêbados de Cassius. Como ninguém mais usara a página, a frase ficou inteiramente exposta e solitária. Folheando o resto do livro, dei de cara com o nome da srta. Lasqueti sob uma simpática mensagem de louvor à arte de Cassius. Pus a data e escrevi: "A tribo do Oronsay — irresponsável e violenta", acrescentando: "Pena não ter te encontrado. Mynah". Não deixei meu endereço.

Saí, porém algo me deteve e decidi voltar à galeria, feliz por não haver então quase mais ninguém lá dentro. Quando entendi o que havia me atraído outra vez para lá, dei um novo giro pela galeria a fim de me certificar. Li em algum lugar que, logo que as pessoas começaram a valorizar a perspectiva especial das primeiras fotografias de Lartigue, levou algum tempo até alguém chamar a atenção para o fato de que ela era o ângulo natural de um menininho com uma câmera, olhando para os adultos mais altos que ele fotografava. O que eu observava agora na galeria era o ângulo exato de visão que Cassius e eu havíamos tido naquela noite, da amurada, enquanto olhávamos para baixo, na direção dos homens que trabalhavam sob os feixes de luz. Um ângulo de quarenta e cinco graus, algo assim. Eu me encontrava de volta à amurada, observando, no mesmo lugar em que Cassius estivera emocionalmente ao pintar aqueles quadros. Adeus, dizíamos a todos eles. Adeus.

O coração de Ramadhin

Durante a maior parte da minha vida, eu soube que não tinha a dar a Cassius nada que ele considerasse útil. Mas sempre achei que podia ter dado alguma coisa a Ramadhin. Ele me ofereceu sua afeição. Em Cassius, era patente o desejo de proteger sua privacidade. Isso era visível até mesmo em seus quadros, malgrado a evocação daquela noite em El Suweis. Sempre imaginei que poderia ajudar Ramadhin numa situação difícil. Se tivesse sabido, se ele tivesse vindo conversar comigo.

No início da década de 1970, quando eu estava trabalhando por um breve período nos Estados Unidos, recebi um telegrama de um parente distante. Lembro que eu fazia trinta anos naquele dia. Deixando o trabalho de lado, consegui pegar o último voo para Londres, fui para um hotel e dormi por algumas horas.

Ao meio-dia, tomei um táxi que me deixou na Mill Hill, perto de uma capelinha. Vi de relance a irmã de Ramadhin, Massi, e, já lá dentro, ela caminhando pelo corredor central. Pouco tínhamos nos visto desde que fomos amigos na juventude. Na verdade, eu não me encontrava com Ramadhin nem com ninguém de sua família fazia oito anos. Suspeito que todos nós tivéssemos nos transformado em pessoas diferentes. Em uma de suas últimas cartas, Ramadhin me dissera que Massi andava "com uma turma da pesada", que trabalhava num programa musical da BBC e que era ambiciosa e muito inteligente. Acho que nada em relação a Massi me surpreenderia. Ela era mais jovem e tinha chegado à Inglaterra um ano depois de nós, adaptando-se rapidamente.

Ao longo dos anos, eu passara a conhecer os pais deles muito bem, um casal gentil que havia criado um filho também gentil. O pai era biólogo, e sempre falava sobre meu tio, "o Juiz", quando se via obrigado a conversar comigo por não haver mais ninguém nas proximidades. Imagino que meu tio e o pai de Ramadhin estavam profissionalmente no mesmo nível, porém ele era um pouco incompetente no que tange às coisas do mundo real (chaves inglesas, café da manhã, horários), enquanto sua mulher, também bióloga, organizava tudo e parecia contente em permanecer na sombra projetada pelo marido. A vida deles, assim como suas carreiras e o ambiente familiar que tinham criado, serviam como degraus para a ascensão dos filhos. E, na minha juventude, eu gostava de passar tanto tempo quanto podia sujeito à disciplina serena e reconfortante da casa deles em Mill Hill. Ia lá com muita frequência. A doença de Ramadhin, seu problema cardíaco, os tornara uma família mais cuidadosa e tranquila do que a minha. Eles viviam dento de uma redoma. E eu me sentia bem no meio deles.

Agora eu me encontrava no mesmo cenário de antigamente. Caminhando para a casa dos Ramadhin após o funeral, me senti como se estivesse caindo de galhos pelos quais subira anos antes. Ao chegar lá, a casa me pareceu menor, a sra. Ramadhin muito frágil. Os fios soltos de seu cabelo branco tornavam seu rosto tenso mais bonito, mais bondoso — ela sempre fora uma pessoa tão estrita quanto generosa para seus filhos e para mim. Só Massi era capaz de lutar contra as regras de sua mãe, o que fez durante boa parte da vida.

"Você ficou longe por tempo demais, Michael. Ficou longe esse tempo todo." As palavras dela foram uma flecha certeira atirada contra mim antes que ela desse um passo à frente e me tomasse nos braços. Antigamente, quase nunca havíamos nos tocado. Sempre a chamara de "sra. R." na minha juventude.

Assim, mais uma vez entrei na casa da Terracotta Road. Um grupo de pessoas oferecia condolências aos pais no estreito hall de entrada, passando depois à sala de visitas onde o sofá, as mesas laterais e os quadros continuavam no lugar em que os vira muitos anos atrás. Era uma viagem no tempo: o pequeno aparelho de televisão, os mesmos retratos dos avós de Ramadhin em frente à casa deles em Mutwal. O passado, trazido pela família dele para este país, jamais seria abandonado. Agora, contudo, havia uma fotografia adicional sobre a lareira, Ramadhin usando a beca de formatura na Leeds University. A vestimenta não lhe caía bem ou o descaracterizava. Seu rosto parecia magro demais, como se Ramadhin estivesse sob pressão.

Cheguei mais perto para examinar o retrato. Alguém me segurou pelo cotovelo, os dedos penetrando de propósito na carne, e me voltei. Era Massi, e de repente, quase depressa demais, nos encontramos chocantemente próximos um do outro. Eu a vira na capela caminhando entre seus pais a fim de se sentar na fileira da frente, curvando de imediato a cabeça. Ela não estivera recebendo as condolências no hall.

"Você veio, Michael. Não imaginei que você viesse."

"Por que eu não viria?" Sua mão pequena e tépida tocou meu rosto, depois ela se afastou para dar atenção a outras pessoas, falando e balançando a cabeça em resposta ao que lhe diziam, dando os abraços necessários. Não desgrudei os olhos dela. Procurava algum sinal de Ramadhin em Massi. Nunca tinha havido uma forte semelhança entre os dois. Ele lento e grandalhão, ela esbelta e ágil. Uma "turma da pesada", ele havia escrito. O cabelo dos dois era da mesma cor, apenas isso. Mas achei que ela agora devia carregar algo dele — alguma coisa que a repentina partida dele tivesse lhe deixado. Imagino que eu precisava da presença de Ramadhin, mas não a encontrava ali.

Foi uma tarde longa, durante a qual cada um de nós só viu o outro do lado oposto da sala, falando com vários parentes. Durante o almoço em pé, notei que ela ia de pessoa em pessoa naquele grupo de imigrantes, cumprindo seu dever de abelha da família — de uma velha tia desolada a um tio ainda alegre por força do hábito, ou a um sobrinho que não entendia por que estavam todos tão calmos, pois ele adorava Ramadhin, que lhe ensinara matemática e o ajudara a enfrentar qualquer crise de forma lógica. Eu a vi sentada junto com o menino numa cadeira reclinável no jardim, e quis estar lá com eles em vez de ter de suportar o olhar curioso de um amigo dos pais de Ramadhin. Talvez porque ele tivesse dez anos. E também queria saber o que ela estaria lhe dizendo, como justificava o que dizia ou por que ambos se comportavam como membros de uma seita, conversando em sussurros. Depois vi que não era o garoto quem chorava, e sim Massi.

Abandonei meu interlocutor em meio a uma frase, fui para fora, me sentei ao lado dela e passei o braço em volta de seu corpo, que não parou de tremer. Nenhum dos três pensou em falar. E, quando olhei através das portas de vidro para dentro da casa, me dei conta de que todos os adultos estavam lá e de que éramos as crianças no jardim.

Enquanto a tarde começava a escurecer, a casa modesta de Ramadhin, que já fora um santuário para mim, me pareceu uma frágil arca. Os últimos visitantes saíam lentamente para a mal iluminada rua suburbana. Eu me encontrava no hall ao lado da família, prestes a sair também pois tinha de pegar o trem para voltar ao centro de Londres.

"Preciso pegar um avião amanhã à tarde", eu disse, "mas volto daqui a um mês se tudo correr bem."

Massi me observava cuidadosamente. Era o que ambos havíamos feito a tarde inteira, como se reconsiderando alguém que tínhamos conhecido bem no passado. Seu rosto ficara mais largo, ela se comportava de modo diferente de quando éramos jovens. Um modo cortês de tratar os pais que era novo e atencioso, depois das ruidosas batalhas que travara na adolescência. Eu tinha consciência dessas diferenças, como ela também deveria ser capaz de me definir mais claramente que qualquer dos meus amigos recentes. Ela podia selecionar alguma percepção do que fui no passado e cotejá-la com o que via agora. Nas férias escolares, seguia a mim e a seu irmão enquanto rondávamos por uma cidade que não era de todo nossa, onde nos faziam sentir como estranhos — nos movíamos em um universo curiosamente limitado, tomando o ônibus para uma piscina em Bromley ou para a Croydon Public Library, ou para Earls Court a fim de ver a mostra de barcos, o concurso de cachorros ou a exposição de carros. Sem dúvida ainda tínhamos aqueles trajetos de ônibus gravados em nosso cérebro. Ela acompanhara todas as minhas mudanças durante a puberdade. Tudo isso estava dentro dela.

Então o intervalo de oito anos.

"Preciso pegar um avião amanhã à tarde, mas volto daqui a um mês se tudo correr bem."

Ela continuou no hall a me observar, demonstrando no rosto o choque causado pela perda do irmão. Seu namorado a segurava pelo cotovelo. Eu e ele havíamos conversado no começo da tarde. Se não era namorado dela, certamente tinha a esperança de ser.

"Muito bem, me avise quando voltar", disse Massi.

"Aviso, sim."

"Massi, por que você não leva Michael até a estação? Vocês dois deviam conversar", disse a sra. R.

"Isso mesmo, venha comigo", eu disse. "Assim podemos passar uma hora juntos."

"Uma vida inteira", ela retrucou.

Massi existia na metade do meu mundo em que Ramadhin raramente entrava. Ela jamais mostrava a menor hesitação. Eu e ela acabamos compartilhando boa porção de nossas vidas. E, graças a nosso relacionamento, com suas marés altas e baixas, tanto nos enriquecemos quanto nos ferimos devido à rapidez de reação que em parte aprendi com ela. Massi tomava decisões num piscar de olhos. Provavelmente era mais parecida com Cassius do que com seu irmão, embora eu agora saiba que o mundo não se divide em apenas dois tipos de pessoas. Mas é o que pensamos na juventude.

"Uma vida inteira", ela dissera. E naquele momento dei meus primeiros passos de volta à vida de Massi. Fomos até a estação, andando mais lentamente enquanto conversávamos. Penetramos num trecho às escuras em que a rua ladeava um campo de futebol, e foi como se estivéssemos sussurrando no canto sombrio de um palco. Falamos acima de tudo sobre ela. Massi já sabia bastante de mim, da breve e surpreendente carreira que me levara aos Estados Unidos e me fizera abandonar o mundo dela. ("*Não imaginei que você viesse.*" "*Você vive fora o tempo todo.*") Desencavamos os anos perdidos. Eu mantivera pouco contato até mesmo com Ramadhin. Mandava um cartão-postal vez por outra, que apenas revelava meu paradeiro ou pouco mais que isso. Havia muito a descobrir sobre o que ela e seu irmão tinham feito durante aquele tempo.

"Você conhece uma pessoa chamada Heather Cave?", ela perguntou.

"Não. Devia conhecer? Quem é?" Imaginei ser alguém que eu tivesse encontrado nos Estados Unidos ou no Canadá.

"Parece que Ramadhin a conhecia."

Contou então que não havia nenhuma explicação convincente para a morte de Ramadhin. Ele fora encontrado com o coração parado, uma faca a seu lado. Foi tudo. Ele fora ao ponto mais escuro de um jardim público perto da casa da jovem. Segundo Massi, Ramadhin tinha verdadeira obsessão por ela, a quem dava aulas. Mas, quando resolveu se informar, descobriu que Heather Cave era apenas uma menina de catorze anos. Se estava realmente apaixonado por ela, Ramadhin teria sentido uma vergonha avassaladora, que deve tê-lo invadido como uma torrente de tinta negra.

Ela balançou a cabeça e mudou de assunto.

Não acreditava que o irmão tivesse tido uma vida alegre na Inglaterra; achava que ele teria sido mais feliz se houvesse feito carreira e vivido em Colombo.

Todas as famílias de imigrantes, parece, têm alguém que não se adapta ao país onde se instalaram. A situação é vista como um exílio permanente por um irmão ou uma esposa, que não suportam um destino silencioso em Boston, Londres ou Melbourne. Já encontrei muitos que continuam perseguidos pelo fantasma inafastável de seu lugar de origem. E é fato que a vida de Ramadhin teria sido mais feliz no mundo menos formal e público de Colombo. Não o moviam as ambições profissionais típicas de Massi e, como ela suspeitava, minhas também. Fazia tudo de forma gradual, era o mais preocupado dos três, aprendendo o que era importante em seu ritmo próprio. Eu disse a ela que ainda me surpreendia por ele ter conseguido suportar a Cassius e a mim naquela viagem para a Inglaterra. Massi concordou com a cabeça, agora sorrindo, e perguntou: "Você se encontrou com Cassius? Às vezes leio alguma coisa sobre ele".

"Lembra que dissemos que você devia procurá-lo?"

Começamos a rir. Uma época, Ramadhin e eu havíamos tentado convencer Massi de que Cassius era o marido ideal para ela.

"Talvez eu devesse ter procurado... quem sabe ainda posso procurar." Ela estava chutando as folhas molhadas à sua frente e tinha me dado o braço. Pensei em meu outro amigo distante. A última vez em que tinha ouvido falar de Cassius foi quando me encontrei com uma atriz de Sri Lanka que o conhecera quando os dois eram jovens na Inglaterra. Ela contou que certo dia haviam ido de manhã muito cedo a um campo de golfe. Ele tinha levado alguns tacos velhos e umas poucas bolas; pularam o portão e zanzaram pelo campo, Cassius fumando um baseado e fazendo uma preleção sobre a grandeza de Nietzsche antes de tentar possuí-la no gramado perto de um buraco.

Na estação, depois de confirmarmos o horário do trem fomos ao café noturno sob a ponte da estrada de ferro. Ficamos sentados lá, praticamente sem conversarmos, um olhando para o outro por cima do tampo de fórmica.

Nunca rotulei Massi como irmã de Ramadhin. Eram personalidades muito distintas. Ela tinha um temperamento ávido. Bastava que se mencionasse qualquer possibilidade, para ela ir correndo a seu encontro como o verso seguinte da letra de uma canção. Era o que, em outros tempos, as pessoas chamavam de "dínamo". O sr. Mazappa ou a srta. Lasqueti a teriam descrito assim. No entanto, naquela noite ela se mostrou contida e hesitante no café quase vazio junto à estação ferroviária. Lá havia um casal mais idoso que também estivera no enterro e na recepção, mas se manteve à distância. Eu precisava de Ramadhin ali conosco. Talvez tenha sido a atitude reservada de Massi que permitiu a presença dele, ou mesmo aquela nova afeição entre nós, que apagou tão depressa os anos de afastamento, porém a imagem dele veio diretamente ao meu coração e comecei a chorar. De repente, senti dentro de mim tudo o que ele era: seu caminhar lento, seu embaraço diante de uma piada discutível, o amor carente que sentiu por aquele cachorro em Aden, os cuidados que tinha com seu coração ("o coração de Ramadhin"), os nós que havia feito e o orgulho por ter salvado nossa vida, seu corpanzil visto de costas quando se afastava andando. E a inteligência combinada com decência que o sr. Fonseka soube identificar e que Cassius e eu nunca vimos ou admitimos, mas que sempre esteve presente. Quanto mais de Ramadhin absorvi através da memória depois que paramos de nos ver?

Sou frio de coração. Se me deparo com uma grande tristeza, ergo barreiras para que a perda não penetre fundo demais ou vá longe demais. Um muro é levantado instantaneamente, e não cai. Proust disse: "Imaginamos ter deixado de amar nossos mortos, porém... de repente vemos de novo uma velha luva e nos pomos a chorar". Não sei o que houve. Não havia nenhuma luva. Para ser honesto, sou obrigado a admitir que fazia algum tempo eu não pensava em Ramadhin como alguém que havia sido meu amigo íntimo. Aos vinte anos, estamos muito ocupados nos transformando em outra pessoa.

Será que me senti culpado por não tê-lo amado suficientemente? Em parte, sim. Mas não foi um mero pensamento que fez ruir o muro, permitindo que Ramadhin me invadisse. Devo ter começado a me lembrar de todos os pequenos fragmentos que revelavam a preocupação que ele tinha por mim. Um gesto para alertar que eu estava derramando alguma coisa na camisa, o que de fato aconteceu na última vez em que estivemos juntos. O modo pelo qual buscava me incluir naquilo que estava aprendendo com tanto entusiasmo. Como desviou de seu caminho para descobrir meu paradeiro, e depois continuou meu amigo na Inglaterra, apesar de frequentarmos escolas diferentes. Não era difícil me encontrar usando a rede de imigrantes, mas, seja como for, ele havia procurado por mim.

Não tenho ideia de quanto tempo continuei sentado junto ao janelão que me separava da rua, com Massi calada à minha frente, apenas com a mão estendida na minha direção com a palma para cima, que eu não vi e por isso não peguei. As lágrimas nos fazem maiores, dizem, e não menores. Eu tinha demorado muito para voltar. Não conseguia olhar para ela. Contemplava a escuridão que dominava tudo em volta e além do restaurante iluminado.

"Venha. Venha comigo", ela disse, e subimos os degraus de pedra da estação para esperarmos o trem. Como ainda restavam alguns minutos, percorremos a longa plataforma até as extremidades não iluminadas, sem nada dizermos. Quando o trem se aproximou, nos abraçamos, houve um beijo de reconhecimento mesclado com tristeza que derrubaria a porta para nós nos anos seguintes. Ouvimos o estalido de um anúncio e então vimos uma luz brilhando sobre nós.

Alguns acontecimentos levam uma vida inteira para revelar seu poder danoso e sua influência. Vejo agora que me casei com Massi para permanecer próximo a um grupo que vinha da minha infância, no qual me sentia seguro e que, percebi, ainda desejava.

Massi e eu continuamos a nos ver, de início timidamente, mas depois para recuperar em parte a condição de quase amantes que tivéramos como adolescentes. Havia a dor compartilhada pela morte de Ramadhin, assim como a acolhida que a família me deu. Os pais dela me receberam de volta com carinho — o rapazola, ainda um garoto para eles, que fora durante tantos anos o melhor amigo do filho. Por isso eu ia com frequência a Mill Hill e à casa para a qual costumava escapar quando adolescente, onde passava o tempo à toa com Ramadhin e sua irmã enquanto seus pais estavam no trabalho — na sala de visitas vendo televisão ou no quarto de cima com a folhagem verde na janela. Lugares em que ainda hoje eu poderia andar de olhos vendados, os braços estendidos para avaliar a largura do hall, dando tantos passos para entrar na sala vindo do jardim, depois mais três passos à direita, evitando a mesinha de centro. Ao tirar a venda, eu estaria em frente ao retrato da formatura de Ramadhin.

Não havia mais ninguém nem outro lugar que pudesse acolher meu vazio interior.

Um mês depois da morte de Ramadhin, sua família recebeu uma carta de condolências do sr. Fonseka que tive a permissão de ler, pois descrevia os dias passados no *Oronsay*. Ele escreveu palavras amáveis a meu respeito (e nada sobre Cassius), mencionando haver identificado "uma luminosa curiosidade acadêmica" em Ramadhin. Relatou como os dois tinham discutido as histórias dos vários países diante dos quais havíamos passado, assim como todos os seus portos naturais e artificiais; como Aden fora uma das treze grandes cidades pré-islâmicas; como havia uma linhagem de geógrafos muçulmanos que viveram antes da era dos impérios baseados na pólvora. A carta de Fonseka seguia nesse compasso, num estilo de que me recordo quase vinte anos depois.

A paixão de Fonseka pelo conhecimento vinha acompanhada do prazer adicional de compartilhá-lo. O mesmo devia ter se passado entre Ramadhin e seu sobrinho de dez anos a quem ele dera aulas e que eu encontrara no dia do enterro. Como o sr. Fonseka não tinha como saber que eu estava em contato com a família, imagino que o teria surpreendido se fosse visitá-lo em Sheffield na companhia de Massi. Mas nunca fui. Eu e ela estávamos ocupados quase todos os fins de semana. Agora éramos amantes de novo, tendo nos tornado noivos com toda a formalidade exigida pelas famílias que vivem no exterior. O peso da tradição dos exilados recaiu sobre nós. Não obstante, poderíamos ter escapado de tudo aquilo, alugado um carro e ido vê-lo. Mas naquele estágio da minha vida eu me sentiria tímido perante ele. Eu era um jovem escritor e temia sua reação, muito embora tivesse certeza de que ele seria cortês. Afinal de contas, o sr. Fonseka devia ter concluído que Ramadhin era quem tinha a sensibilidade inata e a inteligência para se tornar um artista. Não creio que esses sejam requisitos necessários, porém naquela época eu tinha uma razoável convicção de que isso era verdade.

Ainda me surpreendo que Cassius e eu fomos os que superamos nossas origens e sobrevivemos no mundo das artes. Cassius, que insistia em ser conhecido em público por seu provocante primeiro nome. Eu era mais amigável, tinha adotado uma postura menos agressiva, porém Cassius não transigia, tratando com desdém os figurões da esfera artística e poderosos em geral. Poucos anos depois de se tornar bem conhecido, sua escola na Inglaterra, que ele tinha odiado e que provavelmente o detestara, lhe pediu que doasse um quadro. Ele respondeu num telegrama: "Vão se foder! Segue carta mais forte". Ele sempre foi durão. Quando eu ouvia falar de algo chocante e excitante que Cassius havia feito, imediatamente pensava em Fonseka lendo sobre aquilo no jornal e suspirando por se dar conta do abismo que existia entre arte e decência.

Eu *devia* ter ido visitá-lo, nosso velho guru da fumaça de cânhamo. Ele teria revelado Ramadhin sob um ângulo diferente do de Massi. Mas a família estava quebrada, e eu e ela éramos o cimento que a repararia, ou pelo menos que encobriria a situação incerta da morte dele, que deixara todos incapazes de lidar com seus sofrimentos. Nossos desejos eram também alimentados pelo passado, por aquela manhãzinha da nossa juventude em que Massi parecia colorida pelos galhos verdes e balouçantes. Todos temos um velho nó no coração que desejamos afrouxar e desfazer.

Por não ter irmãs ou irmãos, eu havia me comportado com Ramadhin e Massi como se eles o fossem. Era o tipo de relacionamento que só existe entre pessoas muito jovens, bem diverso do que temos ao colidir com outros adultos, quando são maiores as possibilidades de mudarmos nossas vidas.

Era assim que eu pensava.

Juntos, nós três havíamos atravessado aqueles tempos abstratos e aparentemente não mapeados que eram as férias de verão e inverno. Vagabundeávamos pelas cercanias de Mill Hill, que nos pareciam imensas. Na pista de corrida de bicicletas, reencenávamos grandes disputas — subindo a duras penas a colina e descendo em velocidade rumo a finais sensacionais no olho mecânico. À tarde, desaparecíamos em algum cinema do centro de Londres. Nosso universo incluía a Battersea Power Station, as Pelican Stairs em Wapping que levavam ao Tâmisa, a biblioteca de Croydon, os banhos públicos de Chelsea, os jardins de Streatham que desciam da High Road em direção às árvores distantes. (Foi aí que Ramadhin passou algum tempo em sua última noite de vida.) E a Colliers Water Lane, onde Massi e eu viemos a morar. Ela, Ramadhin e eu tínhamos entrado em todos esses lugares como adolescentes e saído deles como adultos. Mas o que sabíamos realmente, até mesmo um do outro? Nunca pensamos sobre o futuro. Nosso pequeno sistema solar — para onde rumava? E por quanto tempo cada um de nós significaria alguma coisa para os demais?

*

Às vezes identificamos nossa natureza mais profunda ainda na juventude. É o reconhecimento de algo a princípio pequeno dentro de nós que, de certo modo, moldará nossa personalidade. Meu apelido no navio era "Mynah". Quase igual ao meu nome, mas com um pequeno salto no ar e a sugestão de alguma coisa a mais, como o gingado de todas as aves ao andarem na terra. É o nome de um pássaro pouco confiável, com uma voz incerta apesar de bastante extensa. Naquela época, desconfio que eu fosse mesmo o mainá do grupo, repetindo tudo o que os outros diziam. Ramadhin me deu o apelido acidentalmente, e Cassius começou a usá-lo por reconhecer que era uma simplificação boa do meu nome.

Apenas os dois amigos que fiz no *Oronsay* me chamavam de "Mynah". Ao entrar para a escola na Inglaterra, passei a ser conhecido apenas pelo sobrenome. Por isso, se recebesse um telefonema e alguém dissesse "Mynah", sem dúvida era um dos dois me chamando.

Quanto ao primeiro nome de Ramadhin, eu raramente o usava, apesar de saber qual era. Será que por conhecer esse nome devo concluir que conheço praticamente tudo sobre ele? Tenho o direito de imaginar os processos mentais que ele utilizou como adulto? Não. Mas, quando meninos naquela viagem para a Inglaterra, contemplando o mar que não parecia conter nada, costumávamos conceber tramas e histórias complexas para nós mesmos.

O coração de Ramadhin. O cachorro de Ramadhin. A irmã de Ramadhin. A garota de Ramadhin. Revejo agora coisas importantes da minha vida que nos uniram. O cachorro, por exemplo. Lembro-me ainda de brincarmos com ele no beliche estreito durante o breve tempo em que ficou conosco. Em determinado momento ele se chegou a mim com toda a tranquilidade e enfiou o focinho entre meu ombro e o pescoço, como um violino. O calor de uma criatura assustada. Recordo-me como Massi e eu nos aproximamos fisicamente, do modo cauteloso e inseguro dos adolescentes, e depois com maior intensidade, num delírio, ao nos redescobrirmos após a morte de Ramadhin, sabendo que isso dificilmente teria acontecido se ele estivesse vivo.

Depois houve a história da garota de Ramadhin.

Seu nome era Heather Cave. Ele amava o que ainda era informe nela aos catorze anos. Como se pudesse antever cada possibilidade, embora também deva ter amado o que ela era naquele momento, da mesma forma que adoramos um filhotinho de cachorro, um potro, um menino bonito que ainda não inspira nenhum sentimento sexual. Ele ia ao apartamento de Heather na cidade para lhe dar aulas de geometria e álgebra. Sentavam-se em volta da mesa da cozinha. Se fazia sol, às vezes a sessão de estudo tinha lugar no jardim cercado, contíguo ao prédio. E na última meia hora, como um pequeno presente, ele a estimulava a falar de outras coisas. Surpreendiam-no as avaliações severas que ela fazia sobre seus pais, sobre professores enfadonhos, sobre alguns "amigos" que haviam se insinuado sexualmente para ela. Ramadhin ouvia tudo pasmo. Ela era jovem, porém nada ingênua. Em muitos sentidos, provavelmente tinha mais experiência da realidade que ele. E o que ele era? Um homem de trinta anos inocente demais, que ainda não escapara do casulo tecido por aquela pequena comunidade de imigrantes em Londres. Não participava do mundo a seu redor, na verdade não o entendia bem. Trabalhava como professor substituto, além de dar aulas particulares. Lia muito sobre geografia e história. Relacionava-se com o sr. Fonseka, que vivia no Norte — ao que parece, segundo Massi, os dois mantinham uma correspondência de alto nível. Assim, ele ouvia a garota do outro lado da mesa, imaginando as várias facetas da personalidade dela. Depois voltava para casa.

Por que ele não quebrou o encanto daquela correspondência refinada com o sr. Fonseka mencionando a existência de Heather? Ele jamais faria isso. Fonseka sem dúvida saberia como afastá-lo dela. Mas quão realista ele teria sido sobre a brutalidade de que um adolescente é capaz apesar das evidências em contrário? Não, teria sido melhor para Ramadhin confidenciar aquilo a Cassius. Ou a mim.

Ele ia ao apartamento da família Cave às quartas e sextas-feiras. Às sextas, a garota estava claramente impaciente, pois saía com amigos depois da aula. Então, uma sexta-feira ele a encontrou aos prantos. Ela começou a falar, não querendo que ele fosse embora, e sim que a ajudasse a resolver seu problema. Tinha catorze anos e tudo o que desejava era um rapaz chamado Rajiva, que Ramadhin conhecera numa noite na companhia dela. Tipo duvidoso, Ramadhin tinha pensado. Mas agora foi forçado a ouvir todas as qualidades do rapaz, além dos detalhes do que parecia ser uma paixão desgastante e intermitente entre os dois. Ela falava e Ramadhin ouvia. Na frente de vários amigos, o rapaz tinha dado o fora nela de forma vergonhosa, ela se sentia abandonada. Queria que Ramadhin o procurasse e lhe dissesse alguma coisa em nome dela; sabia que ele se expressava muito bem — talvez trouxesse Rajiva de volta para ela.

Era a primeira coisa que Heather lhe pedia.

Ela sabia onde Rajiva estava: no Coax Bar. Não iria lá sozinha, não podia ir. Rajiva estaria cercado de amigos, e todos agora a desprezavam.

E assim Ramadhin partiu à procura do rapaz, a fim de persuadi-lo a voltar para Heather. Penetrou naquela área da cidade — um lugar que jamais frequentara — vestindo seu comprido casaco preto de inverno, sem cachecol apesar dos rigores do clima inglês.

Entrou no Coax Bar em sua missão cavalheiresca. O lugar era turbulento — música, conversas em voz alta, fumaça de cigarros. Lá está ele, um asiático gordo e asmático procurando outro asiático, pois Rajiva também provém do Oriente, ou pelo menos seus pais. Mas a nova geração é muito mais confiante. Ramadhin localiza Rajiva em meio aos amigos. Aproxima-se e tenta explicar por que está ali, por que está falando com ele. Há muitas conversas em curso enquanto ele tenta convencer Rajiva a acompanhá-lo até o apartamento onde Heather os espera. Rajiva ri e se afasta. Quando Ramadhin puxa o rapaz pelo ombro esquerdo, surge uma faca. A lâmina não toca nele. Toca apenas no casaco preto, acima do coração. O coração que Ramadhin protegeu a vida inteira. A faca do rapaz exerce uma pressão mínima, como a de um botão sendo abotoado ou desabotoado. Mas Ramadhin se imobiliza, trêmulo, em meio à barulheira. Tenta não inalar a fumaça. Rajiva — qual a idade dele, dezesseis, dezessete? — chega mais perto, com seus olhos castanho-escuros, e empurra a faca para dentro do bolso do casaco preto de Ramadhin. É algo tão íntimo quanto se ele a houvesse cravado em seu corpo.

"Pode dar isso para ela", diz Rajiva. É um gesto perigoso, embora formal. O que significa? O que Rajiva quer dizer com aquilo?

O coração de Ramadhin fibrila incontrolavelmente. Ouve-se uma gargalhada geral e o "queridinho" lhe dá as costas, indo se unir a seu grupo de amigos. Ramadhin sai do bar para o ar fresco da noite e começa a caminhar rumo ao apartamento de Heather a fim de lhe relatar seu fracasso. "Além disso", ele dirá ao regressar, "ele não serve para você." De repente sente-se exausto. Faz sinal para um táxi e entra. Ele vai dizer... vai contar a ela... não vai mencionar o grande peso que está sentindo no coração... Não ouve a pergunta do motorista, embora ele a repita algumas vezes. Sua cabeça pende para a frente.

Paga o motorista. Toca a campainha do apartamento de Heather, depois se vira e se afasta a pé. Passa pelo jardim onde uma ou duas vezes lhe deu aula quando o tempo estava bom. Seu coração continua a saltitar, como se não pudesse bater mais lentamente ou mesmo fazer uma pausa. Ramadhin abre o portão e penetra na escuridão verdejante.

* * *

Encontrei-me com a garota, Heather Cave, alguns anos depois da morte de Ramadhin. De certo modo, foi a última coisa que fiz por Massi e seus pais. A moça morava e trabalhava em Bromley, perto de onde eu havia estudado. Fui buscá-la no salão de beleza onde ela trabalhava e a levei para almoçar. Tinha sido necessário inventar uma história para encontrá-la.

De início ela disse que mal se lembrava dele. Mas, quando a conversa engrenou, alguns detalhes de que se recordava se revelaram surpreendentes, conquanto ela não quisesse ir muito além das versões oficiais (embora ainda incompletas) que cercavam a morte de Ramadhin. Passamos uma hora juntos, voltando depois a nossas próprias existências. Ela não era nem um demônio nem uma boba. Suspeito que não houvesse "evoluído", como Ramadhin gostaria que acontecesse, porém Heather Cave se acomodara à vida que tinha escolhido. Sentia-se segura dentro dessa escolha, apesar de sua juventude. E se mostrou cuidadosa com meus sentimentos. Quando suscitei pela primeira vez o nome de meu amigo, ela, com algumas perguntas, não teve dificuldade em me fazer falar sobre ele. Contei sobre nossa viagem de navio. De tal forma que, quando lhe perguntei de novo, sabendo quão íntima tinha sido nossa relação, ela pintou um retrato mais generoso de seu antigo professor particular do que faria para alguém que não o tivesse conhecido.

"Que aparência ele tinha na época?"

Ela descreveu o corpanzil que eu conhecia tão bem, o caminhar lânguido, até mesmo o sorrisinho breve e único com que ele costumava se despedir. Que estranho, pensei, que fosse só um em se tratando de alguém tão afetuoso. Mas Ramadhin sempre se afastava com aquele sorriso totalmente genuíno, que era a última coisa dele que a gente via.

"Ele sempre foi tímido?", ela perguntou depois de uma pequena pausa.

"Ele era... cuidadoso. Tinha um coração fraco que ele precisava proteger. Por isso sua mãe o amava tanto. Não esperava que ele vivesse por muito tempo."

"Compreendo." Ela olhou para baixo. "O que aconteceu no bar... o que eu ouvi é que foi só muito barulho, sem nada de violento. Não é da natureza de Rajiva. Não o vejo mais, mas ele não era esse tipo de pessoa."

Havia muito pouca base para nossa conversa. Eu estava tentando me agarrar a fiapos de imaginação. O Ramadhin que eu precisava entender de todo para enterrá-lo não era passível de ser capturado. Além do mais, como poderia uma menina de catorze anos compreender o desejo e o tormento que ele sentira?

Então ela disse: "Eu sei o que ele queria. Ficava falando daqueles triângulos e de problemas matemáticos em que um trem segue a cinquenta quilômetros por hora... ou de uma banheira contendo tantos litros de água e um homem de sessenta e cinco quilos entrando nela. Esse era o tipo de coisa que estudávamos. Mas ele queria outra coisa. Queria me salvar. Levar-me para a vida dele, como se eu não tivesse uma vida própria".

Estamos sempre querendo salvar os desamparados deste mundo. É um hábito masculino, um desejo nato que tentamos realizar. No entanto, Heather Cave, mesmo tão jovem, havia compreendido o que Ramadhin provavelmente queria para ela. E, apesar de ela ter lhe pedido que fizesse uma coisa naquela noite, nunca se sentiu responsável pela morte dele. A participação de Ramadhin tinha sido ditada por suas próprias necessidades.

"Ele tem uma irmã, não tem?"

"Tem", respondi, "sou casado com ela."

"Então é por isso que veio me ver?"

"Não. Vim porque ele era o meu melhor amigo, meu *ma-*

chang. Em certa época, um de dois amigos que foram muito importantes para mim."

"Está bem, me desculpe." E acrescentou: "Lembro perfeitamente daquele sorriso, quando ele ia embora do meu apartamento e eu fechava a porta. Era como quando alguém diz adeus no telefone e a voz fica triste. Sabe essa mudança de voz?".

Quando nos levantamos para as despedidas, ela contornou a mesa e me abraçou, como se soubesse que tudo aquilo não tinha nada a ver com Ramadhin, e sim comigo.

Certa noite de verão, em nosso apartamento da Colliers Water Lane, ao voltar do jardim para a sala durante uma festa, vi Massi, do outro lado do aposento, se afastar da parede onde estava encostada para dançar com alguém que nós dois conhecíamos muito bem. Dançaram a alguma distância um do outro, a fim de poderem se olhar, e com a mão direita ela levantou a alça do vestido de verão, deslocando-a ligeiramente para o lado. Massi olhava para a alça, assim como ele. E ela sabia que ele também estava olhando para lá.

Todos os nossos amigos estavam presentes. Ray Charles cantava "But on the Other Hand, Baby". Eu me encontrava no meio da sala. E, sem necessitar ver mais nada ou ouvir uma única palavra do que diziam, tive a certeza de haver uma atração entre eles que nós dois não sentíamos mais.

Um gesto tão insignificante, Massi. Mas, quando buscamos um exemplo do que não possuímos mais, o vemos por toda parte. E já haviam se passado alguns anos desde que usamos o sexo para escapar da perda de seu irmão, algo com que nenhum dos dois foi capaz de lidar sozinho.

Nossa separação, na verdade, teve maior impacto sobre os pais dela, enquanto nós esperávamos conseguir um relacionamento mais calmo sem o vínculo conjugal. No entanto, o fato é que nunca mais nos encontramos.

Será que os anos se apagaram quando a vi afastar por alguns centímetros a alça de um vestido de verão, interpretando isso como um convite a um amigo nosso? Como se de repente fosse essencial que ele visse aquela pequena parte não bronzeada do ombro dela. Digo isso muito tempo depois da amargura, das acusações e negativas, das discussões sem fim. O que me teria feito reconhecer algo naquele gesto? Voltei ao nosso estreito jardim e lá fiquei ouvindo o tráfego noturno: os carros circulando velozmente pela Colliers Water Lane me lembraram o barulho constante do mar. De imediato me veio a imagem de Emily numa área escura do *Oronsay*, encostada na amurada em companhia de um homem, quando ela olhou por um instante para os próprios ombros nus e depois para o céu estrelado. Relembrei o nó sexual começando a se formar também em mim aos onze anos de idade.

A última vez que pensei em Ramadhin eu estava na Itália e, curioso sobre heráldica, pedi a um professor num castelo que me explicasse por que todas as luas crescentes tinham as pontas voltadas para cima. Foi-me dito que uma série de luas crescentes e uma espada significavam que determinada família havia lutado nas cruzadas. Se apenas uma geração tivesse participado, no brasão só constaria uma lua crescente. Em seguida o guia acrescentou, sem que lhe perguntassem, que ter um sol em seu brasão significava que a pessoa tinha um santo na família. Pensei em Ramadhin. Sim, de repente ele surgiu por inteiro em minha mente como uma espécie de santo. Não daqueles tradicionais. Um santo humano. O santo da nossa família clandestina.

Porto Said

No dia 1º de setembro de 1954, o *Oronsay* completou sua passagem pelo canal de Suez e vimos a cidade de Porto Said se aproximar, o céu encoberto pela poeira. Ancorado o navio, passamos a noite em claro ouvindo os sons do tráfego, o coro das buzinas e dos rádios tocados nas ruas.

Ao raiar do dia, saímos do convés e descemos vários níveis até chegar ao calor e à luz mortiça da sala de máquinas. Isso se tornara um hábito matinal. Os homens ali suavam tanto que, enquanto as turbinas giravam e movimentavam os êmbolos, bebiam água tépida dos baldes de emergência que seriam usados em caso de incêndio. Dezesseis mecânicos no *Oronsay*: oito no turno da noite e oito durante o dia, cuidando das máquinas de quarenta mil cavalos-vapor que acionavam as duas hélices, a fim de que pudéssemos navegar em mares calmos ou tempestuosos. Caso chegássemos suficientemente cedo, acompanhávamos a equipe da noite reencontrando a luz do sol, quando, um a um, todos se punham sob o chuveiro aberto e se deixavam secar pelo vento do mar, suas vozes se elevando no silêncio da manhã. Ali estivera nossa patinadora australiana exatamente uma hora antes.

Mas agora, atracados em Porto Said, com todas as turbinas e máquinas paradas, a tripulação ganhava novas funções. O trabalho anônimo se tornava público. Na passagem pelo mar Vermelho e pelo canal, as areias do deserto tinham arrancado milhões de fragmentos de tinta amarelo-canário dos costados do navio. Por isso, nos dois dias em que permanecemos fundeados nesse porto mediterrâneo, os marinheiros, presos por cordas, lixaram e repintaram o casco amarelo, enquanto mecânicos e eletricistas trabalhavam em meio aos passageiros, no calor de trinta e quatro graus, preparando o navio para a etapa final da viagem. Outros marinheiros retiraram a borra de óleo dos canos, coletando a substância negra e pastosa em barris. Tão logo o navio se afastou do porto, levaram os barris para a popa e os atiraram ao mar.

Enquanto isso, partes do porão estavam sendo esvaziadas. Uma chuva breve durante a tarde atingira o fundo do porão, três níveis abaixo, onde os estivadores, molhados até os ossos, rolavam tambores de trezentos quilos para perto do guindaste. Lá os prendiam com correntes a uma lança em forma de I. Levantavam e carregavam caixotes de chá e placas de borracha até a abertura. Sacos de asbestos se romperam em pleno ar. Era um trabalho árduo e perigoso. Se alguém soltasse uma carga, ela cairia quinze metros para dentro da escuridão. Se alguém morresse, o corpo era levado de bote até o porto e lá desaparecia.

Duas violetas

A essa altura, o prestígio social da sra. Flavia Prins no *Oronsay* era considerável. Ela fazia parte da mesa do capitão e havia sido convidada duas vezes para tomar chá na ponte de comando com os oficiais de alta patente. Mas era a combinação de tia Flavia com suas duas amigas, assim como a habilidade delas no bridge duplicado, que lhe conferia poder nos salões do convés A.

Violet Coomaraswamy e Violet Greiner, "as duas Violetas", como todos se referiam a elas, tinham representado o Ceilão em numerosos torneios asiáticos, de Cingapura a Bangcoc. Eram, por isso, muito superiores aos jogadores de carta em geral apáticos encontrados nas viagens marítimas. As duas mulheres, omitindo a condição de profissionais, faziam sucesso com sua habilidade, procurando a cada tarde um solteiro diferente e frágil para se juntar a elas durante uma ou duas partidas.

As partidas eram, na realidade, um lento interrogatório acerca da disponibilidade do parceiro ocasional com vistas a um possível romance, já que a srta. Coomaraswamy, a mais jovem das duas, estava à caça de um marido. Por isso, embora fosse de fato a mais maquiavélica das três jogadoras, Violet Coomaraswamy fingia modéstia nas mesas de jogo do Delilah Lounge, fazendo lances baixos e hesitando, quando podia ter destroçado os adversários. Se por acaso uma ou duas vezes jogava de forma magistral um três sem trunfos, ela corava e atribuía tudo à sorte nas cartas, infelizmente proporcional a seu azar no amor.

Ainda imagino as três mulheres cercando e atraindo para uma armadilha aqueles cavalheiros solitários que nem tinham consciência de que se encontravam em águas profundas e mortíferas. As pulseiras e os broches tilintavam e reluziam enquanto as duas Violetas e Flavia baixavam as cartas para dar o bote fatal ou as escondiam timidamente junto ao peito. Ao longo do mar Vermelho, havia a esperança de que um plantador de chá de meia-idade sucumbisse aos encantos da caçadora mais moça do grupo. Mas ele provou ter mais receio dos estampidos das espingardas do que elas pensavam, e, durante nossa parada em Porto Said, Violet Coomaraswamy permaneceu em seu camarote, chorando.

O que eu mais desejava assistir era a uma partida entre tia Flavia e meu companheiro de cabine, o sr. Hastie. Ele ainda sofria por causa de seu rebaixamento. Sentia falta dos cachorros e do tempo disponível para as leituras. Eu tinha vontade de ver uma disputa entre aqueles dois mundos à parte, me perguntando se as duas Violetas poderiam ser destruídas por ele num jogo limpo — no Delilah Lounge ou em nossa cabine à meia-noite, ou talvez, o que seria ideal, em território neutro, nas profundezas do porão, numa mesinha de armar sob uma única lâmpada.

Dois corações

Depois que o sr. Hastie perdeu o emprego como chefe do canil, a frequência das partidas diminuiu. Em primeiro lugar, a ascensão do sr. Invernio criou mais discussões entre os dois amigos. Além disso, o sr. Hastie, que agora raspava tinta em pleno sol, não dispunha da mesma energia de quando apenas supervisionava os cachorros e lia obras místicas. No passado, ambos tomavam café da manhã nos canis — em geral um uísque e um mingau, que comiam numa tigela lavada e antes usada por algum cão. Agora, os dois raramente se viam, embora às vezes ainda ocorresse um jogo de bridge tarde da noite, quando eu ficava observando os quatro até cair no sono, para ser acordado pelo grito que o sr. Babstock costumava soltar quando perdia uma vaza. Ele e Tolroy, aproveitando a folga noturna, chegavam exaustos para jogar depois de terem trabalhado durante horas como operadores de rádio. Somente Invernio, que agora tinha o trabalho menos duro, se mostrava animado, batendo palmas ante qualquer pequeno triunfo. Trazendo consigo o cheiro de dálmatas e terriers, ele continuava a irritar o sr. Hastie.

Na popa do navio havia uma luz amarela. Durante as noites mais quentes, meu companheiro de cabine levava para lá um catre e o prendia à amurada para dormir ao ar livre. Deduzi que ele provavelmente dormira lá naquelas primeiras noites ao deixarmos Colombo. Cassius, Ramadhin e eu o encontramos numa de nossas excursões noturnas e ele explicou que vinha fazendo aquilo desde que atravessou o estreito de Magalhães ainda jovem, quando o navio ficava cercado de icebergs de todas as cores. Hastie dedicara a vida à Marinha Mercante, viajando para as Américas, Filipinas e Extremo Oriente, sendo influenciado, segundo ele, pelos homens e mulheres que conheceu. "Lembro das meninas, da seda... Não me lembro nada do trabalho. Escolhi as aventuras mais perigosas. Naquela época, os livros eram só um monte de palavras." No frescor da noite, o sr. Hastie não parava de falar. E, quando o visitávamos à noite junto à luz amarela, o que ele contava enchia nosso coração de medo e de excitação. Ele havia trabalhado para a Dollar Line, que atravessava o canal do Panamá — as eclusas de Pedro Miguel, de Miraflores, a Falha de Gaillard. Segundo ele, lá era o reino do romance! Descreveu as escavações feitas, as cidades portuárias nas duas extremidades do canal, e depois Balboa, onde foi seduzido por uma beldade local, perdeu seu navio e casou com a mulher, fugindo cinco dias depois ao se engajar numa embarcação italiana.

O sr. Hastie falava devagar, com sua voz seca, o cigarro pendendo dos lábios, as palavras murmuradas através da fumaça. Acreditávamos em tudo o que ele nos dizia. Pedimos para ver um retrato da sua "esposa", que, segundo ele, continuava a segui-lo de porto em porto, sem jamais desistir, e ele prometeu nos "revelar sua imagem", embora nunca o tenha feito. Imaginamos uma mulher de grande beleza, com olhos reluzentes, montada num alazão. Isso porque, quando o sr. Hastie embarcou no navio italiano em Balboa, Anabella Figueroa leu a carta dele (que continha um tom de autorrecriminação, mas ainda assim uma despedida definitiva) tarde demais para seguir na mesma embarcação. Pegou dois cavalos e, furiosa, cavalgou sem descanso até a eclusa de Pedro Miguel, onde embarcou no navio como passageira da primeira classe. Seu objetivo era que, vestindo a jaqueta curta de marinheiro, ele lhe servisse uma refeição sem que ela, mediante um olhar ou uma palavra, ao menos tomasse conhecimento de sua expressão de surpresa ou de sua presença servil. Mas isso só até a noite, quando entrou na pequena cabine que ele dividia com dois outros membros da tripulação e se jogou em seus braços. Nossos sonhos foram agitados naquela noite.

Outras histórias foram contadas junto à luz amarela. Algum tempo depois, quando ele estava em outra embarcação, após mais um desentendimento do casal, meu companheiro de cabine estava contemplando uma lua quase nova, quando Anabella se aproximou silenciosamente por trás e o esfaqueou duas vezes no tórax, só não atingindo seu coração "pela largura de uma hóstia". Ele só se manteve consciente devido ao ar frio. Se ela fosse uma mulher grandalhona, e não uma latina de corpo gracioso, sem dúvida o teria jogado ao mar por cima da amurada. Ele caiu no chão e urrou — talvez seus berros houvessem chegado mais longe por causa do silêncio da noite. Por sorte, um vigia o ouviu. Anabella Figueroa foi detida e ficou presa por apenas uma semana. "Desespero feminino", o sr. Hastie sentenciou. "No código penal da América do Sul, eles têm uma única palavra para definir isso. É o equivalente a 'dirigir hipnotizada'. Pois isso é o amor, ou ao menos era naquela época..."

"As mulheres têm algo de loucas", ele tentava explicar a nós três. "É preciso se aproximar delas com cuidado. Podem ser mimosas e hesitantes como veadinhos na floresta se você quer levá-las para a cama ou para beber. Mas, se as abandonar, é como se você mergulhasse num poço que não sabia existir nelas...

Uma facada não é nada. *Nada*. A isso eu sobrevivi. Mas lá estava ela outra vez em Valparaíso depois de solta. Me caçou no Hotel Homann. Felizmente eu peguei uma febre tifoide, talvez no mesmo hospital onde fui tratado das facadas. Por sorte ela tinha pavor dessa doença porque uma cartomante lhe tinha dito que podia morrer disso, e então ela me deixou em paz de uma vez por todas. Na verdade, a facada bem juntinho do meu coração esquerdo me salvou de viver para sempre com ela. Nunca mais a vi. Falei coração esquerdo porque os homens têm dois. Dois corações. Dois rins. Duas maneiras de viver. Somos criaturas simétricas. Nossas emoções são equilibradas…"

Acreditei em tudo isso por muitos anos.

"Seja como for, enquanto eu lutava contra a febre tifoide no hospital, dois médicos me ensinaram a jogar bridge. E também comecei a ler. Quando eu era mais moço, os livros nunca invadiram minha mente. Entendem bem o que estou querendo dizer? Se eu tivesse lido este livro, *Os upanixades*, aos vinte anos, não teria aproveitado nada. Minha cabeça estava ocupada demais. Mas é uma meditação. Agora me ajuda. Acho que agora eu também iria gostar mais de Anabella, tudo seria mais fácil."

Certa tarde eu conversava com Flavia Prins sem prestar muita atenção no que estava sendo dito. Ao olhar para fora, vi o sr. Hastie cavalgando uma âncora içada enquanto pintava o casco. Havia outros marinheiros por perto, pendurados em escadas de cordas, mas reconheci sua calva que eu via sempre ao olhar para baixo durante as partidas de bridge. Ele estava sem camisa, com o torso bronzeado. Apontei-o a tia Flavia.

"Dizem que aquele homem é o maior jogador de bridge no navio. Já ganhou campeonatos nos lugares mais distantes, como no Panamá…"

Ela afastou os olhos dele e contemplou o horizonte. "Então, o que é que ele está fazendo aqui?"

"Mantendo os ouvidos bem abertos", respondi. "Mas joga profissionalmente todas as noites com os senhores Babstock, Tolroy e Invernio, que agora cuida dos cachorros no canil. Eles todos são campeões internacionais!"

"Não sei não...", ela disse olhando suas unhas.

Despedi-me dela e desci para o convés inferior, onde Cassius e Ramadhin estavam. Acompanhamos o trabalho do sr. Hastie até que, por acaso, ele olhou para cima e acenamos em sua direção. Ele empurrou os óculos de proteção para a testa, nos reconheceu e acenou de volta. Torci para que minha guardiã tivesse continuado onde eu a havia deixado, testemunhando nossa troca de gestos. Nós três fomos em frente, andando mais empertigados devido ao orgulho que sentimos. O sr. Hastie jamais poderia saber quanto aquele aceno de reconhecimento significou para nós.

*

Talvez tenha sido por causa do crescente sucesso social dela ou talvez por causa do depoimento falso que dei depois da tempestade, mas Flavia parecia menos interessada em ser minha protetora. Desejava que nossos encontros agora fossem bem breves, num convés aberto, quando ela disparava duas ou três perguntas como se fosse responsável por um preso em regime de liberdade condicional.

"Sua cabine é confortável?"

Retardei a resposta. "É, tia."

Ela fez sinal para que eu me aproximasse, por algum motivo curiosa.

"O que você *faz* o dia todo?"

Não mencionei minhas visitas à sala de máquinas nem a excitação de contemplar as roupas molhadas da australiana sob o chuveiro.

"Por sorte", ela disse, diante do meu silêncio, "consegui dormir durante a maior parte da travessia do canal. Tão quente..."

Mais uma vez ela mexia nas suas joias, o que de repente me fez pensar que eu devia passar ao Barão o número do camarote da minha protetora.

Mas o Barão já tinha abandonado o navio. Havia desembarcado em Porto Said na companhia da filha de Hector de Silva. Como alguém comentara que ela vinha sendo consolada por ele, concluí que o Barão a tinha convencido a participar de suas requintadas aventuras criminosas, oferecendo-lhe bolos e um bom chá na intimidade de seu camarote. Ao descer, ele carregava uma valise fina que poderia conter papéis de valor e até mesmo o retrato da srta. De Silva, que eu sabia estar em seu poder. Despediu-se de mim no alto da prancha com um aceno de cabeça, e Cassius me cutucou, pois eu havia lhe contado sobre minha participação nos furtos, exagerando a importância de meu papel. A herdeira da fortuna dos De Silva desceu ao lado dele envolta em silêncio. Talvez devido à sua tristeza, ou quem sabe já estava hipnotizada pelos encantos do Barão.

Não descemos em Porto Said. Ficamos para apreciar o "homem das galinhas" e observamos, da amurada do *Oronsay*, quando ele chegou de canoa e começou a puxar as aves das mangas, das calças e debaixo do chapéu. Ele fungou e tirou um canário de dentro do nariz, soltando-o no cais. A canoa balançava nas ondas enquanto ele pulava de um lado a outro como se sentisse alguma dor, até exibir um galo, com crista e tudo, tirado da frente de suas calças. Seguiram-se cobras, que caíram das mangas da camisa e se enroscaram, imperturbáveis, em dois círculos perfeitos a seus pés enquanto as moedas choviam sobre a canoa.

Deixamos Porto Said bem cedo na manhã seguinte. Um prático chegou de lancha, subiu a bordo e nos guiou para fora do porto. Com seu jeito despreocupado, fazia lembrar o homem que nos conduziu para dentro do canal com gritos e apitos. Imaginei que fossem gêmeos, ou ao menos irmãos. Completada sua tarefa, o prático se afastou da ponte de comando com passos lentos, a sandália barata estalejando nas solas dos pés, até descer para a lancha que havia nos acompanhado. No restante da viagem, encontramos práticos mais cerimoniosos. Em Marselha, o que nos atendeu usava camisa de mangas compridas, além de calça e sapato brancos. Quase não movia os lábios enquanto sussurrava as instruções para conduzir o navio ao porto. Os práticos anteriores usavam short e raramente tiravam as mãos dos bolsos. A primeira coisa que faziam era solicitar um drinque e um sanduíche feito na hora. Senti saudades do jeito informal deles, do comportamento de bufões que, pela importância de seu trabalho, eles sabiam muito bem que tinham o direito de ter durante uma ou duas horas na corte de um rei estrangeiro. Mas agora havíamos entrado em águas europeias.

*

Foi também em Porto Said que o sr. Mazappa nos deixou. Fiquei esperando vê-lo voltar pela prancha mesmo depois que ela foi recolhida. A srta. Lasqueti também estava conosco, mas saiu de mansinho quando o sino de partida começou a tocar sem parar como uma criança insistente, e nos distanciamos do cais.

Só recentemente me dei conta de que o sr. Mazappa e a srta. Lasqueti eram jovens. Deviam ter uns trinta anos quando ele deixou o navio. Max Mazappa havia sido o membro mais exuberante da mesa da ralé até mais ou menos nossa partida de Aden. Comandava todos com uma rudeza simpática, insistindo que fôssemos um grupo barulhento. Todos o ouviam até mesmo quando sussurrava algo inconveniente. Ele tinha nos mostrado que também existia alegria entre os adultos, embora eu soubesse que o futuro jamais seria tão dramático, afortunado ou enganoso como ele descrevia ou cantava para nós três. Era homérico ao listar tanto os encantos quanto os vícios femininos, tal como expressos nas melhores canções sentimentais ou de *ragtime*, atos ilegais, traições, tiros dados por músicos que defendiam a honra de sua impecável execução pianística, e a possibilidade de que todos os casais no salão de baile gritassem a palavra "*Cebolas!*" durante uma breve pausa num número jazzístico de Sidney Bechet. E haveria sempre sutiãs a desabotoar. Quanta vida no diorama que ele nos mostrou!

Por isso, não entendemos, nem podíamos entender, o que o teria penetrado tão profundamente. Algo sombrio parecia ter invadido aquele *protégé* de Le Grand Bechet. O que eu não tinha entendido sobre o sr. Mazappa? Não é verdade que eu havia captado corretamente a amizade crescente entre ele e a srta. Lasqueti? Nas discussões da sala de turbina, tínhamos imaginado um grande romance — o modo pelo qual se desculpavam cortesmente entre os pratos e desapareciam no convés para fumar. Como ainda havia luz lá fora, podíamos vê-los debruçados sobre a amurada de madeira, partilhando tudo o que sabiam sobre os segredos do mundo. Certa vez ele cobriu os ombros nus da srta. Lasqueti com seu paletó. "*No começo achei que ela fosse uma intelectual*", ele havia comentado.

Depois que Mazappa abandonou o *Oronsay*, durante um ou dois dias ele passou por uma reavaliação. Por exemplo, por que precisava de *dois* nomes? Comentou-se de novo a questão de ele ter ou não filhos. (Alguém na nossa mesa suscitou a conversa sobre a amamentação.) Perguntei-me se, nesse caso, as crianças teriam ouvido as mesmas piadas e conselhos que ele nos transmitiu. Sugeriu-se também que possivelmente ele fosse o tipo de homem que só é alegre quando se sente livre, entre um pouso e outro. "Ou talvez já foi casado muitas vezes", a srta. Lasqueti acrescentou baixinho, "e, quando morrer, vai deixar várias viúvas." No longo silêncio que se seguiu a essa observação, nos perguntamos se ele havia proposto casamento também a ela.

Eu pensei que ela fosse ficar mortificada com a partida do sr. Mazappa e manifestar uma grande tristeza. Mas, na sequência da viagem, a srta. Lasqueti mostrou-se a mais enigmática e surpreendente dos nossos companheiros de mesa. Suas observações tinham um humor maroto, e ela nos confortou pela perda do sr. Mazappa dizendo que também sentia falta dele. Foi a palavra "também" que nos conquistou. Entendendo que necessitávamos sustentar a mitologia do amigo ausente, certa tarde ela nos disse, imitando a voz do sr. Mazappa, que o primeiro casamento dele de fato terminara por causa de uma traição. Ele tinha voltado de surpresa para casa e encontrara sua mulher com um músico, tendo confessado à srta. Lasqueti que: "Se eu tivesse um revólver, teria dado um tiro no coração dele, mas no quarto só havia o uquelele do safado". Ela riu da história, mas nós não.

"Eu gostava tanto do jeito siciliano dele", ela prosseguiu, "até mesmo do modo que acendia meu cigarro, o braço bem estendido, como se estivesse pondo fogo num pavio. Alguns achavam que ele era um predador, mas na realidade se tratava de um homem delicado. Sua graça vinha da escolha das palavras, do ritmo com que falava. Conheço bem as máscaras que as pessoas usam em público. Sou uma especialista nisso. Ele era mais gentil do que parecia." Ouvindo esse tipo de declaração dela, concluíamos mais uma vez que os dois tinham se amado. Sem dúvida eram almas gêmeas, a julgar pela forma com que se referia a ele, apesar da observação sobre as "várias viúvas", ou mesmo por tal motivo. Como achei que eles talvez continuassem a se comunicar através do sistema de telégrafos do navio, decidi perguntar isso ao sr. Tolroy. Além do mais, a distância entre Porto Said e Londres não era assim *tão* grande.

Depois disso não se falou mais no sr. Mazappa. Nem a própria srta. Lasqueti, que se fechou em copas. Quase todas as tardes eu a via de relance numa cadeira do convés B, numa área bem protegida do sol. Ela sempre trazia um exemplar de *A montanha mágica*, mas ninguém jamais a vira lendo esse livro. Em geral, a srta. Lasqueti traçava romances policiais, que constantemente a decepcionavam. Suspeito que, para ela, o mundo era mais cheio de surpresas do que a trama de qualquer romance. Por duas vezes, se irritou tanto com um livro de mistério que a vi se erguer das sombras e atirar o volume ao mar.

Sunil, o Vidente de Hyderabad e membro da trupe Jankla, era visto agora frequentemente na companhia de Emily. Suponho que tenha sido sua maturidade que fascinou minha prima e depois a atraiu. Eu sempre podia distinguir Sunil de longe pela magreza e pelo andar acrobático. Observando o casal, eu via sua mão subir pelo braço dela e desaparecer debaixo da manga, segurando-a com autoridade, falando o tempo todo sobre as complexidades de um mundo que Emily deve ter desejado.

No entanto, quando o navio chegou a Porto Said, eles não pareciam tão à vontade um com o outro. Ele falava com ela enquanto caminhavam, o braço magro e forte gesticulando para convencê-la de alguma coisa, e em seguida, de um jeito falso, procurava fazê-la rir ao perceber sua falta de interesse. Um menino de onze anos, tal como qualquer cachorro experiente, é capaz de interpretar os gestos das pessoas a seu redor, de captar o poder, num relacionamento, movendo-se de um polo a outro. Acho que o único poder de Emily era sua beleza, sua juventude e talvez algo que ela nem desconfiasse possuir. E ele estava tentando cativar essas qualidades com argumentos ou, se não funcionasse, fazendo rápidos malabarismos com objetos próximos ou plantando bananeira com uma só mão.

Mesmo se Emily não estivesse com ele, minha curiosidade sobre o Vidente seria igual.

Postei-me próximo a três mesas no restaurante, e a igual distância de cada uma delas. Numa, estava o casal muito alto com um filhinho; na outra, algumas mulheres conversavam aos sussurros; e na terceira havia dois homens de aspecto severo. De cabeça baixa, fingi que estava lendo, mas tratava de ouvir. Apontei minhas orelhas na direção do casal com a criança. A mulher contava ao marido sobre suas dores no peito, depois perguntou como ele havia dormido, ao que ele respondeu: "Não faço a menor ideia". Na segunda mesa, uma das mulheres sussurrantes disse: "Então eu perguntei a ele: 'Como é que pode ser afrodisíaco *e* laxativo ao mesmo tempo?'. E ele respondeu: 'Bem, é só uma questão de tempo'". Na terceira mesa, nada acontecia. Voltei a prestar atenção no casal com o bebê, um médico e sua esposa. Ele listava certos pós que ela podia tomar.

Fazia isso onde quer que estivesse, porque a srta. Lasqueti me dissera: "Mantenha os ouvidos e os olhos abertos. É uma forma de se educar". E continuei a preencher meu velho caderno do St. Thomas' College com as coisas que ouvia.

CADERNO ESCOLAR: CONVERSAS OUVIDAS, DIA 12 A DIA 18

"Confie em mim: você pode engolir a estricnina desde que não a mastigue."

"Jasper Maskelyne, o mágico, fez todo o trabalho de simulação no deserto durante a guerra. Na verdade, só se tornou mágico depois da guerra."

"Madame, é absolutamente proibido jogar qualquer coisa no mar."

"Ele é um dos predadores sexuais do navio. Nós o chamamos de 'Catraca'."

"Não conseguimos pegar a chave com Giggs..." "Então vamos ter que pegar com Perera." "Mas quem é esse tal de Perera?"

Como os frequentadores da mesa da ralé continuavam tristes com a partida do sr. Mazappa, o sr. Daniels organizou um jantar informal para eles e alguns convidados. A mim coube chamar Emily, que perguntou se podia levar sua amiga Asuntha. Emily parecia mais e mais decidida a tomar a surdinha sob sua proteção. O aiurvédico, meio perdido desde a morte de Hector de Silva, também foi convidado. Ele e o sr. Daniels caminhavam juntos com frequência pelos conveses, conversando animadamente.

Reunimo-nos todos na sala da turbina e logo depois, um a um, descemos a escada de metal rumo aos porões escuros. Somente Ramadhin, Cassius, eu e o aiurvédico havíamos sido levados até o "jardim", porém os demais não tinham a menor ideia sobre aonde iriam, e murmuravam entre si. Quando chegamos ao fundo, o sr. Daniels mais uma vez penetrou rapidamente no mundo vazio e misterioso do porão. Ouviram-se alguns risinhos contidos ao passarmos pelo mural que exibia as mulheres nuas. Mas agora Cassius já o conhecia muito bem. Certo dia, sabe-se lá como, ele conseguiu entrar sozinho no porão e, puxando um caixote para a frente do mural, ficou na altura daqueles corpos imensos. Passou a tarde inteira ali, na semiobscuridade.

O sr. Daniels seguiu à frente e, ao virarmos uma esquina, deparamos com seu jardim e uma mesa coberta de comida. Todos os murmúrios cessaram. Havia até música ambiente. O gramofone da srta. Quinn-Cardiff tinha sido emprestado mais uma vez, agora pelos estivadores que trabalhavam em outra área do porão. Emily começou a selecionar vários discos de 78 rotações na pilha ali existente. Ficamos sabendo que o sr. Mazappa deixara vários deles para nós. Alguns convidados passearam pelas bem traçadas aleias diante das plantas verdejantes, com o aiurvédico explicando — como se contasse um segredo, porque sempre falava baixinho — que o ácido oxálico da carambola era usado para polir objetos de bronze nos templos. Emily, ansiosa para dançar, tomou a silente Asuntha nos braços e, balançando o corpo ao ritmo da música, se afastou em seu vestido amarelo por uma aleia estreita, como se fosse ela própria uma estrela.

Quando penso em todas as nossas refeições no *Oronsay*, a primeira imagem que me vem nunca é o restaurante formal onde havíamos sido postos tão longe do capitão, no lugar mais desfavorável. Penso, isto sim, naquele retângulo iluminado nas entranhas do navio. Cada qual recebeu uma bebida de tamarindo que, eu suspeito, continha um dedo de álcool. Nosso anfitrião fumou um de seus cigarros especiais, e notei que a srta. Lasqueti, que se dobrara para examinar uma plantinha baixa, ergueu a cabeça e farejou o ar.

"O senhor é um homem complicado", ela murmurou ao se aproximar do sr. Daniels. "Poderia envenenar um ditador com algumas dessas folhas de aparência inocente." Mais tarde, quando o sr. Daniels descreveu um cápsico antibacteriológico e um mamão capaz de desfazer coágulos sanguíneos após uma cirurgia, ela pousou a mãos na manga dele e acrescentou: "Nosso Guy's

Hospital poderia recorrer ao senhor". O alfaiate, o sr. Gunesekera, vagando como um fantasma entre nós, concordou com a cabeça, mas fazia o mesmo diante de qualquer comentário, pois assim se poupava de falar. Ele ficou olhando nosso anfitrião, agora ao lado do aiurvédico, apontar para umas pervincas de Madagascar (boas para diabetes e leucemia, segundo anunciou) e depois colher vários limões amargos da Indonésia, dizendo que eram "frutas milagrosas" e que nos seriam servidas a seguir.

Sentamo-nos à nova mesa da ralé. As lâmpadas balançavam acima de nós — graças a alguma brisa que soprou no porão naquela noite ou ao movimento do mar. Atrás de nós viam-se as folhas negras das coroas-de-cristo e um cabaceiro preto. Em cima da mesa, havia tigelas com flores cortadas boiando na água, e diante de mim estava minha prima, os braços descansando no tampo, as feições animadas na luz bruxuleante. A seu lado, o sr. Nevil. Suas manzorras, que no passado tinham desmontado embarcações, pegaram uma tigela e a sacudiram ligeiramente, fazendo com que a flor dançasse sobre a água na luz balouçante da lâmpada. Como sempre, ele se mantinha em silêncio, mas estava à vontade, nem um pouco preocupado por ninguém falar com ele. Emily inclinou-se na outra direção a fim de sussurrar algo para a menina, que pensou por alguns segundos e depois murmurou seu próprio segredo no ouvido de Emily.

Ninguém comeu com pressa. Cada um de nós estava na sombra, parecendo abandonado, até que se curvava para a frente e penetrava no feixe de luz da lâmpada. Todos se moviam lentamente, como se semiadormecidos. Alguém deu mais corda no gramofone, os limões indonésios foram passados ao longo da mesa.

"À saúde do sr. Mazappa", disse o sr. Daniels em voz baixa.

"E à de Sunny Meadows", respondemos em coro.

Nossas palavras se perderam no porão cavernoso, e por algum tempo ninguém se mexeu. Só restou a música da vitrola, a respiração lenta do saxofone. Gotículas de água, acionadas por algum aparelho automático, caíram durante uns dez segundos sobre as plantas, a mesa, nossos braços e ombros. Ninguém se protegeu. Terminado o disco, ouvimos a agulha raspando, à espera de ser levantada. As duas moças diante de mim continuavam trocando sussurros, enquanto eu as observava e ouvia atentamente. Fixei-me na boca pintada de batom da minha prima. Podia ouvir uma ou outra palavra. *Por quê? Quando isso acontece?* A menina balançou a cabeça e acho que disse: "Você pode nos ajudar". E Emily, olhando para baixo, calou-se por algum tempo, imersa em pensamentos. Havia um fosso de escuridão entre os dois lados da mesa, e eu as via por sobre aquele abismo. Alguém riu, mas permaneci em silêncio. Reparei que o sr. Gunesekera também olhava fixamente para a frente.

"Ele é o seu pai?", Emily sussurrou, surpresa.

A menina fez que sim com a cabeça.

Asuntha

Ela não falou com ninguém no navio sobre o que seu pai tinha feito. Da mesma forma como, quando era mais moça, nunca revelara ou admitira onde ele se encontrava ou o que estava fazendo. Mesmo quando foi detido e mandado pela primeira vez a uma prisão. Nessa época ele era apenas um ladrão agindo na fronteira da lei após uma juventude de delinquência.

Ele era em parte asiático, em parte outra coisa qualquer. Nunca soube ao certo. O nome Niemeyer podia ter sido herdado, roubado ou inventado. Quando foi preso, sua mulher e a filha ficaram praticamente sem um centavo. A mulher começou a perder o juízo e logo a criança percebeu que não podia mais confiar nela. Períodos em que ficava silenciosa e incomunicativa eram seguidos de acessos de fúria dirigidos até à filhinha. Os vizinhos tentaram ajudar fornecendo mantimentos, mas ela se voltou contra todos. Começou a ferir a si própria. A garota tinha somente dez anos.

Asuntha pegou uma carona com alguém e foi ver o pai na prisão de Kalutara. Na conversa, o pai lhe deu o nome da irmã dele, que vivia numa província do Sul. Chamava-se Pacipia. Esse nome era a única ajuda que seu pai podia lhe dar. Niemeyer tinha então trinta e seis anos. A filha o viu acuado na cela, ainda ágil mas com todos os gestos embotados. Não podia abraçá-la através das grades. Grades que, como ladrão, teria podido atravessar cobrindo o corpo de óleo. Mesmo assim, ele lhe parecia poderoso, movendo-se de um lado para outro num silêncio eficiente, ou falando com uma voz calma que dava a impressão de saltar através do espaço e invadi-la como um sussurro.

A volta foi mais difícil. Durante o trajeto, Asuntha fez onze anos. Lembrou-se disso de repente, enquanto cobria a pé os cinquenta quilômetros que separavam sua casa da prisão de Kalutara. Ao chegar não encontrou a mãe nem na aldeia. Ela deixara um presentinho embrulhado numa folha, um bracelete com contas na parte de cima e couro marrom na de baixo. A menina vira sua mãe prendendo as contas nas últimas semanas, por sinal bem agitadas. Colocou-o no pulso esquerdo. Quando não coubesse mais, o usaria no cabelo.

Passou as noites seguintes sozinha na cabana, esperando pela mãe e só acendendo a lamparina vez por outra, porque o óleo chegava ao fim. Dormia ao cair da noite, acordando quando ainda estava escuro e lá ficando até o sol raiar. Deitada no catre, fazia um mapa mental da região e planejava aonde iria procurar a mãe no dia seguinte. Ela podia estar em qualquer lugar, escondida numa aldeia abandonada ou nas margens de algum rio onde as árvores se debruçassem sobre as águas velozes. Havia a possibilidade de que, descontrolada, sua mãe escorregasse por uma ribanceira ou falhasse numa tentativa imprudente de cruzar a lagoa. A menina temia todos os locais com água, pois neles se podia ver a escuridão sob a superfície, onde a luz não penetrava.

O canto dos pássaros a despertava e ela saía em busca da mãe. Os vizinhos se ofereceram para abrigá-la, mas à noite ela sempre voltava para a cabana. Decidira procurar por mais duas semanas. Terminado esse período, se demorou mais uma semana. Por fim escreveu uma mensagem num pedaço de papelão e a pregou acima do catre de sua mãe, partindo da única casa que conhecera em toda a vida.

Seguiu para o interior e para o sul, se alimentando com as frutas e os legumes que encontrava no caminho, embora sentisse falta de carne. Pediu comida em algumas casas, onde lhe deram lentilha. Não contava sua história, dizia apenas que viajava havia uma semana. Passou por monges com tigelas estendidas para receber alimentos e pelas grandes plantações de cocos, em cujas entradas os vigias recebiam o almoço trazido de bicicleta. Parava junto deles e puxava conversa para poder sentir o cheiro do que eles consumiam sem nenhuma reserva na frente dela. Numa aldeia, seguiu um vira-lata pelas ruas de trás até encontrar restos de uma refeição que tinha sido atirada da porta de uma cozinha. Achou uma jaca aberta e comeu tanto da fruta em formato de pétala que se sentiu mal, até mesmo febril. Entrou num rio e se pendurou num galho a fim de dissipar o calor febril que sentia. Viajava havia mais de oito dias quando viu quatro homens carregando um trampolim por uma estrada. Sabia ter chegado. Seguiu-os à distância até que eles se voltaram e perguntaram quem ela era. Asuntha não disse nada. Retardou o passo, mas não os perdeu de vista, mesmo depois que atravessaram um campo e desapareceram por trás de uma colina de vegetação baixa. E assim ela chegou às barracas. Perguntou por Pacipia, e um homem magro a levou até a irmã de seu pai.

Pacipia tinha alguma semelhança com ele, e também se movia como um animal. Era muito alta e, a julgar pelo modo como tratava os homens e as mulheres ao redor, dava a impressão de ser mais durona que o pai da menina. Dirigia um pequeno circo do interior, que mantinha funcionando através de uma rígida disciplina. No entanto, mostrou-se diferente com a menina. Tomou Asuntha nos braços e se afastou dos artistas, levando-a para perto de algumas acácias. Passou os dedos pelo cabelo da menina enquanto ouvia a filha de seu irmão contar o encontro com o pai na prisão, o desaparecimento da mãe, a fome principalmente de carne. Pacipia, que tinha se encontrado com a mãe dela algumas vezes, balançou a cabeça, tomando cuidado para não deixar a criança saber o que pensava. Mais tarde, quando julgou que tudo estava bem, pôs a menina no chão de novo.

Levou Asuntha de barraca em barraca. As lonas laterais tinham sido enroladas por causa do calor da tarde, e a menina viu os acrobatas dormindo em pleno dia, de frente para o vento que vinha da costa longínqua. Embora tivesse viajado sozinha durante pelo menos uma semana, ainda guardava certa desconfiança do lugar onde se encontrava agora. No entanto, sua tia notou que ela não tinha um temperamento nervoso. Afinal, era filha daquele pai, não é mesmo? A menina acompanhou Pacipia por toda parte nos primeiros dias, atrapalhando seus preparativos. Em breve eles se apresentariam na aldeia de Beddegama, seguindo depois para outras localidades na província do Sul. Se não se mudassem de aldeia toda semana, os músicos acabariam se apaixonando pelas moças da região e abandonariam a trupe. Eles não faziam muita coisa no espetáculo, mas fanfarras eram essenciais em qualquer circo.

Por causa do empecilho que a menina significava, Pacipia se exercitava antes de o sol nascer: quem estivesse acordado ouviria o som da mola do trampolim e veria Pacipia dar uma cambalhota no ar, caindo de costas ou de joelhos, para subir de novo em meio à escuridão. Quando o dia clareava, ela caminhava com o corpo coberto de suor até o poço de um fazendeiro a fim de puxar o balde cheio d'água e se banhar seguidas vezes. Havia sempre aquele prazer especial num poço. Com a roupa toda encharcada, que o sol logo secaria, ela voltava à barraca onde a menina estaria acordando. A independência de que Pacipia sempre gozara parecia ter desaparecido. Nunca se casara ou tivera filhos, mas agora havia assumido a responsabilidade por aquela menina até seu irmão voltar.

*

Há sempre uma história à sua frente. Mero embrião. Gradualmente você se prende a ela e começa a alimentá-la. Descobre a carapaça que conterá e testará o caráter dela. Assim encontra o rumo de sua vida. Em poucas semanas, Asuntha podia ser vista em pleno voo, colhida por um braço estendido e atirada na direção de outro braço que se balançava numa árvore diferente. Possuía os ossos fortes e leves do pai e, malgrado alguns temores iniciais, tinha um temperamento autossuficiente. Precisaria se abrir para dar lugar à confiança. Pacipia a ajudaria nisso, pois ela também fora autossuficiente, uma dessas crianças que parecem atordoadas, mas guardam uma grande raiva dentro de si. Aquilo assustara seus pais e os amigos deles. Mas os acrobatas sempre necessitaram confiar nas pessoas que os rodeiam.

O circo se apresentava em qualquer estradinha rural ladeada por árvores. Os moradores da aldeia traziam esteiras e se sentavam no asfalto ao final da tarde, quando já não estaria tão quente, mas antes que as sombras se alongassem a ponto de perturbar a visão dos artistas. Ouvia-se então o som das fanfarras, em alguns casos do interior da floresta ou, o que dava um toque mágico, do alto das árvores, onde o trompetista se escondera. E um homem aparentemente pegando fogo, o rosto pintado à semelhança de um pássaro, descia por uma corda e passava raspando por cima da cabeça dos espectadores, deixando um rastro de fumaça. Agarrando-se a outras cordas, ele ia se afastando sobre a plateia, emitindo sons de harpas e apitos, até desaparecer para sempre na copa de uma árvore.

Surgiam então, em trajes sumários e coloridos, os demais artistas, que na hora seguinte saltavam das árvores a fim de ser apanhados por outros acrobatas que pareciam ter caído de alturas ainda maiores. Um homem coberto de farinha pulava no trampolim central e subia aos ares deixando o pó para trás. Outros caminhavam por cordas bambas esticadas entre as árvores carregando baldes cheios de água; ao escorregarem no meio do trajeto, ficavam pendurados por um só braço, enquanto o líquido caía sobre a multidão. Às vezes era água, outras vezes formigas. Toda vez que um artista pisava na corda bamba, o rufar dos tambores chamava a atenção para a dificuldade e o perigo iminentes, enquanto o trompete urrava e gargalhava junto com os espectadores. Em certo momento, os artistas caíam da corda bamba, os corpos rolando no asfalto até se levantarem de um salto. Eram os únicos de pé até a plateia também se erguer. Chegava ao fim o espetáculo, exceto por um acrobata ainda lá em cima, implorando por ajuda enquanto se mantinha pendurado à corda somente por um pé.

De início, Asuntha só era apanhada por Pacipia, mas isso não constituía uma prova de confiança. Resultava apenas da crença de que, se sua própria tia não a pegasse no ar em segurança, melhor seria morrer na queda. O maior teste veio quando Pacipia se afastou de Asuntha, pendurada num galho alto, e lhe disse que pulasse nos braços de outra pessoa. Sabendo que a espera e a reflexão só fariam crescer o medo, Asuntha o superou instantaneamente. O acrobata que a pegaria mal teve tempo de dar um passo à frente.

E assim a menina vestiu a carapaça que a aguardava. Fazia parte agora do circo de sete pessoas que se apresentava nas províncias da costa Sul, vivendo numa das quatro barracas e sendo sempre alertada por Pacipia sobre a promiscuidade sexual dos músicos. Certo dia, durante o espetáculo, ela viu do alto de uma árvore seu pai na plateia pouco numerosa e desceu numa só mão até onde ele estava. Deu-lhe um abraço e não o largou pelo restante da exibição. Ele ficou por lá alguns dias e, na verdade, sem nada para fazer, dificultou a rotina de Asuntha e Pacipia. Bem cedo se deu conta de que a filha estava no lugar mais seguro possível. Teria no circo uma vida melhor do que junto a ele.

Ela nem pensou em acompanhá-lo. Desde então, nas várias vezes que se viram, era como se ela fosse a adulta, enquanto ele mergulhava mais e mais no mundo do crime. Certa ocasião, ele a visitou drogado, e Asuntha o ignorou, observando de longe sua camaradagem com o acrobata Sunil, aquele que pintava o rosto como um pássaro, os dois rindo enquanto o pai tentava usar sua voz especial para encantar o rapaz.

Correram muitas histórias sobre Niemeyer no país durante os três anos em que ela raramente o viu — ele se tornara um criminoso muito famoso, quase idolatrado. Alguns membros da gangue que o cercava eram assassinos que agiam no mundo político. Ele havia continuado a usar aquele nome estrangeiro como um distintivo, um insulto à sociedade. Reivindicava uma origem ridícula, herdada ou não de algum longínquo ancestral europeu, por isso seu nome era motivo de chacota, embora ele exigisse que o usassem. Só às vezes Asuntha ansiava pela presença dele, pois corria seus próprios riscos. Como acrobata, quebrara o nariz e mais tarde o pulso, aquele onde ainda portava o último presente de sua mãe, feito de contas e de couro.

Então, quando tinha dezessete anos e adquirira toda a confiança e habilidade necessárias, ela sofreu uma queda grave.

Treinavam a simulação de um acidente. Asuntha saltou de um galho alto e tomou impulso com os pés para se afastar do tronco da árvore, porém, não alcançando quem a pegaria, tombou na estrada e sua cabeça atingiu de raspão um marco de quilometragem. Voltando a si, não conseguiu ouvir as palavras aflitas que Pacipia lhe dirigia. Limitava-se a balançar a cabeça afirmativamente apesar da dor, fingindo compreender o que lhe perguntavam. O medo, antes ausente, voltara a se manifestar. E assim ela deixou de ser útil aos seis outros artistas que tinham se transformado em sua família. Um mês depois, ainda sem recuperar a audição, se afastou sub-repticiamente do mundo que escolhera.

Quando a trupe do circo se deu conta de que ela não voltaria, Sunil — que a pegara naquela primeira vez em que ela precisou confiar em alguém além de Pacipia, e que também tentara desesperadamente pegá-la na última queda — saiu à procura de Asuntha a pedido de sua tia. Ele chegou a Colombo e desapareceu. Pacipia nunca mais teve notícia dele.

Sunil estava presente ao inquérito judicial de Niemeyer, quando viu Asuntha no balcão apinhado de gente do tribunal de Colombo. Terminada a sessão, seguiu-a à distância por uma rua estreita com parapeitos inclinados e entrou numa travessa onde havia lojas de ourivesaria. Era a Chekku Street, similar a uma ruela exuberante da era medieval. Ela continuou andando, até desaparecer em algum ponto da Messenger Street. Sunil se imobilizou. Sabia que, mesmo não podendo vê-la, Asuntha podia vê-lo. Ela sempre captara com rapidez o que se passava a seu redor, e agora que o medo tinha voltado estaria ainda mais alerta. Além do que ele agora estava perdido. Vivera na província do Sul a maior parte do tempo, não conhecia bem a cidade. Uma mão forte agarrou seu braço. Ela o puxou para dentro de um quartinho do tamanho de um tapete. Ele não abriu a boca. Sabia que sua surdez a embaraçava. Sentou-se e permaneceu calado.

Ela falou com dificuldade, as palavras por vezes indistintas. Parecia apagada, sem seus antigos talentos. Ele permaneceu no quarto com ela a noite toda e, ao amanhecer, a levou, como combinado, ao presídio onde o pai se encontrava detido. Esperou do lado de fora quando a deixaram visitá-lo.

O pai dela se inclinou para a frente e pronunciou um nome: "*Oronsay*. Sunil e outros companheiros estarão no mesmo navio para cuidar de mim". A embarcação ia para a Inglaterra e eles o ajudariam a escapar. Depois enfiou o rosto entre as grades e continuou a conversar com ela.

Do lado de fora, a figura esbelta de Sunil a aguardava. Ela se aproximou dele, o pegou pela nuca e lhe falou bem próximo do ouvido que, a partir de então, seu único propósito na vida era ajudar o pai.

O Mediterrâneo

Ramadhin tomou seu lugar nas sombras.

Cassius e eu estávamos agachados num bote salva-vidas acima do convés, onde Emily cochichava com um homem chamado Sunil. Tendo previsto corretamente onde eles se encontrariam, éramos capazes de escutar cada palavra, seus sussurros ecoando no interior do bote. Enquanto esperávamos no calor claustrofóbico, a escuridão era preenchida por cada ruído deles.

"Não, aqui não."

"Aqui, sim", disse ele.

Um farfalhar de tecidos.

"Então deixe..."

"Sua boca. Tão doce", ele continuou.

"Eu sei, o leite."

"Leite?"

"Comi uma alcachofra no jantar. Se você comer uma alcachofra e depois beber leite, o leite fica adocicado... Mesmo quando há vinho, sempre peço leite quando como uma alcachofra."

Não entendemos do que eles falavam. Talvez estivessem usando algum código especial. Houve um longo silêncio, depois uma risada.

"Preciso voltar daqui a pouco...", disse Sunil.

O que quer que estivesse acontecendo, nós não entendemos. Cassius se inclinou na minha direção e perguntou: "Onde fica a alcachofra?".

Ouvi um fósforo sendo riscado e logo depois senti o cheiro da fumaça do cigarro dela. Player's Navy Cut.

De repente, como se agora fossem estranhos, teve início uma conversa mais cautelosa. Ficamos confusos. O diálogo sobre a alcachofra nos levara a outro lugar. Agora discutiam horários, com que frequência o vigia noturno patrulhava o convés de passeio, a que horas o prisioneiro fazia as refeições, quando era autorizado a passear. "Há uma coisa que quero que você faça", Sunil disse, e então os dois sussurraram baixinho.

"Ele é capaz até de fazer isso?" A voz de Emily soou claramente na escuridão. Dava a impressão de estar assustada.

"Ele sabe quando os guardas estarão mais relaxados ou cansados. Mas ainda está fraco por causa da surra que levou."

"Que surra? Quando foi isso?"

"Depois do ciclone."

Lembramo-nos então que o prisioneiro não fizera alguns passeios noturnos pouco antes de aportarmos em Aden.

"Eles devem ter suspeitado de alguma coisa."

Suspeitado de quê?

Era como se Cassius e eu pudéssemos ouvir um ao outro pensando no escuro, a lenta máquina de nossos jovens cérebros tentando absorver aquela insólita informação.

"Você precisa se certificar de que ele vai encontrá-la aqui. Nos diga quando. Estaremos prontos."

Ela ficou calada.

"Ele vai estar maluco por você." Sunil disse isso e riu. "Você não deve dissuadi-lo."

Pensei tê-lo ouvido mencionar o nome do sr. Daniels, mas ele começou a falar de um homem chamado Perera, e depois de algum tempo eu não conseguia mais manter os olhos abertos. Quando se foram, eu queria dormir ali mesmo, porém Cassius me sacudiu e descemos do bote.

Sr. Giggs

A presença de um oficial inglês a bordo do *Oronsay* não teve maior importância para os passageiros durante a primeira parte da viagem. Todos o viam vagar sozinho pelos conveses antes de subir para o estreito terraço em frente à ponte de comando, onde se sentava numa cadeira de lona como se fosse o proprietário do navio. No entanto, pouco a pouco se soube que o sr. Giggs era uma alta patente do Exército enviada a Colombo e — assim se dizia — colaborava com um agente do Departamento de Investigação Criminal cingalês que viajava incógnito. Ambos estavam encarregados de acompanhar o prisioneiro Niemeyer para que ele fosse julgado na Inglaterra. Segundo rumores, o investigador de Colombo estava acomodado na classe turística. Não tínhamos ideia de onde dormia o inglês, embora se imaginasse que gozava de grandes regalias.

O sr. Daniels contou na mesa da ralé que o sr. Giggs tinha sido visto falando furiosamente com os guardas algum tempo depois que Niemeyer fora surrado de forma impiedosa. Ninguém sabia ao certo se Giggs os acusava de brutalidade ou estava apenas aborrecido pela notícia do castigo ter vazado. Segundo a srta. Lasqueti, também era possível que Giggs se enfurecera porque a agressão podia oferecer ao prisioneiro uma saída ou algum tipo de alívio no julgamento, que deveria condená-lo a pesadas penas.

O que me chamou mais atenção no oficial inglês foram seus braços, cobertos de pelos ruivos e encaracolados, que me davam aflição só de olhar. Ele usava camisas bem passadas, shorts e meias que vinham até a panturrilha, mas aqueles pelos vermelhos me perturbavam. Numa das festas do navio, quando ele tirou Emily para dançar uma valsa, fiquei horrorizado; era quase como se fosse o pai dela. Até o sr. Daniels seria um par melhor para minha bela prima.

Pressionei a srta. Lasqueti para saber qual a ligação entre o sr. Giggs e o prisioneiro.

"Se o prisioneiro matou um juiz inglês, o caso é muito sério. Não vão permitir que ele seja julgado na ilha. Fizeram uma audiência lá, mas agora o processo passa para a Inglaterra. Por que você se importa com isso? Seja como for, esse tal Giggs é responsável por ele, juntamente com um investigador, o sr. Perera, e ambos precisam garantir que ele chegue lá. Todos concordam que Niemeyer tem um talento especial para a fuga. A primeira cela em que o puseram tinha uma porta de madeira pesada, mas ele conseguiu atear fogo nela, embora se queimasse ao escapar. Certa vez pulou de um trem apesar de estar algemado a um guarda, tendo depois que levar o aguerrido homenzinho até achar um ferreiro. Ele não parece ser flor que se cheire."

"Tia, por que ele matou o juiz?"

"*Por favor*, não me chame de tia... Não sei ao certo. Estou tentando descobrir."

"Era um juiz mau?"

"Não sei. Será que existe algum assim? Esperemos que não."

Saí daquela breve conversa sem saber que posição tomar

com relação ao que estava acontecendo. Vi a srta. Lasqueti mudar de direção subitamente e se aproximar do sr. Giggs, observando que ele ouvia com interesse e atenção o que quer que ela lhe estivesse dizendo.

Em nossa refeição seguinte, ela contou a todos o que soubera. Antes que qualquer pessoa subisse a bordo, Giggs e Perera tinham passado um pente-fino no navio. Acompanhar o prisioneiro exigia que conhecessem todos os detalhes da embarcação. Fecharam possíveis rotas de fuga, removeram objetos aparentemente inocentes — um balde de areia para treinamentos de incêndio, um poste de metal — que podiam ser transformados em armas. Examinaram a lista de passageiros, à procura de comparsas conhecidos do preso. Contrataram guardas das ilhas Maldivas que não teriam nenhuma ligação com pessoas no Ceilão. Passaram dois dias submetendo o navio a uma revista completa. Agora se mantinham atentos ao extremo, razão pela qual o sr. Giggs ocupava aquele posto de observação na ponte de comando, de onde podia supervisionar boa parte das atividades a bordo. Ele contou também à srta. Lasqueti que a gravidade do crime determinara o nível dos acompanhantes: o sr. Perera era considerado o melhor inspetor de polícia de Colombo e o sr. Giggs, de acordo com suas próprias palavras, a pessoa mais apropriada dos quadros disponíveis na Inglaterra. E assim, juntamente com os guardas das Maldivas, eles observavam cada passo e cada gesto do prisioneiro chamado Niemeyer.

Sr. Perera

Se Giggs se tornara a pessoa mais comentada e observada no *Oronsay*, seu parceiro na tentativa de evitar a fuga do prisioneiro não podia ser observado, embora também fosse muito comentado. O sr. Perera, inspetor de polícia do Ceilão, permanecia incógnito. Jamais o vimos. Além disso, Perera era um nome vulgar. Tudo o que sabíamos é que o inspetor era um Perera pertencente ao ramo da família que soletrava o nome sem a letra "i", pois havia Pereras e Pereiras. Evidentemente, o departamento de polícia designara um agente não uniformizado a fim de que eventuais conspiradores a bordo não soubessem quem os observaria. Assim, enquanto Giggs se pavoneava nos conveses e depois se postava de modo ostensivo na ponte, seu parceiro asiático permanecia invisível. Os dois tinham subido a bordo e realizado uma inspeção exaustiva. No entanto, quando embarcamos, o sr. Perera era apenas mais um passageiro como nós, anônimo, possivelmente viajando sob nome falso. Alguns passaram a crer, inclusive, que haveria dois Pereras incógnitos.

Falávamos com frequência sobre o misterioso investigador.

Quem seria ele? Que aparência teria? Durante uma tarde inteira, Cassius e eu seguimos todas as figuras de aspecto estranho do navio, buscando detectar qualquer comportamento anormal. "Há dois tipos de agentes secretos", explicou a srta. Lasqueti. "O social e o privado. Um agente secreto faz amigos rápido, compulsivamente. Entra num bar e trata de conhecer todas as garçonetes e o *barman*. Projeta sua falsa personalidade o mais rápido possível, aprende o nome de todo mundo. Precisa ter um raciocínio ágil e também pensar como um criminoso. Mas há agentes secretos mais engenhosos. Talvez como este Perera. Ele provavelmente está circulando por aí às escondidas. Apenas ainda não o conhecemos. Giggs é a face pública. Perera... quem sabe?"

Segundo alguns, este Perera invisível utilizava magistralmente um estratagema pelo qual o agente incógnito se liga ao criminoso, dando a impressão de ser seu amigo, mas ao mesmo tempo instilando nele o medo ao fazê-lo crer que é mais perigoso e maníaco que o próprio facínora. Corriam rumores também de que Perera, na realidade um amável homem de família, havia conduzido um indivíduo suspeito de pertencer a uma quadrilha à floresta real de Kandy e lhe mandara abrir uma cova. Insistiu em que ela tivesse um metro e vinte de comprimento e noventa centímetros de profundidade, de modo que o corpo pudesse ser dobrado. Haveria uma execução, ele disse, bem cedo na manhã seguinte. Presumindo que Perera estivesse envolvido em altas atividades criminosas, o jovem membro da quadrilha confessou todos os seus delitos.

Esse era o tipo de trabalho que Perera supostamente fazia num dia ou noite de trabalho rotineiro no departamento de polícia. Mas na época nada sabíamos sobre isso.

Qual a sua idade? Qual o seu nome?

Sempre que chegávamos perto de alguma autoridade, descobríamos que era necessário passar um bom tempo respondendo às suas perguntas. Durante o interrogatório após a tempestade, enquanto tremíamos mais de frio que de medo, o capitão insistia em perguntar qual era nossa idade. Quando respondíamos, ele parecia registrar a informação, porém um minuto depois esquecia e perguntava de novo. Imaginamos que ele fosse lento ou rápido demais, pois já vinha com outra questão antes mesmo de ouvir nossas respostas. Aos poucos, nos demos conta de que aquelas palavras vinham com um molho de escárnio, ocultando a verdadeira pergunta: *Quão babacas vocês* são?

Acreditávamos ter feito algo heroico. Afinal, as horas que passamos amarrados pelos pés e pelas mãos sob a força do ciclone não podiam ser equiparadas à história do pecador que perde a visão na estrada para Damasco? Muitos anos depois, foi reconfortante descobrir que heróis como Shackleton tinham sido expulsos da minha escola provavelmente por fazerem coisas parecidas. "*Qual a sua idade*?", bradava o diretor àquele garoto desobediente e ambicioso demais.

Era claro para nós que o capitão não gostava da sua carga asiática. Por várias noites ele recitou o que considerava ser um divertidíssimo verso de A. P. Herbert sobre o crescente nacionalismo no Oriente, o qual acabava assim:

Todos os corvos em cima de todas as árvores
Crocitaram: "As figueiras-de-bengala para os bengalis!"

O capitão se orgulhava dessa exibição, e foi então que provavelmente comecei a perder a confiança na autoridade e no prestígio das pessoas que ocupam as mesas principais. A isso se somava aquela tarde com o Barão, em que meus olhos tinham viajado entre o busto nobre de Hector de Silva e o corpo aparentemente sem vida na cama. Por isso, logo após o funeral, me aproximei da mesa de armar onde, como se esquecido, permanecia o busto de De Silva. Cassius e eu conseguimos erguê-lo (ele pelas orelhas, eu pelo nariz) e empurrá-lo até a amurada, deixando depois que a imagem esculpida fosse se juntar ao corpo no fundo do mar.

Talvez àquela altura tivéssemos superado nossa curiosidade sobre os poderosos. Em última análise, preferíamos o gentil sr. Daniels, obcecado por suas plantas, e a figura pálida da srta. Lasqueti, que usava seu casaco de pombos com numerosos bolsos acolchoados para transportar os pássaros. Foi sempre gente estranha como eles que, nas várias mesas da ralé de minha vida, se revelaram capazes de me fazer mudar.

O alfaiate

O comensal mais retraído em nossa mesa era o sr. Gunesekera, o alfaiate. Ao chegar no primeiro dia, ele se apresentara simplesmente distribuindo seu cartão de visitas: *Costuras Gunesekera, Prince Street, Kandy*. Essa foi a forma pela qual anunciou sua profissão. Durante as refeições, permanecia calado mas inteiramente à vontade. Ria quando todos riam, nunca havendo um silêncio perturbador no seu lugar à mesa, conquanto eu não soubesse se ele entendia as piadas. Suspeito que não. No entanto, mostrava-se o mais atencioso e cortês de todos, mesmo se por vezes nossa barulheira lhe desagradasse, em particular quando o sr. Mazappa soltava uma gargalhada que mais parecia o relinchar de um cavalo. Era o primeiro a puxar a cadeira para a srta. Lasqueti, passava o sal a quem simplesmente fizesse uma menção de pegá-lo, abanava a boca para nos avisar que a sopa estava quente. E sempre parecia interessado no que era dito, embora até então, durante toda a viagem, não houvesse pronunciado uma única palavra. Até quando lhe falávamos em cingalês, ele sacudia os ombros de forma elaborada e girava a cabeça para se desculpar por não responder.

Era um homem magro e baixo. Enquanto ele comia, eu observava seus dedos delicados, que podiam costurar velozmente na Prince Street, onde ele talvez gostasse de brincar com seus companheiros de trabalho. Certa noite, na hora do jantar, Emily veio à nossa mesa com um hematoma perto do olho, pois fora atingida à tarde por uma raquete de badminton. O sr. Gunesekera, com expressão alarmada, voltou-se na cadeira e esticou a mão para tocar com seus dedos delicados a pele em torno do local inchado, como se buscasse entender a causa daquilo. Emily, sensibilizada por seu gesto, pousou a mão no ombro dele e em seguida segurou por alguns momentos aqueles dedos carinhosos. Foi um dos raros instantes em que a mesa ficou quieta.

Mais tarde, o sr. Nevil chamou nossa atenção para o que provavelmente era um ferimento mais grave na altura da garganta do sr. Gunesekera, sempre encoberto por um cachecol de algodão vermelho. Vez por outra, se o cachecol saísse do lugar, podia se ver a cicatriz, porém ninguém incomodou o sr. Gunesekera com perguntas sobre o assunto. Nunca lhe indagamos por que estava a caminho da Inglaterra, se devido à perda de algum parente ou à necessidade de se submeter a um tratamento especial nas cordas vocais. Parecia improvável que estivesse indo de férias, tendo um problema que o impedia de se comunicar com as pessoas.

Todas as manhãs, logo após o raiar do sol, eu lambia o sal acumulado na amurada do navio, acreditando que àquela altura era capaz de distinguir o gosto do oceano Índico do gosto do Mediterrâneo. Mergulhava na piscina e nadava como uma rã sob a superfície, testando o limite de meus pulmões e de meus dois corações. Observava como a srta. Lasqueti se irritava com o livro policial que lia às pressas, preparando-se para jogá-lo no mar em que estivéssemos navegando. E, juntamente com os outros, me embevecia com a presença de Emily quando ela vinha trocar algumas palavras conosco.

"Você nunca deve se sentir pouco importante em lugar nenhum", o sr. Mazappa me disse certa vez. Ou talvez tenha sido a srta. Lasqueti. Já não sei ao certo quem foi, porque, ao final da travessia, as opiniões de ambos haviam se mesclado. Quando olho para trás, não consigo lembrar quem me deu quais conselhos, ou foi simpático conosco, ou nos enganou. E alguns fatos só foram entendidos muito tempo depois.

Por exemplo, quem nos descreveu primeiro o Palácio dos

Armadores em Gênova? Ou terá sido uma recordação minha posterior, quando, já adulto, entrei nesse prédio e subi as escadas de pedra de andar em andar? Porque há algo na imagem que guardei durante todos esses anos, como se ela explicasse o modo pelo qual enfrentamos o futuro ou olhamos para o passado. A gente começa no térreo do palácio contemplando uns poucos mapas primitivos de portos locais, as costas vizinhas; e então, à medida que sobe, mapas mais e mais recentes reproduzem as ilhas semidescobertas, um possível continente. Em alguma parte do andar principal, um pianista toca Brahms. A gente o ouve enquanto sobe, até olha para baixo pelo vão da escada por onde chega a música. A Brahms somam-se as pinturas de embarcações ao saírem dos estaleiros, novas em folha, prelúdio do sonho de um comerciante em que tudo pode acontecer — da fortuna ao fim da viagem à tempestade desastrosa. Um de meus antepassados foi dono de sete navios que pegaram fogo entre a Índia e Taprobane. Ele não tinha uma parede forrada de mapas, mas aqueles proprietários de navios também não podiam prever nada sobre o futuro. Não há um só retrato nos quadros que cobrem as paredes dos primeiros andares. Entretanto, no quarto andar do Palácio dos Armadores de Gênova se vê uma congregação de madonas.

Na mesa da ralé discutia-se a arte italiana. A srta. Lasqueti, que vivera alguns anos na Itália, disse o seguinte: "O problema com as madonas é aquele olhar delas — porque *sabem* que Ele vai morrer jovem... Apesar de todos os anjos voejando em torno da criança com a pequena chama cor de sangue saindo da cabeça deles. Sabe-se lá como a Madona consegue ver o mapa pronto, o fim da vida Dele. Não importa que a jovem local que o pintor usou como modelo não consiga ao menos tentar fazer uma expressão de presciência. Talvez o próprio artista não saiba retratar tal expressão. Por isso, somos nós, os espectadores, que sabemos que aquele é o rosto de alguém que conhece o futuro, pois o que acontecerá com seu filho nos é dado pela história. O reconhecimento da dor é daquele que vê".

Relembro não apenas essa conversa durante uma refeição a bordo, mas também minhas noites como adolescente em Mill Hill. Massi, Ramadhin e eu comemos às pressas um jantar de curry na casa deles e corremos para pegar o trem das 7h05 para o centro. Ouvimos falar de um clube de jazz. Temos dezesseis e dezessete anos. Era aquele olhar longínquo para seu filho de coração duvidoso que vi no rosto da mãe de Ramadhin.

Na noite passada, meu primeiro sonho com Massi. Faz anos que nos separamos. Eu estava entre algumas casas alpinas, em que os moradores ocupam o andar superior porque no térreo ficam os animais. Não a vejo num sonho, e muito menos na vida real, há muitíssimo tempo.

Eu estava escondido quando ela saiu. O cabelo curto e escuro a fazia bem diferente do que quando vivia comigo. O rosto estava mais nítido, havia ângulos novos e interessantes. Parecia saudável. Eu sabia que poderia me apaixonar por ela de novo, o que não aconteceria se ela estivesse igual ao que era no passado, com uma aparência familiar e trazendo-me de volta à nossa história em comum.

Um homem também saiu e a ajudou a subir numa mesa, quando então vi que ela estava no começo de uma gravidez. Eles ouviram algo e vieram em minha direção. Pulei por cima de uma cerca, caí de joelhos e comecei a correr por uma estrada onde havia vendedores, ferreiros e carpinteiros, todos trabalhando. O som de suas ferramentas se assemelhava ao do disparo de armas.

Transformou-se em música e de repente me dei conta de que eu não estava correndo: era Massi quem corria entre serras e bigornas perigosas e barulhentas. Eu não tinha corpo, não pertencia mais à cena, já não fazia parte da vida dela. Ela é que, grávida de poucas semanas, estava bem viva e corria para escapar dos perigos. Massi, de cabelo curto e preto, decidida a alcançar alguma coisa mais além de onde se encontrava naquele momento.

Bem cedo na vida devem ter me ensinado, ou de alguma forma aprendi, a fugir facilmente de qualquer relação íntima. Quando Massi e eu nos separamos, apesar da dor que isso causou, não ofereci nenhuma resistência. Cada um foi para o seu lado de uma forma natural demais. Por tal motivo, bem depois que o relacionamento havia terminado (embora ainda restassem algumas contracorrentes e redemoinhos), eu ainda me via buscando algo que explicasse ou desculpasse aquele desenlace. Reduzi nossa história em comum ao que eu entendia ser sua verdade essencial. Mas, obviamente, não passava de uma verdade parcial. Massi costumava dizer que às vezes, quando as coisas me atropelavam, eu recorria a um truque ou me valia de um velho hábito: transformava-me em algo que não pertencia a lugar nenhum. Não confiava em nada que me era dito, nem mesmo no que via.

Segundo ela, é como se eu tivesse crescido acreditando que tudo era perigoso, o que se deveria a alguma decepção ou desengano que sofri. "É por isso que você oferece sua amizade, sua intimidade, apenas àqueles que estão distantes." E então me perguntou se eu ainda acreditava que minha prima se envolvera num assassinato. Caso eu me abrisse e dissesse a verdade sobre o que sabia, ela continuaria a correr algum risco? "Essa droga desse teu coração cauteloso. Quem você amou e fez isso contigo?"

"Eu te amei."

"O quê?"

"Eu disse que te amei."

"Não creio. Alguém te feriu. Me conte o que aconteceu quando você veio para a Inglaterra."

"Fui para a escola."

"Não, no caminho. Por que alguma coisa deve ter acontecido. Achei que você estava bem quando o vi de novo depois da morte de Ramadhin. Mas acho que não. O que foi?"

"Eu disse que te amei."

"Sei, amou. Você está me deixando, não é mesmo?"

Dessa forma, válida ou não, queimamos as poucas coisas boas que ainda existiam entre nós.

Desde que deixamos Porto Said, todas as tardes a orquestra, com sua costumeira indumentária cor de ameixa, tocava valsas no convés de passeio para os muitos passageiros que iam aproveitar o sol mais ameno do Mediterrâneo. O sr. Giggs caminhava entre nós, apertando as mãos dos companheiros de viagem. O sr. Gunesekera, com o cachecol enrolado no pescoço, inclinava a cabeça quando ele passava. A srta. Lasqueti usava seu paletó de pombos com os dez bolsos acolchoados, cada qual abrigando um salteador ou um jacobino, as cabecinhas de fora enquanto ela passeava pelos conveses a fim de deixá-los respirar o ar marinho. Faltava, porém, o sr. Mazappa, com seu humor atrevido e espalhafatoso. Entre os poucos motivos de excitação, o mais importante era a crença de que o weimaraner do sr. O'Neal havia pulado do navio e nadado rumo à costa ao deixarmos Porto Said. Mas nós três tínhamos certeza de que, se o cachorro houvesse abandonado o navio, o sr. Invernio teria pulado na água atrás dele. Entretanto, ficávamos contentes de saber que, devido ao desaparecimento do bicampeão do Crufts Dog Show, nosso capitão estava às voltas com mais um problema. Até então, aquela não provara ser uma de suas viagens mais exitosas. Outra crise, disse a srta. Lasqueti, e talvez fosse a última dele. Na intimidade de nossa cabine, o sr. Hastie deu a entender que Invernio tinha escondido o weimaraner em algum lugar, pois era evidente que se apaixonara pelo animal e não parecia muito perturbado com seu desaparecimento. O sr. Hastie afirmou que não se surpreenderia se a sra. Invernio — caso houvesse realmente uma sra. Invernio — fosse vista dali a algumas semanas passeando com o premiado cão no Battersea Park.

Um concerto ao ar livre teve lugar certa noite no convés de passeio, com o acompanhamento dos sons do mar. Tratava-se de música clássica, coisa que Cassius, Ramadhin e eu desconhecíamos de todo, mas, por termos nos apossado de assentos na primeira fila, não podíamos escapar dali sem fingir que estávamos passando mal. Eu de fato não ouvia mais nada, concentrando-me apenas em inventar uma saída dramática da cadeira segurando a barriga. No entanto, vez por outra ouvia algo familiar. Os sons vinham de uma mulher ruiva que estava no estrado da orquestra e jogava o cabelo de um lado para o outro, tocando violino sozinha enquanto os outros músicos a observavam quietos. Havia de fato alguma coisa bastante familiar nela. Talvez eu já a tivesse visto na piscina. Alguém vindo por trás apertou meu ombro e eu me virei.

"Acho que ela pode ser a sua violinista", a srta. Lasqueti sussurrou em meu ouvido.

Eu havia me queixado com ela sobre os ruídos que vinham todas as tardes da cabine vizinha à minha. Examinei o programa deixado em meu assento. Olhei então para a mulher que afastava seu indisciplinado cabelo sempre que conseguia descobrir uma pausa na música. O que havia de familiar não era seu rosto, mas as notas e rangidos que agora começavam a se integrar à música tocada pelos outros. Como se estivessem acidentalmente se juntando numa melodia semelhante. Ela devia estar achando aquilo maravilhoso depois de todas as horas miseráveis em sua cabine calorenta.

CADERNO ESCOLAR: ANOTAÇÃO Nº 30: CRIMES COMETIDOS (ATÉ AGORA) PELO CAPITÃO DO *Oronsay*

A morte do sr. De Silva devido à mordida de um animal.

A completa falta de segurança de crianças durante uma perigosa tempestade.

Linguagem imprópria e rude na frente de crianças.

Dispensa injusta do sr. Hastie de sua função como responsável pelo canil.

Recitação de um poema muito insultuoso ao final do jantar.

A perda da estátua de bronze do sr. De Silva.

A perda de um cachorro campeão da raça weimaraner.

Srta. Lasqueti: um segundo retrato

Recentemente, assisti a uma palestra do cineasta Luc Dardenne. Ele comentou que os espectadores de seus filmes não deveriam supor que entendem tudo sobre seus personagens. Como plateia, não deveríamos nunca nos achar mais inteligentes do que eles, saber mais do que os próprios personagens sabem sobre si. Não deveríamos nos sentir seguros sobre seus motivos ou observá-los com desdém. Acredito nisso. Reconheço que se trata de um princípio básico da arte, embora desconfie que muitos não concordem.

Nossas primeiras impressões sobre a srta. Lasqueti eram de que se tratava de uma solteirona cautelosa. O que ela dizia não nos interessava em nada. Mostrava entusiasmo por decalques de peças de metal e por tapeçarias. Mas depois ela revelou ser responsável por duas dúzias de pombos-correios, guardados em algum canto do navio, que estava "levando para um plutocrata", vizinho dela em Carmarthenshire. O que, nos perguntávamos, um plutocrata poderia querer com pombos? "Dispensar o rádio", ela tinha dito enigmaticamente. Quando depois soubemos que ela circulava nos altos escalões do governo, a ligação com os pombos se tornou mais clara. O plutocrata fora uma invenção.

Naquela época, contudo, estávamos mais interessados no que parecia ser sua afeição pelo sr. Mazappa. Percebemos menos sua crescente curiosidade pelo prisioneiro e pelos dois agentes (um dos quais ainda incógnito) que acompanhavam Niemeyer até a Inglaterra. "O prisioneiro é apenas minha bagagem", o sr. Giggs havia comentado com um grupo de admiradores no jantar, usando de falsa modéstia a fim de confirmar sua autoridade. Mas qual era a "bagagem" da srta. Lasqueti? Não sabíamos. Seria algo que eu poderia ter visto numa visita à sua cabine no começo da viagem, quando ela quis discutir minha relação com o Barão? Porque, se houve um momento incomum nos meus contatos com a srta. Lasqueti, isso ocorreu numa tarde em que ela me convidou a ir à sua cabine na hora do chá. Percorro assim a trilha quase esquecida rumo a uma tarde indelével. Surpreendo-me ao encontrar Emily com ela, como se a srta. Lasqueti a houvesse convidado a fim de discutir algo sério comigo. Sobre a mesa, chá e biscoitos. Emily e eu nos sentamos nas únicas duas cadeiras da cabine, enquanto a srta. Lasqueti se posiciona ao pé da cama, inclinando-se para a frente. A cabine é bem maior que a minha, cheia de objetos incomuns. Ao lado dela há um pesado tapete, que depois me disseram ser uma tapeçaria.

"Eu estava contando a Emily que meu primeiro nome é Perinetta. Acho que é um tipo de pera que dá na Holanda." Ela murmura o nome de novo, como se não fosse muito usado a seu redor. Começa então a falar. Sobre sua juventude, seu amor pelas línguas, como se meteu em enrascadas no início, "até que aconteceu uma coisa que me salvou". Quando Emily pergunta o que foi, ela responde: "Conto isso outro dia".

Quando olho para trás, vejo que essa descrição que ela fez de seu passado pretendia introduzir a advertência sobre meu envolvimento com o Barão, de que ela ficou a par não sei como. A seu lado, a expressão séria de Emily e seu balançar constante de cabeça enfatizam a importância do encontro. Porém mal estou ouvindo. Minha atenção foi atraída por outro rosto num canto do camarote. Pertence a uma estátua, semelhante a um manequim, em cujos ombros e braços nus estão penduradas algumas roupas da srta. Lasqueti. Enquanto ela continua a falar, noto uma cicatriz na barriga de alabastro que parece ter sido desenhada ou pintada recentemente. Mas é o rosto que me observa, de frente, como se não tivesse nenhuma defesa, como se fosse uma versão mais jovem e menos controlada da srta. Lasqueti, mas obviamente com um ferimento. Ao escrever isso agora, vem-me à cabeça que poderia ser a estátua de um bodisatva. Mas não sei ao certo, com aquele rosto de aspecto leigo, aberto… A srta. Lasqueti continuou a falar. E, se não foi nela que fixei meu olhar naquela tarde enquanto discorria sobre minha conexão com o Barão, é porque fui capturado por aquele outro olhar de compreensão. Talvez a srta. Lasqueti tivesse se posicionado de propósito na cama a fim de que a estátua ficasse me encarando por trás dela.

Depois, quando estávamos saindo, ela me levou para ver o que havia me preocupado, levantando o tecido quase transparente que cobria o corte na carne.

"Está vendo isto? Com o tempo você aprende a superar essas coisas. Aprende a mudar sua vida."

A frase nada significou para mim, mas ainda me lembro das palavras. E por um instante vi o ferimento realista de perto antes que o tecido voltasse a cobri-lo. Tudo era perfeitamente visível.

A srta. Lasqueti tinha uma autoridade de que eu não havia suspeitado. Pensando sobre isso agora, creio que ela deve ter persuadido o Barão a deixar o navio em Porto Said, ameaçando desmascará-lo caso continuasse a bordo. Certa noite eu ou Cassius caminhava na direção dela, quando houve um momento tão alucinatório que realmente poderia ter ocorrido num sonho. No lusco-fusco, um de nós dois a viu limpar, com a ponta da blusa, o que parecia ser uma pequena pistola. Isso não chegou a fazer parte definitiva de nosso retrato dela. Como crianças, imaginávamos e aceitávamos todo tipo de coisas. Não sabíamos que ela gostava de nós. Ela passou algumas tardes na companhia de Cassius, que passara a se interessar pelo caderno de desenhos dela. Era fácil conversar com a srta. Lasqueti.

Houve outro episódio que nossa mente associou com aquela possível pistola. Numa tarde que Cassius passou com a srta. Lasqueti, ela lhe emprestou uma caneta-tinteiro. Ele se esqueceu inteiramente disso até achá-la no bolso da calça depois do jantar. Encontrou a srta. Lasqueti sentada a uma mesa conversando animadamente com alguém, a bolsa posta sobre a cadeira ao lado. Quando ele se inclinou para lhe devolver a caneta-tinteiro sem perturbar a conversa, o braço dela, como uma cobra ao dar o bote, avançou sobre a mão de Cassius e pegou a caneta. Ela nem virara a cabeça para olhar para ele. "Obrigada, Cassius, já peguei", ela disse, continuando a conversa.

Para nós, isso foi uma prova adicional.

Apesar de todas as suas opiniões, ela nunca pareceu dogmática. Creio que a única pessoa que a aborrecia sistematicamente era o sr. Giggs, e isso porque o achava vaidoso. Disse que ele sempre falava de sua habilidade como atirador, que só acertava na mosca. A revelação de que a srta. Lasqueti também era uma boa atiradora só veio muito mais tarde, ao descobrirmos a fotografia de uma jovem chamada Perinetta Lasqueti se afastando de um alvo com um resultado perfeito no Torneio de Bisley. Ela estava rindo na companhia do herói de guerra polonês Juliusz Grusza, que posteriormente representou a Inglaterra nos Jogos do Império na categoria pistola de tiro rápido na distância de cinquenta metros. A proeza da srta. Lasqueti foi mencionada no artigo sobre Grusza, embora boa parte do espaço tivesse sido dedicada ao possível romance do casal que aparecia na fotografia. Ela usava um paletó quadriculado e seu cabelo louro brilhava ao sol, o que nos dava uma visão alternativa da solteirona pálida que desenhava no *Oronsay* e vez por outra atirava um livro por cima da amurada.

Foi Ramadhin quem descobriu, num velho exemplar do *The Illustrated London News*, o artigo e a fotografia, quando morávamos na Inglaterra. Nós dois estávamos à toa na biblioteca pública de Croydon e não teríamos reconhecido a srta. Lasqueti se o nome dela não constasse da legenda. Na época em que vimos o artigo, Juliusz Grusza se tornara uma celebridade nacional como medalhista olímpico, tendo influência nas altas esferas do governo, onde a srta. Lasqueti supostamente mantinha bons relacionamentos. Se soubéssemos como entrar em contato com Cassius, teríamos feito uma cópia daquele perfil pré-olímpico e enviado a ele.

A nossos olhos, ela não era uma mulher bonita. Se a achávamos atraente, isso se devia a vários aspectos dela que íamos descobrindo. A timidez a fizera distante no início. Depois, foi como encontrar um caixote com uma ninhada de pequenas raposas numa feira rural. O nome Lasqueti parecia vir de alguma linhagem do continente europeu, mas ela convivia confortavelmente com aquela subespécie da aristocracia inglesa que ama a jardinagem.

Sem dúvida ela conhecia a diversidade social da Inglaterra. Por exemplo, ficamos surpresos na mesa da ralé quando ela nos contou, durante uma conversa sobre caminhantes, que alguns deles (um dos quais era seu primo de segundo grau) usavam apenas meias e botas ao saírem para suas marchas de longa distância no campo, levando nos ombros apenas uma mochila. Totalmente nus, cruzavam florestas, campos abertos e riachos repletos de salmões. Ignoravam as pessoas que encontravam no caminho, como se fossem invisíveis, e esperavam que os outros os tratassem de igual maneira. Ao se aproximarem de alguma aldeia no fim do dia, vestiam-se nas imediações, entravam numa hospedaria, faziam uma refeição solitária e ocupavam um quarto durante a noite.

Essa informação de forte apelo visual da srta. Lasqueti fez a mesa silenciar. Os comensais eram, na maioria, asiáticos com boa bagagem literária, incapazes de conciliar a imagem da vida inglesa derivada dos livros de Jane Austen e Agatha Christie com aqueles andarilhos nus. A ousada e inesperada historinha foi o que primeiro contribuiu para modificar a impressão inicial que ela nos dera de ser um papel de parede desbotado. O silêncio só foi quebrado quando o sr. Mazappa voltou bruscamente o assunto para os rostos inexplicáveis das madonas, de que ela falara mais cedo.

"O problema com todas essas madonas", disse, "é que há uma criança a ser alimentada, e as mães estão oferecendo seios que mais parecem bexigas inchadas. Não admira que os bebês tenham a cara de adultos contrariados. Só vi uma imagem em que a criança dá a impressão de estar sendo bem alimentada e de ter interesse no leite que está bebendo. Fica em La Granja, o palácio de verão perto de Segóvia, numa pequena tapeçaria, e a Madona não está contemplando o futuro. Olha atentamente para o Cristo, que se delicia com seu peito."

"O senhor fala como se entendesse de amamentação", disse alguém. "Tem filhos?"

Uma pausa mínima, e Mazappa respondeu: "Claro que sim".

"Fico muito satisfeita em saber que o senhor gosta de tapeçarias", disse a srta. Lasqueti, rompendo o novo silêncio que se seguira àquela informação. O sr. Mazappa nada acrescentou. Nem quantos filhos tinha nem seus nomes. "Me pergunto quem teria feito a tapeçaria. Talvez uma mulher, na tradição mudéjar. Quer dizer, se foi feita no século XV. Vou procurar saber quando chegar a Londres. Trabalhei por algum tempo com um cavalheiro que colecionava esse tipo de coisas. Ele tinha bom gosto, mas era muito duro, embora me tenha ensinado a apreciar a arte da tecelagem. É surpreendente aprender essas coisas com um homem."

Entesouramos tais revelações. Quem seria o cavalheiro durão? E o primo em segundo grau que gostava de caminhar? Nossa solteirona, aparentemente, conhecia mais do que a vida dos pombos e de como desenhar.

*

Anos atrás, na minha vida atual, recebi um pacote enviado de Whitland, no Carmarthenshire, repassado por meu editor inglês. Continha várias fotocópias coloridas de desenhos e uma carta de Perinetta Lasqueti. A carta havia sido escrita depois que ela me ouvira falar sobre o tema "Juventude" no programa internacional da BBC, durante o qual eu mencionara de passagem minha viagem de navio para a Inglaterra.

Olhei primeiro os desenhos. Vi minha figura magricela de menino, um esboço de Cassius fumando, um belo retrato de Emily usando um boné azul. Emily, que desde então desaparecera de minha vida. Aos poucos, comecei a reconhecer outros rostos, como o do comissário de bordo e o do sr. Nevil, bem como lugares enterrados bem fundo no passado — a tela de cinema na popa do navio, o piano no salão de baile com uma figura indistinta sentada diante dele, marinheiros num treinamento contra incêndios, coisas assim. Todos os desenhos mostravam nossa viagem de navio em 1954, de Colombo para Tilbury.

Whitland,
Carmarthenshire

Caro Michael,

Desculpe, por favor, a informalidade, mas o conheci — ah, muitos anos atrás! — quando você era menino. Outro dia o ouvi no rádio e, ao ser mencionada sua vinda para a Inglaterra no Oronsay, *prestei mais atenção no que estava sendo dito, porque eu também viajei nesse navio em 1954. Assim, continuei ouvindo, mas ainda sem saber* quem *você era. Não conseguia associar a voz no rádio e sua carreira com nenhum passageiro, até que você se referiu a seu apelido, "Mynah". Então me lembrei dos três meninos, especialmente de Cassius, que estava sempre observando tudo. E me lembrei de Emily.*

Certa tarde, convidei você e Emily à *minha cabine na hora do chá. Não imagino que você se recorde disso, nem vejo por que deveria se recordar. Eu tinha curiosidade com relação a todos vocês. Acho que minha ligação com o governo me tornou curiosa. Não acontecia muita coisa na viagem marítima, exceto as complicações em que vocês se metiam o tempo todo... Mas deixe que eu explique a razão desta carta, além de lhe enviar uma saudação calorosa.*

Faz tempo desejo entrar em contato com Emily. Penso nela com frequência porque há uma coisa que eu quis lhe dizer durante aquela viagem e não disse. Naquela tarde só pensei em afastar você das garras do Barão, mas era Emily que eu devia ter tentado salvar. Eu a tinha visto com o sujeito da trupe Jankla algumas vezes, e seu relacionamento com ele me parecia muito perigoso. Ha-

via também algo que eu me prometera dar a ela e que lhe podia ser útil, que podia ajudá-la de fato, mas também nunca fiz isso. Não era muito apropriado. Tratava-se, digamos assim, de uma verdade futura, embora fosse uma história antiga, da minha juventude. Por isso, junto a este pacote a carta original, a ser remetida para sua prima. Não conheço bem Emily, porém ela me impressionou como alguém generoso, mas que necessitava de proteção. Ficaria grata se você encaminhasse o pacote a ela.

Tirei cópias de alguns desenhos feitos durante a viagem, talvez você os aprecie.

Afetuosamente,
Perinetta

Era uma carta de duas páginas, mas o pacote que ela desejava que eu encaminhasse, com o nome de Emily nele, era bem grosso e estava ligeiramente amarelado pelo tempo.

Abri-o. Os escritores não têm um pingo de vergonha. Mas, me apresso a dizer, não via Emily fazia anos nem tinha ideia de seu paradeiro. A última vez que havíamos conversado foi quando ela se casou com um homem chamado Desmond, pouco antes de irem para o exterior. Não lembrava nem mesmo para qual país. Após uma breve hesitação, abri o pacote de Emily e comecei a ler as numerosas páginas, escritas numa caligrafia miúda, como se para enfatizar a intimidade da carta. E, à medida que lia, entendi que ela tratava do incidente no passado da srta. Lasqueti a que ela se referira naquela tarde em que fui à sua cabine e lá encontrei Emily. À certa altura, Emily havia pedido que a srta. Lasqueti contasse o que tinha lhe acontecido na juventude que a tinha salvado, e ela respondera "Conto isso outro dia".

Passei uns tempos na Itália quando tinha uns vinte e poucos anos, para aprender o idioma. Eu tinha facilidade para línguas, e o italiano era a de que mais gostava. Alguém sugeriu que eu tentasse um emprego na Villa Ortensia, comprada por um casal de americanos ricos, Horace e Rose Johnson, que a estavam transformando num grande repositório de arte. Eles me entrevistaram duas vezes e por fim me contrataram como tradutora — tanto da correspondência quanto das pesquisas e dos catálogos. Eu ia de bicicleta todos os dias, trabalhava por seis horas na villa e voltava pedalando para o quartinho que alugara na cidade.

Os donos tinham um filho de sete anos, garoto doce e engraçado. Ele gostava de me ver chegar de bicicleta, afogueada, porque eu quase sempre estava atrasada. Ele ficava de pé junto ao portão de pedra no final da longa aleia margeada de ciprestes. Todos os dias, às nove horas ou um pouco mais tarde, após percorrer os quatrocentos metros de aleia, eu o encontrava acenando com os braços e fingindo consultar um relógio no seu pequeno pulso como se estivesse controlando minha chegada. Um dia percebi que ele não era o único a me observar chegando com meu longo cachecol verde no pescoço e uma mochila nas costas. Fora do campo de visão do menino, no prédio às suas costas, vi um vulto numa das janelas do segundo andar, o qual desapareceu quando alcancei o portão de pedra. Não pude distinguir quem era. No dia seguinte, vi de novo aquela figura fantasmagórica, e a cumprimentei com um aceno de mão. Depois disso, jamais voltei a vê-la.

O trabalho no instituto era intenso e difícil. Quadros, tapeçarias e esculturas chegavam sem parar, e tudo necessitava ser catalogado. Havia muito a fazer também nos jardins, que a sra. Johnson desejava recriar conforme a estrutura original dos Médici. Por isso, o movimento nos salões e terraços era enorme, com grandes discussões entre os jardineiros que tinham sido recrutados em mansões de toda a Europa, obrigando os tradutores a acorrerem a fim de ajudar a transmitir as opiniões e as irritações de uns e de outros.

Horace e Rose Johnson apareciam de vez em quando, como

deuses. Passavam por nossos escritórios, ou de repente partiam para Nápoles*, ou até para o* Extremo Oriente*. Suas visitas eram muito diferentes das que fazia Clive, o filho deles. Sua entrada se assemelhava a uma conchinha rolando por acaso, motivo pelo qual ele frequentemente já se encontrava no escritório fazia algum tempo quando notávamos sua presença. Certa vez, desci a escadaria da* Grande Rotunda *e o vi agachado, escovando a imagem de um cachorro em meio à folhagem que havia na parte inferior de uma das tapeçarias penduradas na parede. Chamava-se* Verdura com cachorro *e fora produzida em* Flandres *no século* XVI*. Eu adorava aquela tapeçaria, que aquecia e humanizava o vasto aposento circular. Seja como for, o garoto pegara uma escova de cachorros e a estava passando muito carinhosamente no pelo do cão de caça. Tratava-se de uma tapeçaria delicada, obra clássica do trabalho de tecelagem do interior dos Países Baixos.*

"Tome muito cuidado, Clive", eu disse. "É muito valiosa."

"Estou tomando", ele respondeu.

Era verão, e o menino não tinha um cachorro de verdade para brincar na villa, apesar do terreno imenso. Os pais estavam fora, um deles tentando chegar a Cartum, sabe-se lá por que ou atrás de qual objeto de arte. Achei que para o menino de sete anos a ausência do pai devia durar uma eternidade, e me perguntei o que aquela mansão significava para ele. Uma criança olha para uma paisagem ou um quadro e vê algo inteiramente diverso do que um pai vê. O garoto via um cachorro que não possuía. Isso era tudo.

A maior parte das tapeçarias na villa era simbólica, as religiosas sobrecarregadas de ícones e parábolas. As laicas (como a Verdura com cachorro*) eram versões do paraíso terrestre ou retratavam os êxtases ou os perigos do amor — representados em geral por cenas de caça. O cachorro na tapeçaria era na verdade um caçador de javalis. Outras peças mostravam um falcão num céu azul e sem nuvens — exemplo da "conquista" que faz parte do amor.*

Amor como assassinato, ou aniquilação da parte mais fraca. Mas, quando se viam aqueles trabalhos pendurados na Grande Rotunda ou nos aposentos frios e espaçosos, ficava claro que seu verdadeiro propósito consistia em trazer um jardim para dentro de uma casa de paredes de pedras nuas. Aquelas tapeçarias tinham sido tecidas nos sótãos frígidos de algum país nórdico — lugares onde talvez jamais terá existido um javali selvagem, uma pomba ou a vegetação luxuriante vista nelas. Faziam-se belas neste novo contexto. Tinham dignidade. As cores usadas eram discretas, cores de pano de fundo, de tal modo que uma linda florentina que se pusesse alguns passos à frente de uma dessas tapeçarias seria realçada por ela. Às vezes tinham a ver com temas políticos, com bens materiais ou status social. Exibiam o distintivo dos Médici — as cinco esferas vermelhas do sistema solar, assim como a azul, acrescentada depois que os Médici e os franceses uniram suas famílias.

"Essa arte transmite segurança, não é mesmo?"

Horace e eu estávamos na Sala Capone, cercados de seus murais, quando me dei conta de que ele estava falando comigo. Eu trabalhava lá fazia mais de um mês e ele nunca havia demonstrado notar minha presença. Estendeu a mão como se fosse arrancar um pássaro pintado do céu azul.

"Mas a arte nunca é segura. Esta é apenas uma pequena sala em toda uma vida." Para um homem que supostamente amava a arte, achei que ele a estava desprezando.

"Venha comigo." Pegou meu cotovelo com cuidado, com precisão, como se essa fosse a região anatômica socialmente passível de ser tocada, e assim possuída em parte. Caminhou comigo até chegarmos à Grande Rotunda, onde estava pendurada uma tapeçaria de cerca de vinte metros. Levantou uma ponta dela, a fim de que eu pudesse ver a parte de trás, onde as cores eram surpreendentemente fortes e brilhantes.

"É aqui que está o poder, compreende? Sempre. Na parte oculta."

Afastou-se da tapeçaria em direção ao centro do salão circular, sabendo que sua voz alcançaria todo o seu perímetro, assim como o teto distante.

"Provavelmente, mais de cem mulheres trabalharam nessa tapeçaria por um ano. Brigaram pela chance de trabalhar nela. É o que as alimentava, as mantinha vivas no ano de 1530 durante um inverno em Flandres. Isso *é o que transmite verdade e profundidade a esta cena sentimental."*

Aguardou em silêncio até que eu me aproximasse dele.

"Portanto, me diga, Perinetta — é Perinetta, não? —, quem fez isso? Cem mulheres de mãos frias e rachadas? O homem que concebeu a cena? Quem fez isso foi simplesmente um ano e um lugar — num tempo em que a única maneira de identificar um artista era pelo lugar de onde ele vinha ou por onde terminava por trabalhar. As cidades assumem a autoria de metade da grande arte europeia. Veja aqui — a marca da cidade de Oudenaarde. Mas, naturalmente, também cabe considerar qual dos Médici adquiriu a peça por um preço pelo qual seria possível comprar um pequeno país, trazendo-a para a Itália sob a proteção de guardas e malfeitores por mais de mil e quinhentos quilômetros..."

Ouvindo-o falar assim, eu podia escorregar facilmente para dentro de seu bolso. Eu era muito jovem na primeira vez em que ele falou comigo. Com o poder que deriva do dinheiro e do conhecimento, os homens se apossam do universo. Arrogam-se um saber fácil. Mas esse tipo de gente fecha as portas para você. Em tal universo há códigos, quartos em que você não pode entrar. Na vida cotidiana deles, existe sempre um copo cheio de sangue em algum lugar. Ele tinha consciência disso. Horace Johnson conhecia o tipo de animal que cavalgava. Esse conhecimento vem acompanhado de brutalidade. Eu não sabia disso então. Não naquela tarde, quando ele me conduziu à Grande Rotunda me pegando apenas pelo cotovelo e, com a mesma mão, levantou a ponta da tapeçaria, como se fosse a saia de uma criada, a fim de revelar a resplandecente parte de baixo.

Continuei a viver naquele mundo durante quase um ano, e por fim descobri que não controlava nenhum dos caminhos que pensei haver escolhido livremente. Desconhecia os alçapões e os fossos que cercam os ricos. Não sabia que um homem como Horace tratava aqueles a quem amava e os que desejava ter por perto do mesmo modo que devia tratar seus inimigos, colocando-os numa posição em que não tinham oportunidade de retaliar.

Em Siena, se você for à esquina da via Del Moro com a via Sallustio Bandini, basta olhar para cima e verá os versos de Dante sobre o Purgatório:

"Este é Provenzan Salvani", ele respondeu,
"e aqui está porque teve a ambição de empolgar
em suas mãos toda a cidade de Siena."

E, no alto da via Vallerozzi, onde ela se encontra com a via Montanini, você descobre, gravado na pedra amarela:

Eu não era sábia muito embora de Sapia
Me chamassem, pois me sentia bem mais feliz com o infortúnio
Dos outros do que com minha própria boa sorte.

Nos grandes centros de poder, é bom saber, a competição não se baseia tanto em ganhar, mas em impedir que seu inimigo alcance o que ele ou ela realmente deseja.

Houve um baile à fantasia no Natal para os funcionários

durante o qual, de repente, reparei que ele circulava ao meu redor no pátio quase deserto. Eu tinha me fantasiado de Marcel Proust, com o cabelo louro escondido, um bigodinho falso e vestindo uma capa. Será que isso o interessou? Terá permitido um disfarce para suas intenções?

Perguntou se podia buscar alguma coisa para mim. "Nada", respondi.

"Você quer dançar nas grandes cidades da Europa?"

Dei uma risada. "Já tenho meu quartinho forrado de cortiça", eu disse, "provavelmente é o bastante."

"Está bem. Então deixe-me pintá-la. Como está agora. Alguém já fez o seu retrato?"

Respondi que não.

"Você pode usar aquele cachecol verde."

E assim tudo começou, eu penetrando na consciência dele vestida como homem. E devo lhe dizer que talvez esse retrato meu ainda esteja num dos porões da villa. Na pintura, provavelmente ainda inacabada, estou vestida, mas depois de haver tido relações sexuais com ele. Apesar disso, mantenho uma expressão afetadamente modesta, como uma herdeira de província tímida e desajeitada ou a filha inocente de um amigo.

Obviamente, era ele o vulto na janela do andar de cima que observava minha chegada de bicicleta todas as manhãs. Não se apressara em se aproximar. E continuava em câmera lenta. Entremeava a pintura com conversas infindáveis: seu conhecimento dos pigmentos, a coreografia de um mural, as virtudes do alabastro. E eu, hesitante no começo do relacionamento, usei durante os primeiros dias meu bigodinho de Proust, de modo que, chegando ao estúdio, ele era obrigado a me abraçar e me beijar com o bigode de permeio. Usei-o por algum tempo na companhia dele, esquecendo de sua existência enquanto conversávamos e eu lhe contava histórias de minha juventude. Eu transmitia as informações sonolentamente, mas ele as recebia com grande curiosidade.

Ele era sábio além de inteligente. Fez com que eu me tornasse sua amiga. Era mais velho, e as habilidades mais antigas são diferentes, aparentemente mais bondosas. E eu nunca havia tido um amante mais jovem com quem compará-lo — na verdade, ele era meu primeiro amante. Tudo ocorreu numa sucessão de marés cheias e vazantes, compostas tanto de conversações quanto de revelações físicas. A retirada do cachecol verde de meu pescoço quando entrava no estúdio, até certa tarde, num dia quentíssimo de agosto, em que ele propôs algo mais. Um pequeno passo. Ou talvez tivesse sido o encantamento de suas palavras, meu aprendizado. Descobri como dobrar minhas costas nuas e encostá-las nele, a ir além do que de início parecia apenas doloroso, quando até isso veio a se tornar um hábito de nossos desejos.

Obviamente, sei que há uma tradição em tudo isso. Mas para mim, na época, era um território surpreendente, delirante, chocante, cheio de gostos a serem aceitos e desfrutados. Depois eu circulava naquele estúdio bem mobiliado, minha pele, meu "pigmento", recebendo o ar que entrava pelas gelosias abertas. Só de meias, andava pela sala e roçava com a sombra de minha mão aqueles desenhos recatados que ele havia feito de mim. Frequentemente, me sentia como se estivesse sozinha no estúdio, como se ele não estivesse ali observando e absorvendo minha presença — algo desembrulhado pela primeira vez naquele aposento. Eu me esponjava naquela mistura de conhecimento e de desejo. O peso de seu braço, meus sons contra os sons de meu amante, quão pouca luz era necessário cair sobre o ombro de alguém numa pintura a fim de sugerir tristeza ou dissimulação, como a taça de Caravaggio estava próxima da beira da mesa a fim de sugerir a tensão da queda.

Li a carta de Perinetta Lasqueti à tarde, capturando a chama de outros tempos, os detalhes de um passado ainda ardente na memória dela. Era uma carta tão intensa e privada, num tom tão diferente do que eu esperava, que dava a impressão de ser dirigida a um leitor imaginado.

Então me tornei mais madura, no estúdio dele na via Panicale, onde os sinos da cidade soavam como um chamado à ordem durante nossa hora ilícita. Ele observava eu me debruçar sobre seu corpo. Olhava por cima de meu ombro quando eu folheava um de seus pesados livros de arte. Levantando os olhos, eu nos via no espelho, lembrando um momento similar em que o filho dele, sentado num grande sofá na sala Capone, estava lendo enquanto Horace — dessa vez, como um verdadeiro pai — o olhava de cima. Estávamos na mesma situação, eu e aquele menino, sob o controle do pai.

Naquele dia no Oronsay, *por que a convidei a ir até minha cabine juntamente com seu jovem primo? Durante a viagem, eu a tinha observado e temia que você pudesse estar sendo envolvida em determinada situação. Eu sabia como isso era fácil de acontecer e para onde você estava indo. Mas não tinha certeza. Em vez disso, alertei seu primo sobre o Barão. Naquela tarde, o que eu não percebi inteiramente, ou não sabia, era que a pessoa de fato em perigo era você. Eu havia decidido proteger a criança errada. Por que me enganei?*

Vejo meu tempo em Florença através de um vidro defeituoso, que confunde o prazer daqueles dias com a ironia. Depois de fazer amor com ele nas várias maneiras de que ele gostava, eu o contemplava. O losango de luz do sol caía da parede do lado leste sobre seu corpo e iluminava todos os pelos que eu nunca vira num homem, tal qual um sátiro, me fazendo sentir que eu coabitava com um ser de outra espécie, habitante das florestas. O cachecol verde repousava sobre meus ombros ingleses enquanto eu caminhava em meio ao cheiro das tintas e ao de castanha do sexo recém-terminado. Eu pensava que era amada porque estava sendo transformada.

Vez por outra, ele trazia alguma obra, uma gravura japonesa ou o desenho de um grande mestre que comprara por uma fortuna. Tomava meu dedo indicador, que meia hora antes havia desempenhado um íntimo papel amoroso, e o guiava sobre o contorno de um vaso, de uma ponte ou das costas de um gato — relembro ainda muito especificamente o desenho do colo de uma mulher, com as mãos segurando um gato que busca se desvencilhar. Usando meu dedo, ele tracejou as linhas como se as criasse, sua tentativa de desafiar a imortalidade.

Horace perguntou o que eu fazia quando não estava no trabalho, e tive de descrever o quartinho que ele não visitaria. Mostrava-se curioso sobre o que eu fizera antes, sobre o que mais me excitava. Falei de um ensaio de namoro na escola... mas de fato já não me restava muita coisa para lhe dizer. Então, uma tarde recordei-me da cena comovente de Clive com a tapeçaria. Relatei o momento em que desci a escadaria circular da Grande Rotunda e o vi escovando cuidadosamente o pelo de um cachorro em meio à folhagem.

Horace não estava prestando muita atenção. No início deve ter pensado que eu descrevia um fato real, então se imobilizou e perguntou: "Que cachorro?".

A regra entre nós, regra dele, é que não haveria reconhecimentos nem repercussões fora do estúdio depois de nossas horas passadas lá. Se pedregulhos fossem jogados na água, eles deveriam afundar silenciosamente e sem gerar a menor ondinha. Na verdade, quando eu estava no trabalho, pouco o via. Tomava chá com outros empregados e almoçava no segundo terraço do jardim para que pudesse ter, acima de mim, a estátua irada e ameaçadora do Colossus. Eu gostava de ficar a sós, se possível lendo durante meu tempo livre. Numa quinta-feira, enquanto eu estava lá relaxando, ouvi uma respiração ofegante, alguém bem perto tentando chorar ou mesmo gritar, embora só conseguisse produzir aquele resfolegar agoniado e repetitivo. Levantei-me, fui atrás do som e descobri o menino. Seu pai devia tê-lo punido. Quando me viu, o sangue lhe subiu ao rosto e ele se afastou correndo, como se eu fosse culpada do que ele tinha sofrido. E, obviamente, era. Tratava-se da minha historinha pré-coito sobre ele e o cachorro.

Na tarde seguinte, discuti com Horace sua traição, gritando da forma que seu filho não tinha podido gritar. Eu não estava sem fôlego. Havia preparado minha raiva e tinha ido decidida a feri-lo como pudesse pelo que fizera com a criança. Vi o que ele era de fato, alguém cruel sob o disfarce de seu poder cortês e de sua autoridade. E sabia que ele se relacionaria desse jeito com as pessoas a vida toda, sem nada aprender. Quando entendi que minhas palavras não o feririam, levei o braço para trás e o lancei na direção dele, porém Horace agarrou meu pulso e o voltou contra mim. A tesoura que eu segurava perfurou a lateral do meu estômago com toda a força e todo o ódio com que eu havia tencionado atingi-lo. Ele sem dúvida alegaria que apenas havia desviado um gesto de raiva, de loucura. Eu estava dobrada em duas, a cabeça, o cabelo quase na altura dos tornozelos, a tesoura ainda enfiada em meu corpo. Calada. Imóvel, sobretudo me recusando a chorar. Igual ao menino. Horace tentou me erguer, eu travei as pernas. Precisava continuar dobrada, ser um alvo menor para ele. Suspeitava que ele até se excitara com o que tinha acontecido e, caso eu tivesse reagido de outra forma, com um choro impotente, agarrando-me a ele, nós teríamos tentado fazer amor de novo, quem sabe pela última vez, como se cristalizando o passado. Saberíamos então que tudo estava realmente acabado, pois ele jamais se teria permitido ficar numa posição de depender mais uma vez de alguém como eu, alguém que tinha aquela clara opinião a seu respeito.

"Deixe eu fazer um curativo."

E eu o imaginei desabotoando minha blusa para ver o fio

de sangue jorrar de minha barriga branca. Levantei-me devagar e saí do estúdio. Parei no hall pouco iluminado, suando em bicas. Olhei para baixo e arranquei a tesoura, e nesse instante a luz da minuteria se apagou e fiquei ainda mais só na escuridão. Lá permaneci por um minuto a mais, esperando algo. Mas ele não saiu do estúdio.

Nas últimas semanas, a Villa Ortensia vinha sendo preparada para uma celebração do solstício. Esperavam-se convidados das cidades vizinhas, bem como artistas, críticos, membros da família, cidadãos abastados de Florença e todos nós que trabalhávamos nos arquivos ou nos jardins. Era a ação anual que ele e a mulher promoviam para a comunidade, marcando o fim da estação. Nos meses quentes de verão que se seguiam, a família regressava aos Estados Unidos ou voltava a viajar, vasculhando os ducados russos. O calor do verão era desconfortável até nos aposentos altos e com paredes de pedra daquela villa, mesmo em seus jardins cheios de sombras.

O evento duraria dois dias, e eu, deitada na cama, me perguntava se deveria ou não aparecer. Eu feriria mais a ele ou a mim indo ou não indo? Eu cuidara da lesão numa pequena pia com água fria. Não foi um ato competente nem sábio, e a cicatriz me acompanharia para sempre. Os amantes que vim a ter a contemplavam e fingiam que ela era bonita ou irrelevante. E em seguida me mostravam as suas — nenhuma tão dramática quanto a minha.

Saí daquele hall às escuras para a via Panicale à procura de um farmacêutico. Lembro-me de encontrar um a quem descrevi o ferimento como "um corte profundo".

"É muito sério?", ele perguntou.

"Profundo", respondi. "Foi um acidente."

Ele me deu alguma coisa da família da sulfa, bem como ata-

duras, compressas e um líquido antisséptico, algo similar ao que fora usado na Guerra da Crimeia, certamente nada muito melhor. Não lhe disse que era para mim, embora devesse estar pálida e provavelmente cambaleante. Eu não tinha certeza de coisa nenhuma. Tudo o que me restava era meu domínio do italiano, e nisso me concentrei. Ele continuou falando, talvez querendo se certificar de que eu estava bem. Em dado momento olhei para baixo e vi uma grande mancha de sangue na minha saia.

Foi uma longa caminhada até meu quarto. Fiquei na cama aquela noite e a seguinte. Não tinha feito o curativo, simplesmente joguei os embrulhos no chão. Permaneci deitada, querendo pensar em tudo no escuro. O que eu acabara de viver. Se haveria um futuro para mim. Ele não fez parte da discussão. Suponho que foi então que me tornei quem eu sou.

No dia seguinte, mal podia me mexer. No entanto, me forcei a ficar de pé e me postar diante da pia, ladeada por um espelho longo e estreito. Arranquei a blusa e a saia, que tinham ficado grudadas ao meu corpo, até revelar o ferimento. Passei o unguento que o farmacêutico havia me dado e voltei para a cama, deixando a pele exposta ao ar. Tive muitos sonhos. E debates exacerbados comigo mesma. Levantei-me e olhei no espelho à luz da tarde. O sangramento cessara. Eu ia ficar boa. Não iria morrer por minhas próprias mãos. E iria à festa do solstício um dia depois. Não, não iria. Sim, iria.

Cheguei tarde, perdendo de propósito os discursos de boas-vindas. Caminhava devagar, a dor rasgando a lateral do meu corpo a cada passo. Mesmo assim, fui atrás da música de câmara, que vinha do pequeno palco do Teatrino, "o teatrinho", que ficava depois do segundo terraço. Eu sempre adorara aquele lugar, onde plateia e intérpretes ficavam no mesmo plano. Uma pianista e uma violoncelista tocavam sob as árvores iluminadas, pouco além de onde se encontravam os convidados. E no terceiro movimento, quando tudo se mesclou e a música varreu o jardim como um vento disciplinado que nos levava em seu bojo, de repente me senti feliz. Senti-me abrigada, como se usasse um manto de música.

Olhei ao redor — para famílias, funcionários, celebridades que recebiam aquela dádiva — e então vi Horace prestando atenção à música. Era como se a estivesse perscrutando. Tudo o mais parecia ter desaparecido para ele. Então me dei conta de que estava focado na violoncelista, uma mulher de todo imersa na técnica e no espírito de sua arte, e entendi que nada seria capaz de desprendê-lo daquela visão. De início supus que ela fosse sua presa sexual. Entretanto, fui obrigada a admitir que era algo mais. Horace poderia igualmente ter se interessado pela pianista, cujos dedos corriam, hábeis, ao lado da música do violoncelo e a carregavam como se não tivesse nenhum peso, um feito tanto de engenharia quanto de hipnotismo. A arte delas era essa habilidade compartilhada e fundada em pequenas arruelas e parafusos, resina e cordas, bem como um ritmo estudado. Tudo isso fincava na terra, de modo muito sensual, aquela violoncelista vestida de preto e em tudo comum. E me senti profundamente feliz que ela habitasse um reino onde Horace jamais poderia penetrar, malgrado todo o seu poder e riqueza. Ele poderia seduzi-la, contratá-la e brindá-la com sua inteligência. Poderia possuí-la como um objeto de colecionador e se exibir em volta dela, mas jamais atingiria o lugar onde ela se encontrava agora.

No final da última página, escrita anos antes, a srta. Lasqueti acrescentara uma nota:

Onde você anda, querida Emily? Envie-me, por favor, seu endereço ou me escreva. Redigi isto para lhe entregar durante nossa viagem no Oronsay porque, como disse, notei que você estava enfeitiçada por alguém como eu estive na juventude. E imaginei que poderia salvá-la. Vi você com Sunil, da trupe Jankla, e tive a impressão de que estava se envolvendo em alguma coisa perigosa.

Mas nunca lhe entreguei. Temi que... sei lá. Tenho pensado em você todos esses anos. Se você se libertou. Sei que, durante certo tempo, fiquei deprimida e amarga, até que escapei desse estado de espírito circular. "Sinta o desespero quando jovem, e nunca olhe para trás", disse um irlandês. E foi o que fiz.

Escreva para mim,
Perinetta

Dois anos após receber essa correspondência da srta. Lasqueti, eu passava alguns dias na Colúmbia Britânica quando recebi um telefonema no meu quarto de hotel. Era quase uma da manhã.

"Michael? É Emily."

Houve uma longa pausa até que lhe perguntei onde ela estava. Esperava que mencionasse algum fuso horário distante, uma cidade europeia onde já fosse manhã. Mas ela disse estar a poucos quilômetros de distância, numa das ilhas do Golfo. Obviamente, também era uma hora da madrugada onde se encontrava. Havia tentado vários hotéis, ela disse.

"Você pode dar uma escapada? Vi o artigo sobre você no *Georgia Straight*. Pode vir me ver?"

"Quando?"

"Amanhã?"

Concordei, anotei as instruções e, depois que ela desligou, lá fiquei eu no décimo andar do Hotel Vancouver, incapaz de dormir. "Pegue a barca na Horseshoe Bay até Bowen Island. A barca das duas e meia. Te espero lá."

Segui suas indicações. Não a via por quinze anos.

Ouvido por acaso

Estávamos ainda no Mediterrâneo, a dias de distância da Inglaterra. A trupe Jankla ofereceu um espetáculo vespertino e, durante o bis, os passageiros foram convidados a se juntarem aos artistas no palco improvisado. Um deles era Emily. Em breve, Sunil começou a fazê-la girar até que ela ficou na horizontal, parecendo que ia escapar de suas mãos.

Os outros voluntários, juntamente com Emily, foram então persuadidos a se transformar na última camada de uma pirâmide humana, que, uma vez montada, começou a se mover lentamente ao longo do convés como uma criatura com muitos braços. Chegando à amurada, os acrobatas que formavam a base da pirâmide começaram a se balançar para a frente e para trás, aterrorizando os voluntários no topo, que começaram a gritar de medo ou com uma estranha alegria que tinham descoberto dentro de si. Aquele singular edifício de seres humanos, alguns dos quais ainda gritando, fez um giro vagaroso e rumou de volta para onde estávamos. Entre os voluntários, só Emily permanecia calma e orgulhosa de seu desempenho. Quando todos desceram, ela recebeu um pequeno prêmio. Ouviu-se uma fanfarra e ela foi posta nos ombros de um dos membros da trupe. Aqueles da mesa da ralé que lá estavam, além do sr. Daniels, do sr. Gunesekera e de nós três, aplaudiram calorosamente. Sunil, à vontade sobre os ombros de outro homem, se aproximou dela e pôs um bracelete prateado no pulso de Emily. Ela fez uma careta de dor quando o fecho cortou sua pele, seguindo-se um momento de mal-estar quando seus joelhos fraquejaram. Vi uma linha de sangue em seu braço avançando aos poucos. Sunil apoiou-a com uma das mãos e encostou a palma da outra em sua testa a fim de acalmá-la. Ambos foram postos no chão e Sunil passou algum tipo de pomada sobre o corte no pulso, após o que Emily levantou corajosamente o braço para todos verem o bracelete, ou o que quer que fosse, em seu antebraço. Esse espetáculo da trupe Jankla ocorreu no fim da tarde e, quando terminou, a maior parte dos passageiros foi para suas cabines a fim de descansar ou de se preparar para a refeição da noite.

Horas depois, Cassius e eu estávamos dentro do mesmo bote salva-vidas onde nos havíamos escondido duas noites antes, quando soubemos que Emily deveria se encontrar ali com alguém. Ficamos sentados no escuro e ouvimos uma conversa hesitante entre Emily e um homem que se juntou a ela e que mais tarde se identificou como Lucius Perera. O agente secreto Perera, o investigador de polícia Perera, estava conversando com minha prima Emily e por alguma razão revelando sua identidade!

"Não imaginei que fosse *você*", Emily disse.

Repassei todas as vozes que ouvira durante a viagem. Tinha certeza de que jamais escutara a voz daquele homem. A conversa parecia sem propósito até que Emily perguntou sobre a situação do prisioneiro. Perera respondeu com impaciência, fazendo pouco das preocupações dela. Indagou repetidamente se ela ao menos sabia que crimes ele cometera.

Ouvimos Emily se afastar.

O sr. Perera lá permaneceu, bem debaixo de nós, caminhando de um lado para o outro. Tratava-se de um alto funcionário da polícia de Colombo, e estávamos praticamente sobre ele, tão perto que podíamos ouvir o fósforo ser riscado e aceso antes de ser levado ao cigarro.

Emily então voltou. "Desculpe", disse. Só isso. E prosseguiram a conversa.

Quando Emily falou no início, deu a impressão de estar cansada, entorpecida, apesar de sua curiosidade sobre a situação de Niemeyer. Diante da impaciência de Perera, ela se afastara. Não quis continuar a conversa, como eu já a vira fazer no passado — havia uma barreira que definitivamente não se podia ultrapassar no caso de Emily. Era intrépida e amável, porém também podia se fechar e lhe dar as costas num instante. Entretanto, por algum motivo, havia agora recomeçado a conversa com Perera. Mera cortesia? Sua amabilidade me soou falsa. Recordei-me da observação de Sunil sobre o homem que ela encontraria: "*Ele vai estar maluco por você*". E então, como se Perera atendesse a meus pensamentos, ele deve ter feito algum avanço ou a tocado, porque ela disse: "Não, *não*", soltando um pequeno grito.

"Este é o bracelete que você ganhou hoje, não é?", ele murmurou. "Deixe-me ver sua mão..." A voz dele era severa, como se buscasse uma informação que só ele conhecesse. "Me dê sua mão."

Parecia que estávamos escutando um rádio no escuro. "Isto é...", o ouvimos dizer. Sons de luta. Algo estava acontecendo. Ninguém falava mais nada. Ouvi um arquejo bem junto ao casco de nosso bote, e alguém tombou no chão. Uma voz feminina sussurrava.

Cassius e eu não nos movíamos. Não sei por quanto tempo permanecemos assim. Foi por muito tempo, até que os sussurros terminaram e se fez silêncio. Descemos do bote. Um corpo jazia no chão, pude ver a mão do homem agarrando o pescoço como se quisesse reter o jorro de sangue. Devia ser o sr. Perera. Começamos a caminhar para ele, mas o corpo estremeceu. Ficamos paralisados por alguns segundos e depois disparamos rumo à escuridão.

Cheguei à minha cabine e me sentei no beliche superior, olhando para a porta, sem saber o que fazer. Cassius e eu não tínhamos nos falado, nem uma só palavra. Simplesmente corremos. A única pessoa com quem eu normalmente falaria era Emily, porém isso se tornara impossível. Ela devia ter uma faca, pensei. Talvez tivesse se afastado dele para pegar uma faca. Meus pensamentos entraram em pane e fiquei apenas olhando para a porta. Ela se abriu e Hastie entrou com Invernio, Tolroy e Babstock, enquanto, deitado na cama, eu fingia estar dormindo e os ouvia falar baixinho antes de começarem a partida.

Sentei-me no chão da cabine de Ramadhin junto com Cassius. Era cedo ainda, e nós dois sabíamos que era necessário conversar com Ramadhin sobre o que havíamos visto, porque ele era sempre o mais calmo, o que enxergava com mais clareza o que precisava ser feito. Contamos o que tínhamos ouvido, o fato de Emily se afastar e voltar, a cena com o sr. Perera e depois o corpo, as mãos apertando o pescoço cortado. Nosso amigo ficou sentado sem dizer nada, sem nos dar nenhum conselho. Ele também estava pasmo. Permanecemos em silêncio, como havia ocorrido depois do incidente com o cachorro e Hector de Silva.

Por fim, Ramadhin disse: “É claro que você precisa falar com ela”.

Mas eu já tinha ido procurar Emily. Ela mal conseguiu chegar à porta para me deixar entrar e, instantes depois, sentada numa cadeira, voltou a dormir, o corpo esparramado diante de mim. Inclinei-me para a frente e a sacudi. Ela fora sufocada a noite inteira por sonhos estranhos, disse. Talvez tivesse sido envenenada com algo comido no jantar.

"Todos nós comemos a mesma coisa", eu disse, "e ninguém ficou envenenado."

"Pode me dar alguma coisa? Água..."

Dei-lhe um copo de água, que ela manteve no colo.

"Você estava perto dos botes salva-vidas, não se lembra?"

"Quando? Deixe-me dormir, Michael."

Sacudi-a de novo.

"Você não se lembra de que ontem à noite esteve no convés?"

"Eu estava aqui, não estava?"

Mexeu-se na cadeira.

"Acho que você fez alguma coisa. Não se lembra? Lembra do sr. Perera?"

Ela se aprumou com dificuldade e me encarou.

"Já se sabe quem é ele?"

Cassius e eu fomos até o lugar onde havíamos visto o corpo do sr. Perera. De cócoras, procuramos algum vestígio de sangue, mas o convés estava impecavelmente limpo.

Voltei à minha cabine e lá fiquei o dia todo. Nós três havíamos decidido nos separar. Como o sr. Hastie guardava algumas frutas num armário para serem consumidas durante as partidas, me servi delas a fim de evitar o almoço na mesa da ralé.

Eu não estava certo de que aquilo que tinha visto era o que pensava ter visto. Não tinha com quem conversar. Se falasse com o sr. Daniels ou com a srta. Lasqueti, isso significaria delatar as ações de Emily. Meu tio era juiz, pensei. Talvez ele pudesse salvar Emily. Ou poderíamos salvá-la se ficássemos calados. A certa altura da tarde, fui sozinho até o convés C e, ao voltar à cabine, examinei meu mapa a fim de ver quanto faltava para chegarmos à Inglaterra. Em algum momento devo ter dormido.

Ouvi o sino que chamava para o jantar e, logo depois, as batidas em código de Ramadhin na porta da cabine. Subimos junto com Cassius; a refeição foi servida na área externa, em mesas de armar, e comemos num canto onde podíamos ficar a sós. Ao sairmos, Cassius levou um copo cheio até a borda do que acreditava ser conhaque. No convés de passeio, encontramos um lugar tranquilo e, apesar de algumas chuvaradas, lá ficamos bebendo o conteúdo do copo de Cassius como se estivéssemos nos envenenando.

O horizonte estava enevoado, não se via nada. Entretanto, como não chovia mais, havia uma chance de que o passeio do prisioneiro não fosse cancelado. Sua aparição representaria para nós três uma modesta retomada da normalidade. Por isso, continuamos no convés deserto enquanto as trevas se adensavam.

O vigia noturno passou em sua ronda, parando junto à amurada para observar as ondas que quebravam no navio, e depois seguiu em frente. Após algum tempo, o prisioneiro foi trazido para fora.

Como só havia duas luzes acesas naquela seção do convés, nós estávamos invisíveis. Dois guardas o ladeavam. As mãos ainda estavam algemadas e, à medida que ele avançava, a corrente presa aos pés era arrastada ruidosamente no chão. Então ele parou e os guardas prenderam a corrente mais pesada a seu pescoço. Isso foi feito num local escuro, na base do tato e seguindo uma rotina. Ouvimos quando ele disse bem baixinho: "*Agora abre*", e tivemos de olhar com mais atenção para entender que ele estava segurando o pescoço do guarda num ângulo estranho. O prisioneiro se abaixou, levando o guarda com ele, e rolou de lado a fim de que o outro abrisse a corrente ligada à coleira de metal em volta de seu pescoço. Tão logo isso foi feito, ele balançou a cabeça agora livre.

"*Jogue a chave da corrente dos* pés." Ele agora se dirigia ao outro guarda. Devia saber que cada um tinha um conjunto diferente de chaves. Mais uma vez falou em voz baixa, o que conferia poder àquele homem impotente.

"A *chave, senão torço o pescoço dele*."

O guarda dominado não se moveu, talvez já inconsciente, e Niemeyer torceu o corpo. Ouviu-se um gemido. Mas não veio do homem, e sim da menina surda, sua filha, que surgiu das sombras. As nuvens passavam velozes na frente da lua, havendo assim mais luz refletida no convés. O horizonte clareara. Se o prisioneiro tinha a esperança de fugir no escuro, isso já não seria possível.

A garota chegou mais perto, se curvou sobre o guarda imóvel, olhou para seu pai e balançou a cabeça. Em seguida falou para o outro guarda, naquela voz difícil e pouco usada. *"Dê-lhe as chaves. Para os pés. Por favor. Ele vai matá-lo."* O segundo guarda se inclinou na direção de Niemeyer com a chave, ela e o prisioneiro não se moveram enquanto ele lutava com a fechadura. Por fim, Niemeyer se levantou, os olhos faiscantes já mirando por cima da amurada. Até aquele momento, ele devia estar consciente apenas do espaço que lhe era concedido pela extensão das correntes, mas agora havia a possibilidade da fuga. Suas pernas estavam livres. Só as mãos continuavam presas, com o cadeado pendendo à sua frente. Nesse instante, o vigia noturno apareceu no convés, notou o que estava acontecendo e soprou o apito. De repente, tudo se pôs em movimento, o convés se enchendo de marinheiros, de outros guardas e passageiros. Niemeyer pegou a menina e correu, buscando uma saída. Parou na amurada da popa. Pensamos que iria saltar por cima dela, porém se voltou e olhou ao redor. Ninguém se aproximou dele. Saímos sub-repticiamente de nosso canto. Não havia razão para nos escondermos, para não observar tudo com clareza.

Durante alguns segundos todos permaneceram imóveis, com as luzes de Nápoles, ou talvez de Marselha, à distância. Niemeyer avançou junto com Asuntha, fazendo com que as pessoas recuassem e abrissem uma estreita passagem. Elas não gritavam, mas repetiam, como se reclamando de alguma coisa: "A *menina! Solte a menina! Deixe ela ir embora!*". No entanto, ninguém ousava bloquear o caminho ou conter aquele homem descalço e manietado na companhia de sua filha. E, durante todo esse tempo, a menina não gritou. Seu rosto continuou sendo a única coisa não emocional em meio à raiva crescente, apenas seus dois olhos grandes observando tudo enquanto Niemeyer seguia pelo túnel que lhe haviam aberto. "*Solte a menina!*"

Alguém então disparou uma pistola e todas as lâmpadas se acenderam no convés, na ponte acima de nós e nas janelas do restaurante, aquela luz abundante se derramando sobre a cena como um líquido no mar. Vimos claramente a menina empalidecida. Uma voz firme ordenou: "*Não lhe deem a última chave!*". E ouvi Ramadhin perto de mim dizer baixinho: "*Deem a chave a ele*", pois de repente ficou claro que o prisioneiro era um perigo para a menina, para todo mundo, caso não tivesse a chave que lhe faltava. Se o rosto da menina não tinha nenhuma expressão, o do prisioneiro exibia uma ferocidade que não havíamos percebido naquelas noites em que o víamos passear pelo convés. A cada movimento dele, o corredor se alargava para deixá-lo passar. Mas ele estava contido naquela liberdade limitada, não tinha para onde ir. Em seguida parou e tomou o rosto da menina nas mãos, trazendo-o para perto do dele. Voltou a correr, puxando-a ao longo daquele túnel de homens. De repente, trepou na amurada com a menina nos braços e lá ficou, como se prestes a pular nas águas escuras.

O feixe de luz de um holofote que se movia lentamente iluminou as duas figuras.

Um vento que eu não havia notado antes começou a soprar mais forte. Eu estava agarrado a Ramadhin, porém Cassius se aproximara mais de Niemeyer e Asuntha, a menina por quem sempre demonstrara preocupação e que desejara proteger. Um pouco à minha frente eu via Emily. A voz que alertara a todos sobre a chave tinha vindo do sr. Giggs, bem acima de nós, na ponte, cercado de luzes. E a pistola, que ele antes disparara para o alto, estava agora apontada na direção do prisioneiro e da menina em seus braços. Ele e o capitão a seu lado berravam instruções para a tripulação, e o navio, com um forte estremecimento, diminuiu de velocidade. Podia-se ouvir o mar batendo no casco. Nada se movia. Luzes distantes assinalavam a localização da costa, a estibordo.

Durante aqueles momentos, com a menina suspensa nos braços de seu pai, olhei várias vezes na direção do sr. Giggs na ponte de comando. Era evidente que caberia a ele determinar o que ia acontecer dali em diante.

"*Desça!*", ele gritou. Mas Niemeyer se recusou, permanecendo onde estava. Olhou para o mar, bem abaixo dele. A menina não olhava para nada. Giggs manteve a pistola apontada na direção do prisioneiro. Ouviu-se um disparo. E, como se aquilo fosse um sinal, o navio voltou a avançar.

Eu me voltava para ver Niemeyer quando reparei que Emily acompanhava com grande atenção alguma coisa na outra extremidade do convés. Dirigi o olhar para lá e, naquele exato instante, observei que a srta. Lasqueti atirava alguma coisa no mar. Se tivesse me voltado um segundo depois, se tivesse aguardado, não teria visto aquilo.

Niemeyer ficou inteiramente imóvel, como se à espera da dor. A corrente de cinquenta centímetros que atava suas mãos pendia à frente dele. Será que a bala não o atingira? Ele olhava para Giggs, que parecia estar agarrando o braço. Teria o tiro saído pela culatra? A pistola de Giggs caíra no convés abaixo da ponte e havia disparado a esmo na escuridão. Quase todos observavam Niemeyer e a menina ou a ponte. Mas mantive os olhos fixos na srta. Lasqueti e presenciei seu rápido regresso ao papel de inocente, voltando a ser apenas mais um dos passageiros, a tal ponto que me pareceu ilusão o que eu acabara de presenciar. O gesto de um braço jogando algum objeto no mar podia não significar nada. Exceto pelo fato de que Emily também a estivera observando. Podia ter sido um dos livros lidos pela metade, ou podia ter sido sua pistola.

Giggs apertava o braço ferido, Niemeyer se equilibrava na amurada da popa. Subitamente, sem soltar a menina do abraço que lhe dava com as mãos algemadas, o prisioneiro pulou no mar.

Os olhos de Emily devem ter seguido tudo o que aconteceu com plena compreensão dos fatos. Mas depois não disse nada. Durante todas as idas e vindas após aquele salto para a morte na tentativa de fuga, Emily não pronunciou uma única palavra. Na semana anterior, eu frequentemente a vira inclinar-se na direção de Asuntha a fim de falar com ela ou ouvi-la, além de vê-la várias vezes na companhia de Sunil. Todavia, qualquer que tenha sido o papel de Emily no episódio, ele não foi objeto de conversa ao longo da maior parte de nossas vidas. Será que testemunhei algo mais sob a superfície do que se passou naquela noite? Ou foi tudo produto da imaginação tórrida de um menino? Dei meia-volta, procurando por Cassius, e caminhei em sua direção, porém meu amigo parecia abatido com o que acontecera e se afastou de mim como se eu fosse um estranho.

Certo dia eu disse a alguém que aquela viagem fora uma passagem ingênua dentro dos limites estreitos da minha juventude. Apenas três ou quatro crianças no centro de uma travessia cujo rumo bem definido e destino certo sugeriam nada haver a temer ou a ser desvendado. Durante anos mal me lembrei dela.

O canteiro de demolição

Tomei a *Queen of Capilano* na Horshoe Bay por volta das quinze para as duas e, quando a barca deixou Vancouver, me dirigi ao convés aberto. Como vestia uma parca, permiti que o vento me açoitasse enquanto a embarcação e seu barulhento motor avançavam por uma paisagem azul de estuários e montanhas. Era um pequeno ferry, com numerosas regras anunciando o que o passageiro podia ou não fazer. Havia até mesmo uma tabuleta proibindo a presença de palhaços a bordo, aparentemente fruto de um tumulto ocorrido meses antes. A barca entrou num canal e lá fiquei eu, sacudido pelo vento, olhando na direção de Bowen Island. Era uma viagem curta. Atracamos vinte minutos depois, saindo primeiro os passageiros que estavam a pé. Perguntei-me como estaria Emily agora. Vez por outra ouvia histórias sobre suas aventuras, pois ela se juntara a um grupo de amigos da pesada durante os dois últimos anos de estudo em Londres. Passamos a circular em mundos diferentes, bem distantes um do outro. A última vez em que havíamos nos encontrado foi no seu casamento com um homem chamado Desmond, mas eu havia bebido demais na recepção e não me demorei lá.

Não reconheci ninguém ao descer a rampa de metal. Ela não estava lá para me receber. Esperei até que os carros saíssem do ferry. Passados cinco minutos, comecei a andar pela estrada.

Havia uma mulher sozinha num pequeno parque do outro lado do caminho. Ela se afastou com um gesto brusco da árvore à qual estava encostada. Reconheci o caminhar, os gestos enquanto se aproximava cautelosamente de mim. Emily sorriu.

"Venha. O carro está ali. Bem-vindo ao meu cantinho. Adoro essa expressão, é como se fizesse parte de um corpo." Ela procurava não se mostrar tímida. Mas, obviamente, nós dois estávamos tímidos e não trocamos uma palavra a caminho do carro. Entendi que ela provavelmente tinha me observado enquanto eu permaneci no cais e a busquei com o olhar, certificando-se de que eu era o que ela esperava.

Partimos rapidamente e, depois de atravessar a cidadezinha, ela parou o carro no acostamento e desligou o motor. Inclinou-se para o lado e me beijou.

"Obrigada por ter vindo."

"Uma da manhã! Você sempre telefona para as pessoas à uma da manhã?"

"Sempre. Não. Tentei falar com você o dia inteiro. Nuns dez hotéis antes de descobrir onde estava hospedado. Então você deve ter saído. Fiquei com receio de que fosse embora antes que pudéssemos nos encontrar. Tudo bem contigo?"

"Muito bem. Faminto. Surpreso com tudo isto."

"Podemos comer em casa. Preparei um almoço para nós."

Seguimos pela estrada até tomar um caminho estreito na direção da costa. O terreno era em declive, e por fim ela entrou numa trilha ainda mais estreita chamada Wanless Road. Na realidade, não merecia nome nenhum. Estacionou o carro junto a um dos três ou quatro chalés de frente para o mar. Parecia um lugar solitário, embora o vizinho mais próximo estivesse a vinte metros de distância. Uma vez lá dentro, o chalé dava a impressão de ser ainda menor, mas a varanda se abria para a água e o infinito.

Emily preparou sanduíches, abriu duas cervejas e me indicou uma poltrona. Em seguida, se jogou no sofá e começamos a conversar imediatamente sobre nossas vidas, os anos que ela passou com o marido na América Central e depois na América do Sul. A carreira nômade dele como especialista em eletrônica significou que os amigos dos dois mudavam a cada cinco anos. Então o deixou. Contou que o casamento tinha sido muito cauteloso e que saíra dele por reconhecer que era "um edifício frio demais" para abrigá-la o resto da vida. Como vários anos tinham se passado desde a separação, ela já conseguia falar com tranquilidade sobre o que acontecera, desenhando com as mãos as situações pelas quais tinham passado, os locais onde moraram. Era como se nosso distanciamento lhe permitisse se abrir mais comigo, repassando com gestos e palavras toda a sua vida. Por fim se calou e ficamos apenas nos olhando.

Lembrei-me de algo sobre Emily quando ela se casou. Como todos os matrimônios daquela época, ele deveria se constituir em um auge, na clareza de propósitos compartilhados. Desmond era bonitão e Emily, uma beleza. Poucas coisas eram mais importantes para uma união bem-sucedida. Seja como for, minutos antes de sair da recepção, reparei nela por acaso. Encostada a uma porta, Emily olhava fixamente para Desmond. Um olhar distante, como se o que ela estivesse fazendo naquele momento fosse algo que precisasse ser feito. Em seguida, ela rapidamente voltou a se entrosar na festa. Quem se recordaria desses poucos segundos durante uma recepção? Mas era o que sempre me vinha à mente quando me lembrava de seu casamento — que aquilo talvez tivesse sido um modo de fugir da desordem, assim como no passado ela escapara de um pai tempestuoso e incerto ao ser mandada para estudar em outro país. O fato é que aquela expressão em seu rosto existira. Como se ela estivesse sopesando o valor de alguma coisa que tinha comprado ou que acabara de ganhar.

Por isso continuei a observar Emily, essa pessoa que em certo período de minha juventude havia sido uma espécie de déspota da beleza, conquanto eu também a conhecesse como alguém tranquila e cautelosa, malgrado às vezes se fizesse passar por aventureira. Mas as histórias sobre sua vida de casada nos vários postos e os romances que tinham ocorrido pareciam uma versão bem conhecida de minha prima tal como a conhecera no *Oronsay*.

Será que se tornara a adulta que era hoje devido ao que aconteceu naquela viagem? Eu não sabia. Nunca saberia quanto a viagem a havia mudado. Simplesmente me fiz a pergunta naquele momento no modesto chalé de Emily numa das ilhas do Golfo, onde ela dava a impressão de viver sozinha, como se buscasse se ocultar.

"Você se recorda dos nossos tempos no *Oronsay*, naquele navio em que viajamos?", perguntei por fim.

Jamais havíamos conversado sobre a viagem. Convenci-me de que ela tinha enterrado ou genuinamente negado a existência do que se passara naquela noite junto ao bote salva-vidas. Tanto quanto eu podia dizer, tudo se resumira a uma viagem de três semanas rumo a uma vida agitada na Inglaterra. Eu achava estranho quão pouco, aparentemente, aquilo significava para ela.

"Ah, sim", ela exclamou, como se, estimulada e de posse de um nome, devesse se lembrar. Então acrescentou: "Você, lembro bem, era uma parada. Um verdadeiro demônio".

"Eu era só muito jovem", eu disse. Ela me encarou, pensativa, apertando os olhos. Dava para ver que começava a trabalhar suas recordações, entrevendo alguns incidentes.

"Lembro que você causou muitos problemas. Flavia cortou um dobrado. Meu Deus, Flavia Prins. Será que ainda está viva?"

"Creio que vive na Alemanha", respondi.

"Ahhh..." A interjeição se alongou. Ela estava mergulhando mais fundo dentro de si mesma.

Ficamos até escurecer na sala de visitas com paredes de pinho. Vez por outra, ela se voltava para observar as barcas na travessia entre Snug Cove e Horseshoe Bay. Elas emitiam um longo lamento no meio do canal. A essa hora, eram os únicos objetos iluminados que se moviam na penumbra azul acinzentada. Ela disse que, se acordasse às seis, veria o primeiro ferry deslizar no horizonte. Compreendi que aquilo se transformara no mundo de Emily, a paisagem de cada uma de suas manhãs, tardes e noites.

"Venha. Vamos dar uma volta", ela disse.

Começamos assim a galgar a íngreme estradinha pela qual havíamos descido horas antes, pisando nas folhas que corriam à nossa frente.

"Como é que você veio parar aqui? Não me contou. Quando veio para o Canadá?"

"Faz uns três anos. Quando o casamento acabou, vim para cá e comprei este chalé."

"Alguma vez pensou em entrar em contato comigo?"

"Ah, Michael, teu mundo... meu mundo."

"Bom, agora nos encontramos."

"Verdade."

"Quer dizer que você vive sozinha."

"Você sempre gostou de fazer perguntas. Não, estou vendo alguém. Como dizer... ele teve uma vida difícil."

Lembrei-me de que ela invariavelmente se dava com pessoas problemáticas, perigosas. Vinha de longe essa sua característica. Voltei ao tempo em que ela chegou à Inglaterra para ser aluna interna do Cheltenham Ladies' College. Eu a via nas férias, participando ainda da comunidade de Sri Lanka em Londres, com algum namorado a tiracolo. Seus novos amigos transmitiam um quê de anarquia. Certo fim de semana, em seu último ano letivo, ela escapara da escola, subira na garupa de um motociclista e atravessara em disparada as estradinhas de Gloucestershire. No acidente, quebrou o braço e foi expulsa do colégio, deixando também de ser um membro confiável daquela fechada comunidade asiática. Mais tarde, escapou de vez de tudo isso ao se casar com Desmond. O casamento foi decidido às pressas, pois haviam oferecido a ele um posto no exterior que precisava ser preenchido de imediato. Então, quando o casamento terminou, alguma triste razão levou Emily a se decidir por uma espécie de exílio naquela ilha tranquila da costa oeste do Canadá.

Não parecia uma vida de verdade comparada à que ela e provavelmente eu imaginamos quando jovens. Eu ainda guardava recordações de nós dois passeando de bicicleta e sendo surpreendidos por uma chuva de monção, de Emily sentada na cama com as pernas cruzadas enquanto falava sobre a escola na Índia, de seus braços morenos meneando durante uma de nossas danças. Pensei nesses momentos ao caminhar agora a seu lado.

"Quanto tempo você ainda fica aqui no oeste?"

"Só mais um dia", respondi. "Pego um avião amanhã."

"Para onde?"

Fiquei sem graça. "Para Honolulu."

"*Ho-no-lu-lu!*" Sua voz soou melancólica.

"Sinto muito."

"Não, é ótimo. Muito bom. Obrigada por ter vindo, Michael."

"Você me ajudou uma vez. Lembra?", perguntei.

Minha prima não respondeu. Podia ou não se recordar daquela manhã na cabine dela. De qualquer forma, permaneceu em silêncio, e eu não insisti.

"Há alguma coisa que eu possa fazer por você?", perguntei, e ela me olhou com um sorriso em que concedia não ser aquela a vida que tinha esperado ou escolhido.

"Nada, Michael. Você não vai me fazer entender tudo isto. Não creio que seu amor possa me dar segurança."

Baixamos a cabeça para evitar os galhos dos cedros e voltamos pelos degraus de madeira, entrando no chalé pela porta dos fundos. Estávamos ambos cansados, mas queríamos continuar acordados. Fomos para a varanda.

"Sem as barcas eu estaria perdida. Não teria como marcar o tempo..."

Calou-se por um momento.

"Ele morreu, você sabe."

"Quem?"

"Papai."

"Sinto muito."

"Só preciso contar a alguém que o conheceu... que sabia como ele era. Eu devia voltar para o enterro, mas aquele não é mais o meu lugar. Sou como você."

"Acho que não pertencemos a lugar nenhum."

"Você se lembra dele? Um pouquinho que seja?"

"Lembro. Nada do que você fizesse estava certo. Lembro do gênio ruim dele. Mas ele te amava."

"Vivi apavorada durante toda a minha infância. Na última vez em que o vi, já era uma adolescente, ao partir..."

"Lembro que você me falou dos teus pesadelos."

Ela começou a se virar, como se quisesse refletir a sós. Estava se desligando do assunto, porém eu não queria que ela abandonasse o passado. Por isso tentei falar outra vez sobre nosso tempo no navio, sobre o que aconteceu quase ao final da viagem.

"No *Oronsay*, você acha que de certa maneira viu a si mesma naquela menina de quem ficou tão amiga? A filha do prisioneiro. Ela também se viu presa à vida do pai."

"É possível. Mas acho que só queria ajudá-la. Você sabe..."

"Naquela noite, quando você estava junto ao bote salva-vidas com o agente secreto — Perera —, escutei o que você falou. Ouvi o que aconteceu."

"Ouviu mesmo? Por que não me disse?"

"Mas eu disse. Fui te procurar na manhã seguinte. Você não lembrava de nada. Parecia drogada, meio adormecida."

"Era para eu tentar obter alguma coisa dele... para eles. Mas estava tão desorientada!"

"O homem foi morto naquela noite. A faca estava com você?"

Ela se manteve calada.

"Não havia mais ninguém lá."

Estávamos bem próximos, embrulhados em nossos casacos. Na escuridão, ouviam-se as ondas quebrando na costa.

"Havia, sim", ela disse. "Havia a filha, Asuntha, e Sunil ali perto. Eu estava protegida por eles..."

"Então *eles* é que tinham a faca? Deram a você?"

"Não sei. Esse é o problema. Não tenho certeza do que aconteceu. É horrível, não?", ela observou. Levantou o queixo.

Esperei que falasse mais.

"Estou com frio. Vamos entrar."

Dentro de casa, porém, mostrou-se apreensiva.

"O que eles queriam que você tirasse do homem que foi morto? Do tal Perera?"

Ela se levantou do sofá, caminhou até a geladeira, a abriu

e ficou ali por alguns segundos, voltando depois de mãos vazias. Estava claro que estava com os nervos à flor da pele.

"Aparentemente, só havia duas chaves no navio que abriam o cadeado da corrente do prisioneiro. O militar inglês, Giggs, tinha uma. O sr. Perera, a outra. Sunil suspeitava que o homem que se descobriu depois ser o sr. Perera estava interessado em mim, por isso pediu que eu combinasse de encontrá-lo junto ao bote salva-vidas. A essa altura, é óbvio, Sunil sabia que eu faria qualquer coisa que me pedisse. Eu estava totalmente dominada por ele. Acho que fui a isca."

"E quem era ele? Pensei que ninguém soubesse quem era o agente secreto que circulava pelo navio."

"Era alguém que nunca falava com ninguém. Era o teu alfaiate na mesa da ralé, Gunesekera."

"Mas ele nunca falava. Ele não *podia* falar. E eu ouvi um homem falando com você debaixo do bote."

"Sei lá como Sunil descobriu que ele era o agente secreto. Por acaso o viu falando com o oficial inglês. Ficou sabendo que ele *podia* falar."

Imaginei que poderia salvá-la, a srta. Lasqueti escrevera na carta que me enviou. *Mas tinha visto Emily com o sujeito da trupe Jankla algumas vezes, e seu relacionamento com ele me parecia muito perigoso.*

Ao longo dos anos, fragmentos confusos, pedaços de histórias se tornam mais claros quando vistos sob nova luz, num lugar diferente. Lembrei-me de quando o sr. Nevil contou sobre a separação dos restos de transatlânticos num canteiro de demolição, a fim de lhes dar novos usos e propósitos. Desse modo, não me vi mais com Emily em Bowen Island, e sim no centro dos acontecimentos do passado, tentando rememorar a tarde em que minha prima participou do espetáculo da trupe e lhe foi posto um bracelete que rasgou a pele de seu pulso. Relembrei também aquele homem silencioso que usava um cachecol vermelho em volta do pescoço, o homem que pensamos ser um alfaiate e que não foi mais visto na mesa da ralé nos últimos dias da viagem.

"Sabe o que me lembro do sr. Gunesekera?", disse. "Como ele era *gentil*. Naquele dia em que você apareceu com um edema perto do olho, quando veio à nossa mesa e disse que tinha sido atingida por uma raquete de badminton, ele estendeu a mão para tocar no machucado. Talvez tenha imaginado que você havia sido ferida, que não era acidente coisa nenhuma, mas algo causado por alguém, quem sabe Sunil, exigindo que você fizesse o que ele queria. Você imaginou que Gunesekera estivesse atraído por sua beleza, quando talvez só estivesse preocupado com você."

"Naquela noite junto ao bote — não consigo lembrar ao certo —, acho que ele avançou sobre mim, agarrou minha mão. Parecia perigoso. Sunil e Asuntha apareceram de repente... Agora chega. Por favor, Michael, não dá para continuar. Está bem?"

"Talvez ele não estivesse te atacando. Acho que queria olhar o corte no pulso. Deve ter visto Sunil pôr o bracelete em você depois do espetáculo da pirâmide, cortar a pele e passar alguma coisa na ferida. Na verdade, ele é que queria te proteger. E foi morto."

Emily não disse nada.

"Quando não consegui acordá-la na manhã seguinte, fiquei te sacudindo e você disse que achava que tinha sido envenenada. Possivelmente tiraram alguma coisa do jardim do sr. Daniels para drogá-la ou deixá-la confusa. Para que não se lembrasse. Você sabe, havia vários venenos lá."

"Naquele lindo jardim?"

Emily vinha olhando para suas mãos. De repente estremeceu e me encarou, como se tudo em que houvesse acreditado e se baseado durante anos não passasse de uma mentira. "Pensei o tempo todo que fui eu quem o matou", ela disse baixinho. "Talvez tenha matado."

"Cassius e eu acreditávamos que você o tivesse matado", eu disse. "Vimos o corpo. Mas não acho que foi você."

Ela se inclinou para a frente no sofá e cobriu o rosto com as mãos. Permaneceu assim por um momento. Tratei de observá-la, sem abrir a boca.

"Obrigada."

"Mas você os estava ajudando a fugir. E, no final das contas, Niemeyer e a menina morreram."

"Talvez."

"O que você quer dizer com isso? Por que 'talvez'?"

"Apenas talvez."

Fiquei subitamente com raiva. "A menina, Asuntha, tinha a vida inteira pela frente. Era uma *criança*."

"Dezessete anos. Eu também tinha dezessete anos. Todos nós nos tornamos adultos antes de sermos adultos. Já pensou nisso?"

"Ela nem gritou."

"Não podia. Estava com a chave na boca. Foi ali que a guardou. Depois que a tomaram de Perera. Era disso que precisavam para fugir."

*

Acordei no sofá-cama, a sala de visitas sem cortinas invadida pela luz do sol. Sentada na poltrona, Emily me observava, como se reparando naquilo que eu me tornara após a passagem dos anos, ajustando sua estimativa do garoto desobediente que convivera com ela durante parte de sua juventude. Em certo momento da noite anterior, ela me dissera que tinha lido meus livros e que sempre passava algum tempo somando dois mais dois, ligando um incidente ficcional com o episódio presenciado por ela ou com alguma coisa passada num jardim que claramente pertencia à casa do meu tio ao lado da High Level Road. Nós havíamos mudado de lugar. Ela não era mais o foco de admiradores obcecados. Eu não estava mais na mesa da ralé. Mas, para mim, Emily ainda era o rosto inatingível.

Certo escritor, não me recordo qual, descreveu uma pessoa como tendo "uma graça confusa". A mescla de incerteza e calor humano foi sempre, para mim, a principal característica de Emily. A gente podia confiar nela, mas ela não confiava em si própria. Ela era "boa", porém não a seus próprios olhos. Essas qualidades ainda não tinham se equilibrado, ou se conjuminado.

Ela continuou sentada, o cabelo preso no alto da cabeça, abraçando os joelhos. Na luz matinal, seu rosto era bonito de uma forma mais humana. O que isso significa? Suponho que signifique que agora eu era capaz de ler todos os componentes de sua beleza. Ela estava à vontade, o rosto refletindo mais claramente seu âmago. E compreendi como os aspectos mais sombrios estavam ocultos dentro daquela generosidade. Eles não impediam uma intimidade maior. Dei-me conta de que, na maior parte da minha vida, a pessoa de quem jamais consegui me afastar de todo foi Emily, malgrado nossos desaparecimentos e separações.

"Você tem de pegar a barca", ela disse.

"Eu sei."

"Agora que sabe onde eu moro, venha me visitar."

"Eu virei."

A chave na boca

Emily me levou ao cais e entrei no ferry com os demais passageiros. Ela havia se despedido de mim no carro, mas não desceu, embora deva ter me seguido com os olhos através do para-brisa, cujo brilho a tornava invisível. Subi os dois lances de escada até o convés superior e olhei de volta para a ilha, para os chalés que se espalhavam desordenadamente pela colina e para o carro junto ao cais dentro do qual ela estava. A barca deu um solavanco para a frente e partimos. Fazia frio, porém permaneci no convés de cima. Uma viagem de vinte minutos parecia um pequeno eco do passado, como minha prima Emily tinha sido para mim durante aquele último dia e noite.

Tive um amigo cujo coração "se mexeu" após um incidente traumático que ele se recusou a reconhecer. Somente anos depois, ao fazer exames por causa de um problema menor, o médico descobriu aquele deslocamento físico. Quando ele contou isso, me perguntei quantos de nós tiveram seu coração mexido, posto num ângulo diferente, a um milímetro ou até menos do lugar onde se encontrava antes, numa relocalização que desconhecemos por completo. Eu. Emily. Talvez Cassius. Desde aquela época nossas emoções se evitaram, em vez de se confrontarem, tendo como resultado a simples desatenção ou, em alguns casos, uma fria autossuficiência que nos faz mal. Terá sido isso que nos deixa ainda inseguros numa mesa da ralé, olhando para trás, para o passado, procurando aqueles com quem viajamos ou que ajudaram a nos formar, procurando ainda agora, na nossa idade?

Pensei então, pela primeira vez em anos, no perverso coração fibrilante de Ramadhin, do qual ele tinha consciência e de que tanto cuidou durante a viagem, tratando-o como se vivesse numa incubadora, enquanto eu e Cassius corríamos alegre e perigosamente em volta dele. Muito tempo transcorrera desde aquela viagem e desde as tardes passadas na companhia dele em Mill Hill. Mas foi Ramadhin, o precavido, quem não sobreviveu. Sendo assim, o que seria melhor para todos nós — ignorar nosso coração ou ter um grande cuidado com ele, como foi o caso do meu amigo?

Eu continuava no convés superior do ferry, olhando por sobre a popa para aquela ilha verde. Imaginando Emily subindo pela estrada rumo à sua nova casa, tão distante de onde nascera. Um chalezinho numa costa de clima temperado, ocasionalmente compartilhado com um homem. Afinal de contas, ela levara muitos anos para viajar de uma ilha à outra. Mas uma ilha pode tanto nos proteger quanto nos aprisionar. "Não creio que seu amor possa me dar segurança", ela havia dito.

Então, daquele ângulo e de uma perspectiva desapaixonada, imaginei os dois, Niemeyer e sua filha, nas águas escuras — o homem ainda perigoso e para nós impiedoso que seria eternamente um Magwitch com sua filha — lutando em meio às ondas e ao ruído surdo gerado pelas hélices do navio que os havia abandonado à própria sorte. Eles não podem se ver, ele mal consegue senti-la nos braços por causa do frio. E o fôlego...

o tempo está acabando quando voltam à superfície em meio às trevas, inalando o ar com sofreguidão, ofegantes. Tudo o que ele precisa fazer é não soltá-la ainda, essa filha que não pode ver e que mal consegue sentir com os dedos entorpecidos. No entanto, ao menos agora estão fora d'água, na superfície do Mediterrâneo, com uma sugestão de luar, uma sugestão de luz na costa distante.

Niemeyer segura o rosto dela entre as mãos algemadas, tal como fez no segundo final em cima da amurada para anunciar a partida dos dois. Encosta a boca na de Asuntha, que empurra com a língua a chave que mantivera presa entre os dentes. Têm dificuldade em se manter juntos, seus corpos jogados de um lado para o outro no mar negro, a chave pequena e delicada demais para ser passada de mão a mão. Como as correntes marinhas são fortes, ameaçando afastá-los, ele próprio tirará a chave da boca e tentará abrir o cadeado. Por isso, solta agora a menina e, abandonando a superfície, mergulha sozinho com a chave, concentrado apenas em abrir o cadeado com dedos que vão se endurecendo com o frio. É o momento em que decidirá se vai ou não permanecer um prisioneiro para sempre.

Tinham dito a ela que não o esperasse. Ela já se sacrificara o suficiente. Seu pai, caso consiga se libertar, a seguirá e a encontrará onde quer que esteja. Estão cercados por portos históricos. Trata-se, afinal, do grande mar interior, descoberto séculos atrás e desde então habitado, onde as embarcações eram guiadas à noite pelas estrelas e durante o dia pelos templos nos promontórios. Pireus, Cartago, Kuakas. Todas essas cidades costeiras do Ageu eram a porta de saída para tribos que simplesmente haviam caminhado até lá deixando desertos ou que nadaram até a praia quando seus barcos foram destruídos pelos ventos fortes de alguma tempestade. Asuntha se afasta. Fingiu durante semanas ter pavor de água. E agora toda aquela força da juventude, até então reprimida, a impele para a frente. Rumo a qualquer pedaço de terra onde se esconderá até ser achada. Põe-se a nadar sem um objetivo definido — para qualquer uma dessas cidades antigas criada originalmente graças à existência de um delta ou de uma maré confiável — a fim de começar uma vida nova. Como nós também talvez o façamos quando atingirmos nossa própria terra firme.

Niemeyer volta à superfície para respirar de novo e, na escuridão, apesar dos ventos noturnos ouve em que direção ela está nadando. Vê o *Oronsay* já ao longe, iluminado como um broche comprido, a caminho de Gibraltar. Mergulha mais uma vez, ainda não liberto do cadeado, em cuja pequena e sutil abertura não é fácil enfiar a chave nas águas negras e com o eco lamuriento dos motores que se distanciam.

Carta para Cassius

Durante grande parte da minha vida, eu soube que não havia nada que eu pudesse dar a Cassius que lhe fosse útil. E em todo esse tempo nunca pensei seriamente em procurá-lo. Alguma coisa em nosso relacionamento se completou nos vinte e um dias que passamos no navio. Não sentia a menor necessidade (exceto por uma ligeira curiosidade) de conhecê-lo melhor. O desenho de Cassius já estava feito e acabado, pelo menos em mim. Já naquela época eu sabia que ele iria se bastar, que não deveria nada a ninguém. Com exceção da nossa camaradagem claramente temporária, seu único gesto de solidariedade foi a preocupação com a menina. Quando Asuntha desapareceu no mar, vi meu amigo, como se queimado por uma verdade adulta, retrair-se ainda mais.

Um artista de mãos queimadas. Como terá sido sua vida depois? Seus últimos anos de adolescência devem ter sido um tempo em que não confiou em ninguém e não acreditou em nada. É fácil ser assim quando adulto, quando se pode sobreviver sozinho. Mas Cassius, eu suspeito, perdeu o resto de sua infância naquela noite no navio. Lembro-me de vê-lo postado junto à amurada por uma eternidade, não mais em nossa companhia, vasculhando as ondas azul-escuras e fluorescentes.

Sei que, sem tudo que absorvi da bondade serena de Ramadhin, nem pensaria em procurar Cassius agora. Ele se tornou uma força beligerante no mundo artístico. É um mestre da zombaria. Mas não importa. Era um menino de doze anos e tomou providências para proteger alguém com uma compaixão infantil. Malgrado sua anarquia quase congênita, desejou cuidar da garota. Estranho. Quis proteger a filha de Niemeyer assim como Ramadhin quis proteger Heather Cave. O que terá levado cada um dos três a desejarmos proteger pessoas aparentemente menos seguras do que nós?

Pensei de início que, se eu pusesse um título como *Viagem do mainá*, poderia alcançá-lo onde quer que estivesse, pois não me reconheceria por meu nome verdadeiro. Se cheguei à srta. Lasqueti, onde ela agora morava, com meu apelido, talvez acontecesse o mesmo com ele. Não tenho a menor ideia se Cassius lê ou se despreza a leitura. De qualquer forma, este relato é dedicado a ele. Ao outro amigo da minha juventude.

Chegada

Chegamos sorrateiramente à Inglaterra durante a noite. Depois de tanto tempo no mar, não pudemos assistir à nossa entrada no país. Somente a barcaça do prático, com sua luz azul piscante, nos esperava na entrada do estuário, nos guiando para o Tâmisa ao longo de uma costa desconhecida e às escuras.

Sentimos um cheiro súbito de terra. Quando o sol por fim iluminou o que havia a nosso redor, parecia que estávamos num local humilde. Não vimos margens verdejantes, cidades famosas nem grandes pontes levadiças capazes de erguer dois arcos a fim de nos abrir passagem. Tudo lembrava os resquícios de uma antiga era industrial — molhes, pântanos de água salgada, entradas de canais dragados. Deixamos para trás navios-tanque e boias de amarração. Procuramos pelas ruínas heráldicas estudadas a milhares de quilômetros dali numa aula de história em Colombo. Vimos uma flecha de torre e depois chegamos a um lugar cheio de nomes: Southend, Chapman Sands, Blyth Sands, Lower Hope, Shornmead.

O navio soltou três apitos breves, houve uma pausa, outro

apito e começamos a encostar vagarosamente no cais de Tilbury. O *Oronsay*, que durante semanas regulara nossa vida, por fim descansou. Mais a montante do rio, mais para o interior daquele canal oriental do Tâmisa, ficavam Greenwich, Richmond e Henley. Mas agora havíamos parado, os motores tinham sido desligados.

Perdi Cassius e Ramadhin de vista tão logo cheguei ao pé da rampa de desembarque. Poucos segundos haviam se passado e já estávamos separados, perdidos uns dos outros. Não houve um último olhar nem a tomada de consciência do que acontecera. Depois de cruzar vastos mares, fomos incapazes de nos encontrar naquele terminal de passageiros na margem do Tâmisa. Em vez disso, abríamos caminho nervosamente em meio à multidão, sem saber direito para onde estávamos indo.

Algumas horas antes, eu havia tirado da mala minhas primeiras calças compridas e calçara as meias que estavam entupindo meus sapatos. Por isso, descia sem jeito junto com os outros passageiros a rampa larga que nos levava ao cais. Tentava ver quem era minha mãe. Já não tinha uma recordação clara de sua aparência. Possuía uma fotografia, porém estava no fundo da minha pequena mala.

Só hoje tento imaginar aquela manhã em Tilbury sob a ótica de mamãe, procurando pelo filho que deixara em Colombo quatro ou cinco anos antes, tentando imaginar minhas feições com base num instantâneo recente em preto e branco que lhe tinham enviado para ajudá-la a identificar um menino de onze anos em meio à horda de passageiros que desciam do navio. Deve ter sido um momento promissor ou terrível, prenhe de possibilidades. Como ele se comportaria com ela? Um menino cortês mas reservado ou alguém carente de afeição? Suponho que me vejo melhor através dos olhos dela e de suas necessidades enquanto ela examinava a multidão, como eu fazia, em busca de alguma coisa que nenhum dos dois conhecia, como se o outro fosse um número a ser aleatoriamente tirado de dentro de um chapéu, mas que se tornaria um parceiro íntimo por toda a década seguinte, quem sabe pelo resto de nossas vidas.

"*Michael*?"

Ouvi "Michael" pronunciado por uma voz que temia muito ter se enganado. Voltei-me e não vi ninguém que eu conhecia. Uma mulher pousou a mão em meu ombro e repetiu: "Michael". Passou a mão na minha camisa de algodão e disse: "Você deve estar com frio, Michael". Lembro-me de que repetiu meu nome várias vezes. No começo eu só olhava para suas mãos, seu vestido, mas a reconheci ao ver o rosto.

Descansei a mala no chão e a abracei. Era verdade que estava sentindo frio. Até aquele momento só tinha me preocupado em não ficar perdido para sempre. Porém agora, por causa do que ela havia dito, senti frio. Minhas mãos se entrelaçaram atrás de suas costas largas. Ela se inclinou e me olhou, sorrindo, dando um passo à frente para me apertar ainda mais. Eu podia ver parte do mundo ao lado dela, as pessoas circulando velozes sem prestar muita atenção ao fato de que estava abraçado à minha mãe, tendo ao lado a mala que me fora emprestada e que continha todas as minhas posses.

Então vi Emily caminhando com seu vestido branco e passadas firmes. Ela parou para me olhar, e foi como se tudo tivesse cessado e voltado atrás por um instante. Lançou-me um sorriso cuidadoso. Depois regressou e pousou suas mãos quentes sobre as minhas, plantadas nas costas de mamãe. Um toque delicado, depois um pouco mais de pressão, como algum tipo de sinal. Em seguida se afastou.

Achei que ela tinha dito alguma coisa.

"O que foi que Emily falou?", perguntei à minha mãe.

"Acho que disse que era hora de ir para a escola."

Já distante, antes de desaparecer no mundo, Emily fez um aceno de adeus.

Nota do autor

Embora o romance por vezes se utilize das cores e dos locais das minhas memórias e autobiografia, *A mesa da ralé* é uma obra de ficção — do capitão, tripulação e passageiros do navio, ao próprio narrador. E, embora tenha existido um navio chamado *Oronsay* (na verdade, existiram vários *Oronsays*), a embarcação do romance é fruto da imaginação.

CRÉDITOS E AGRADECIMENTOS

A Robert Creeley por uma estrofe de seu poema "Echo" (página 125; um verso de Kipling do poema "The Sea and the Hills"; um verso de A. P. Herbert. Um parágrafo do conto de Joseph Conrad *Youth*, uma passagem de R. K. Narayan e uma linha de Beckett sobre o desespero. A observação de Proust consta de uma carta para René Blum, 1913. Os versos da canção de Jelly Roll Morton "Winin' Boy Blues" consta do livro de Alan Lomax *Mister Jelly Roll* (1950). Outras letras de músicas citadas ou mencionadas são de Johnny Mercer, Hoagy Carmichael, Sidney Bechet e Jimmie Noone. Algumas informações sobre Sidney Bechet foram extraídas da maravilhosa obra de Whitney Balliet *American Musicians II* (incluindo uma citação de Richard Hadlock publicada no *San Francisco Examiner*). Agradeço o *Daily News* de Sri Lanka pelo germe da história sobre "Sir Hector", baseada num antigo episódio. No entanto, os personagens, nomes e diálogos deste romance são totalmente inventados, assim como Sir Hector fazer uma viagem marítima. O material sobre trirremes provém de *The Lords of the Sea*, de John R. Hale. Eudora Welty escreveu as duas linhas (citadas abaixo) sobre embarcações em *The Optimist's Daughter*. O bom livro do sr. Mazappa é *O falcão maltês*, de Dashiell Hammett. As linhas garatujadas no livro de visitas da mostra de arte de Cassius são da autoria de seu amigo Warren Zevon, que residia em Nova Jersey.

Obrigado a Larry Schokman, Susie Schlesinger, Ellyn Toscano, Bob Racie, Laura Ferri, Simon Beaufoy, Anna Leube, Duncan Kenworthy, Beatrice Monti, Rick Simon, Coach House Press, à Jet Fuel em Toronto, à Bancroft Library em Berkeley, Califórnia. Também a John Berger, Linda Spalding, Esta Spalding, Griffin Ondaatje, David Young, Gillian e Alwin Ratnayake, Ernest Macintyre; pelo empréstimo de um personagem, Anjalendran, Aparna Halpé e Sanjaya Wijayakoon. A Stewart Blackler e Jeremy Bottle, bem como a David Thomson alguns anos depois. E a Joyce Marshall, que no passado fumou uma cadeira de bambu.

Obrigado a Ellen Levine, Steven Barclay, Tulin Valeri, Anna Jardine, Meagan Strimus, Jacqueline Reid e Kelly Hill. Obrigado a todos da Knopf, USA — Katherine Hourigan, Diana Coglianese, Lydia Buechler, Carol Carson e Pei Loi Koay. Muito obrigado a Louise Dennys, Sonny Mehta e Robin Robertson. Um agradecimento muito especial à minha editora canadense, Ellen Seligman.

Para Stella, a doce caçadora — o fim das tempestades. Para Dennis Fonseka, *in memoriam*.

O bote apontou em meio à névoa e eles embarcaram.
Todas as coisas novas na vida deveriam acontecer desse jeito…

ESTA OBRA FOI COMPOSTA PELO GRUPO DE CRIAÇÃO EM ELECTRA E
IMPRESSA PELA PROL EDITORA GRÁFICA EM OFSETE SOBRE PAPEL PÓLEN SOFT
DA SUZANO PAPEL E CELULOSE PARA A EDITORA SCHWARCZ
EM JUNHO DE 2014